LUMPENBALL

Marina Barth ist Jahrgang 1960, verheiratet, hat zwei erwachsene Söhne und eine Schwiegertochter. Die Kabarettistin ist seit 2001 Chefin des Klüngelpütz-Theaters, der »kultigsten Kabarettbühne Kölns«, Theater- und Buchautorin, Regisseurin, Moderatorin und historische Stadtführerin der besonderen Art. Vor drei Jahren schrieb sie ein Stück für das Hänneschen-Puppentheater der Stadt und begegnete dort der Protagonistin des vorliegenden Romans.

Dieses Buch ist ein Roman, die Handlung ist frei erfunden, jedoch eingebettet in ein zeitgenössisches Umfeld. Einige Personen, u.a. die Protagonistin Fanny Meyer, haben gelebt und Spuren in Köln und darüber hinaus hinterlassen. Ihre Charaktere und Handlungsweisen entspringen jedoch der Phantasie der Erzählerin. Mehrere Vorkommnisse haben sich nachweislich so oder so ähnlich ereignet, wurden aber aus dramaturgischen Gründen zum Teil neu zusammengesetzt.
Im Anhang befinden sich ausgewählte Kurzbiografien.

MARINA BARTH

LUMPENBALL

HISTORISCHER ROMAN

emons:

Bibliografische Information der Deutschen Nationalbibliothek
Die Deutsche Nationalbibliothek verzeichnet diese Publikation
in der Deutschen Nationalbibliografie; detaillierte bibliografische
Daten sind im Internet über http://dnb.d-nb.de abrufbar.

© Emons Verlag GmbH
Alle Rechte vorbehalten
Umschlagmotiv: mauritius images/mauritius history
Umschlaggestaltung: Nina Schäfer
Gestaltung Innenteil: César Satz & Grafik GmbH, Köln
Lektorat: Hilla Czinczoll
Druck und Bindung: CPI – Clausen & Bosse, Leck
Printed in Germany 2017
ISBN 978-3-7408-0162-5
Historischer Roman
Originalausgabe

Der Abdruck der Fotografie auf Seite 213 erfolgt mit
freundlicher Genehmigung des Hänneschen-Theaters Köln.

Unser Newsletter informiert Sie
regelmäßig über Neues von emons:
Kostenlos bestellen unter
www.emons-verlag.de

Dieser Roman wurde vermittelt durch die Autoren-
und Verlagsagentur Peter Molden, Köln.

Es ist eine jüdische Tradition, keine Blumen auf die Gräber der Lieben zu legen. Keine Lebensbäume oder Stiefmütterchen zu pflanzen. Sondern bei einem Besuch einen kleinen grauen Kiesel auf den Grabstein zu legen.

Als Erinnerung.

Vielleicht so, wie der Hirte einst für jedes seiner Schafe einen kleinen Kiesel in seinen Beutel legte. Damit er sie zählen konnte und keines verloren ging.

Ein kleiner Stein als Verbindung zu einer Gemeinschaft.

Oder als Keil, damit der Grabstein sicher an seinem Platz bleibt.

Dieses Buch ist ein kleiner Stein.

Ein Kiesel aus dem Flussbett des Rheins in Köln.

Wo Fanny Heineberg, geborene Meyer, zu Hause war.

Ein Grab hat sie nicht.

4. JANUAR 1933

Ich las zum hundertsten Mal die in sorgfältigen Buchstaben auf eine Weihnachtskarte gemalten Worte.

Fräulein Fanny Meyer
Luxemburger Straße 285b
Köln

Ich musste lächeln und strich vorsichtig mit dem Finger darüber. Beim prüfenden Blick in den Spiegel setzte ich mir den schwarzen Glockenhut aufs rechte Ohr und zupfte auf der linken Seite eine widerspenstige Haarsträhne ins Gesicht. Unwillkürlich streckte ich meinem Spiegelbild die Zunge heraus.

Zu pausbackig, zu kindlich und viel zu wenig interessant!

Noch über eine Stunde Zeit. Trotzdem schlüpfte ich schon in die schwarzen knöchelhohen Stiefeletten mit Kaninchenfell und schnürte sie sorgfältig zu. Es war kalt im Flur. Am Fenster wuchsen Eisblumen in kunstvollen Mustern über die Scheibe.

Ich hauchte fest auf die eisige Scheibe und rieb eine kleine Fläche im Blumenmuster frei, um hinunter auf die Straße gucken zu können. Draußen war es bereits dunkel, nur wenige Menschen gingen am Nachmittag des 4. Januar 1933 ihren Geschäften nach. Dick vermummt eilten sie durch die Kälte, um sich möglichst rasch am heimischen Ofen wohlig ausstrecken zu dürfen.

Die, die daheim einen warmen Ofen hatten.

Massen von Bettlern waren vor Weihnachten überall in den Straßen zu sehen gewesen, endlos lange Schlangen ausgezehrter Gesichter hatten vor den Suppenküchen und Notschlafstellen gestanden. Ich schämte mich oft, dass ich mitunter einfach weggesehen hatte, weil es zu viele waren und weil ich nicht wusste, was man sonst hätte tun können.

»So viel Elend«, hatte Vater gestöhnt, »man weiß nicht, wie das weitergehen soll! Und die Kommunisten mit ihrem Geschrei machen die Sache auch nicht besser.«

Es ist erst der 4. Januar, dachte ich, da sind die Weisen aus dem Morgenland noch unterwegs und müssen Tag und Nacht dem Stern folgen, bis sie übermorgen endlich ankommen.

Ich mag solche uralten Geschichten. Sie lassen diese komplizierte Welt für einen Augenblick etwas übersichtlicher werden. Als wisse jeder von uns, was zu tun ist. Da ist der Stern, in diese Richtung gehen wir … und wir haben die Gewissheit, anzukommen. Eine schöne Vorstellung.

Zwar war Vater gleich am Montag wieder ins Geschäft gegangen, und auch ich musste heute wieder ins Theater, doch die feiertägliche Verschlafenheit wollte noch nicht so schnell aus der Stadt weichen. Gegenüber waren hinter der Fensterscheibe noch weihnachtliche Kerzen angezündet und beleuchteten schwach die dort aufgestellten Krippenfiguren, die sich durch die zuckenden Flammen zu bewegen schienen, als seien sie auf der Wanderung.

Die Elektrische kreischte heran und hielt wenige Meter vom Haus entfernt, allerdings in der falschen Richtung. Ich musste in die Bahn stadtauswärts steigen, und die kam erst in zwanzig Minuten. Die Uhr in der Wohnstube schlug zweimal: halb vier. Um drei viertel wollte ich los. Noch eine Viertelstunde. Wie die Zeit kriecht, wenn man friert und wartet!

Vom Rand her fror die freigeblasene Stelle am Fenster langsam wieder zu. Immer kleiner wurde das Guckloch, und eine neue eisige Blüte begann ihre zarten Blätter über die freie Fläche auszustrecken. Ich band mir den dicken wollenen Schal um und suchte nach Muff und Tasche. Wieder strich ich über die Karte.

Liebste Fanny!
Du wirst Augen machen, wenn Du diesen Gruß bekommst, denn vom 4. bis 6. Januar bin ich in Köln und besuche die Mutter. Was sagst Du? Ich freue mich so, meine liebste beste Fanny bei dieser Gelegenheit wiederzusehen, und möchte unbedingt mit Dir ins Puppenspiel kommen. Hol mich am 4. Januar einfach am Stadtwaldgürtel bei der Mutter ab!
Voller Aufregung und Vorfreude
Deine Frieda

8

Seit Kindertagen waren wir beste Freundinnen. Unsere Eltern hatten im selben Haus gewohnt, Friedas in der ersten Etage und meine in der zweiten, da, wo wir immer noch leben. Wir Mädchen waren unzertrennlich und teilten alle Geheimnisse.

Frieda hatte dicke blonde Zöpfe und ich braune, an Sonntagen mit großen weißen Schleifen. Frieda trug ein blaues Kleid mit einer roten Schürze und ich ein rotes mit einer blauen. Was die eine hatte, wollte die andere auch. Wir waren wie Zwillinge. Beide hatten wir den ganzen Sommer über das Knie an der gleichen Stelle aufgeschrappt, wie unsere Mütter kopfschüttelnd bemerkten.

Wir besuchten die gleiche Schule, wir schwärmten für denselben jungen Mann, einen Assessor von gegenüber mit vorwitzigem Schnauzbart, der leider an der Spanischen Grippe verstarb. Oder Gott sei Dank, so mussten wir nicht um ihn streiten … Der arme Herr Assessor! Wir waren versessen auf Milchreis mit Zimt und Zucker und banden als junge Mädchen unsere Kopftücher neckisch im Nacken, weil es gerade große Mode war.

Als Frieda im Park des weißen Wasserschlösschens von einer Kreuzotter gebissen wurde, rannte ich zu Tode erschrocken um ihr Leben, um den Vater herbeizuholen, der der schreienden Frieda kurz entschlossen kreuz und quer das Bein aufschnitt und die Wunde aussaugte, um ihr damit das Leben zu retten. Friedas Eltern waren voller Dankbarkeit, obwohl ihre Tochter seither hinkte, weil das Bein nie mehr ganz heil wurde.

»Zum Glück für uns alle hat sie trotzdem einen Mann gekriegt«, hatte Friedas Mutter am Polterabend erleichtert erklärt. Den Helmut, der ein feiner Kerl war, obwohl er nicht viel sprach.

Wir hatten im Krieg gemeinsam gebangt, ob unsere Väter von der Somme zurückkehren würden, und gemeinsam getrauert, als Friedas Papa für immer fortblieb. Mit Begeisterung war auch er fürs Vaterland in den Krieg gezogen, geradewegs ins Giftgas hinein. Ich schob den Gedanken daran, wie er wohl gestorben sein mochte, immer weit von mir. Vater hatte nie ein einziges Wort darüber verloren.

Frieda und ich hatten uns jetzt fast drei Jahre nicht mehr gesehen. Seit Frieda mit Helmut nach Heppenheim gezogen war.

Wegen der vielen Arbeitslosen und Kriegsveteranen gingen die Weingeschäfte in Köln immer schlechter.

»Im Baugeschäft müsste man sein«, hatte Friedas Mann Helmut seufzend gesagt, »wo doch die ganzen Kriegsversehrten von ihrer Versehrtenrente Häuser bauen dürfen!« Draußen am Stadtrand gebe es bereits ganze Straßenzüge für die Einbeinigen und welche für die mit nur noch einem Arm. Er habe es mit eigenen Augen gesehen, hatte er erzählt, und dann war er weggezogen mit Frieda. An die Weinstraße.

Und heute ist sie wieder da – als ob sie niemals weg gewesen wäre!, freute ich mich wie eine Königin, wenn ich daran dachte, was ich ihr alles zu erzählen hatte. Ich knöpfte jetzt eilig den schweren Tuchmantel zu, denn es war allerhöchste Zeit, zur Bahn zu gehen.

»Wiedersehen, Mama!«

»Wiedersehen, Kind! Grüß mir die Frau Schröter«, kam es zurück.

Ich eilte die hölzerne Stiege hinab durch das eisige Treppenhaus und schlug die Haustür zu.

Die Luxemburger Straße lag dunkel vor mir, nur schwach von einigen Gaslaternen beleuchtet. Von der Haltestelle aus konnte ich die Mauer des weißen Wasserschlösschens sehen, wo wir Kinder immer im Park gespielt hatten, obwohl es damals noch verboten war. Inzwischen öffnete der Besitzer des »Weißhauses« manchmal die Tore seines Parks und erlaubte eine öffentliche Nutzung. Seit der kleine See zugefroren war, fanden sich alle Kinder des Viertels zum Schlittschuhlaufen ein.

Heute Abend, an einem der letzten Tage der Weihnachtsferien, hatten Erwachsene sogar ein paar Fackeln aufgestellt und drehten mit ihren Kindern eine späte Runde auf dem Eis. Ihr Lachen lag in der Luft, genau wie die schwere Rauchwolke aus zahlreichen Kaminen. Es war windstill. Die Luft wurde nach unten gedrückt, sodass der Rauch unbeweglich an den Schornsteinen kleben blieb wie auf einer Fotografie. Man roch die Feuer, schmeckte die Asche auf der Zunge, und wer ein weißes Hemd trug, fand die Rußspuren schon bald am Kragen.

Die Bahn kam, und ich stieg ein. Der Schaffner zwinkerte

mir zu. »Na, Verehrteste, fahren wir heute nicht in die falsche Richtung?«, fragte er.

Ich schüttelte den Kopf und verriet ihm, während er einen Fahrschein für mich abriss, dass ich heute vor der Vorstellung meine Freundin Frieda abholen müsste. Abholen wollte. Abholen durfte! Mein Herz hüpfte, und das Lächeln platzte mir zwischen den Worten immer wieder aus dem eingefrorenen Gesicht. Der Schaffner lächelte freundlich zurück und zapfte mit Daumendruck die Retourpfennige aus seinem Münzwechsler. Noch ehe die Bahn anruckte, hing ich schon wieder meinen Gedanken nach, die wie vergessenes Herbstlaub hinter der Stirn herumsegelten.

Wie schnell wir erwachsen geworden waren, wie nah die Kindheitserinnerungen plötzlich rückten, seit Friedas Karte im Postkasten gelegen hatte. Und dass sie mich inzwischen mit »Verehrteste« ansprachen! Ich musste schon wieder grinsen.

Die Elektrische bog in den Sülzgürtel ein.

Kurz nach der Überquerung der Dürener Straße wurde meine Aufmerksamkeit von einer kleinen Wagenkolonne in Anspruch genommen. Drei vornehme schwarze Wagen hielten direkt hintereinander am rechten Straßenrand.

Die wenigen Fahrgäste in der Bahn drückten sich die Nasen an der Scheibe platt.

»Ist da der Erzbischof?«, fragte eine alte Dame hinter mir und erhielt keine Antwort. An der Kreuzung Aachener Straße / Gürtel musste ich aussteigen und ging zur Tür. Kalte Luft schlug mir von draußen entgegen, als der Schaffner die Tür öffnete.

Die drei Automobile waren von hier aus gut zu sehen. Ihre Chauffeure hatten sich kerzengerade neben die Fahrzeuge gestellt und legten die Hand an die Mütze. Wichtig aussehende Herren mit Hüten, Handschuhen und langen Wintermänteln kamen aus einer vornehm illuminierten Villa auf der gegenüberliegenden Seite des Stadtwaldgürtels. Sie überquerten die Straße, nachdem die Bahn weitergefahren war. Ein etwas Kleiner mit neckischem Bärtchen auf der Oberlippe kreuzte direkt meinen Weg.

»Bitte nach Ihnen, gnädiges Fräulein!«, sagte er galant und ließ mir den Vortritt.

Mit einem steifen »Danke schön« ging ich weiter Richtung Aachener Straße zum Haus von Friedas Mutter. Gnädiges Fräulein! Was fällt dem denn ein?, dachte ich spöttisch. Der kleine Herr stieg als Letzter in seinen Wagen.

Ich blieb einen Moment stehen und sah den Männern nach. Da bemerkte ich hinter einem Mauervorsprung eine Gestalt mit karierter Schlägermütze und Fotoapparat, die versuchte, ungesehen einige Aufnahmen zu machen.

Wohl ein ganz prominentes Herrengeschwader, überlegte ich. Der eine, der Kleine, war mir bekannt vorgekommen. War das der Erzbischof? Nein, aber irgendwo war mir das Gesicht schon mal begegnet. Bloß wo?

Die Kälte drang durch die Sohlen meiner Stiefel. Schnell weiter.

Nach nur wenigen Schritten hatte ich mein Ziel erreicht und zog die Türglocke. Aufgeregte Stimmen jenseits der Tür wurden laut, und dann wurde die schwere dunkle Holztür mit Schwung aufgerissen.

»Fanny!«

Im nächsten Augenblick lagen wir uns in den Armen.

Frieda war ein wenig runder geworden, was ihr ausgezeichnet stand, und hatte ihr langes blondes Haar in einer kunstvollen Rolle im Nacken festgesteckt. Sie strahlte und wirkte auf der einen Seite so vertraut, als sei sie niemals fort gewesen, und auf der anderen Seite seltsam fremd. Als sei sie viel älter als ich. Viel gesetzter. Erwachsener. Wir spazierten Arm in Arm in die gute Stube, um Friedas Mutter unsere Aufwartung zu machen, die im Ohrensessel am Ofen saß und strickte.

»Guten Abend, Frau Schröter, ein gutes neues Jahr wünsche ich noch!« Ich streckte ihr artig knicksend die Hand entgegen. »Und einen lieben Gruß soll ich natürlich ausrichten, von der Mutter.«

»Hoffentlich kommt endlich mal was Gutes«, sagte die zarte Gestalt am Feuer und zog die karierte Wolldecke enger um die Schultern. »An der Zeit wäre es wohl! Gut schaust du aus, mein Kind. Wie geht es den Eltern? Ein Segen, dass du deine Anstellung bei der Stadt noch hast, in diesen Zeiten!«

»Ja, Frau Schröter, da bin ich auch froh. Der Papa arbeitet zu viel.«

»Und mein August ist jetzt schon fünfzehn Jahre tot! Kinder, wo ist die Zeit bloß hin?« Frau Schröter seufzte. »Willst du denn gar nicht heiraten, Fanny? Das Alter wäre doch da.«

Frieda zog mich aus der Tür, bevor ich antworten konnte. »Wir müssen los, Mutter. Fanny muss pünktlich im Theater sein. Oder sagt man: auf dem Theater?«

»Wir sind nur eine kleine Puppenbühne. Klein, aber oho! Ich freu mich so, dass du unser Krippenspiel noch sehen kannst! Es ist schön geworden. Ich spiele die Mariezebell, und wenn es losgeht, singen wir ›Tochter Zion, freue dich‹ vierstimmig, da läuft mir jeden Abend eine Gänsehaut über den Rücken, so schön ist es. Aber du wirst schon sehen! Und hören.«

Während wir plauderten, zog sich Frieda ihre Stiefel und den Mantel an, zupfte ein wollenes Kopftuch tief ins Gesicht und griff nach ihren Fäustlingen.

»So stadtfein wie du bin ich natürlich nicht!«, rief sie zwar lachend, aber mit schrägem Blick auf meine Fellstiefelchen, den schwarzen Samtmuff, der auch mit weichem Kaninchenfell ausgeschlagen war, und den modischen Hut. Ich lachte etwas angestrengt mit. Was hätte ich sagen sollen?

»Nein, sag mal – du hast ja die Haare abgeschnitten! Das glaube ich ja nicht. Du hast deine Haare abgeschnitten. Stimmt's, Fanny? Einen Bubikopf hast du! Das würde ich mich nie trauen.«

Verlegen wiegelte ich ab. »Das ist doch nichts Besonderes, es haben ganz viele Frauen kurze Haare. Und so kurz sind sie auch gar nicht. Komm, wir müssen zur Bahn, sonst verpassen wir sie noch! Richtig dicke Wollstrümpfe hast du an, oder? Im Theater bleibt der Boden kalt, auch wenn ordentlich eingeheizt wird.«

Wir verließen rasch das Haus und bogen vom Gürtel rechts in die Aachener Straße ein, um dort die Straßenbahn Richtung Neumarkt zu nehmen. Jetzt waren kaum noch Leute auf der Straße, und im Schein der wenigen Straßenlaternen sah man einige Schneeflöckchen tanzen.

Als wir in die Bahn einstiegen, waren wir die einzigen Fahrgäste.

»Die Leute haben kein Geld. Wie lange geht das jetzt schon so? Jeder Vierte arbeitslos! Zum Glück kommen sie noch ins Puppentheater, eine Abwechslung will jeder haben – gerade schlechte Zeiten sind gute Zeiten fürs Theater, sagt der Herr Direktor immer. Der Mensch will das Elend mal vergessen. Wenigstens für eine kurze Weile.«

Frieda nickte. »Es muss wieder besser werden! Der Helmut sagt immer, mit den Nationalsozialisten kommt eine bessere Welt. Die tun wenigstens was für die kleinen Leute. Dass jeder Arbeit hat und leben kann. Mehr will doch gar keiner. Die gewinnen immer mehr Wahlen, sagt der Helmut, und dann geht's bald aufwärts.«

Ich schwieg einen Moment überrascht, doch dann schüttelte ich den lästigen Gedanken ab. Stattdessen schwelgte ich mit Frieda in Erinnerungen. Dieses Terrain barg weniger Klippen als die unselige Politik. Jeder Satz wollte mit »Weißt du noch …?« begonnen werden und endete erwartungsgemäß mit Gelächter. Der Bahnschaffner schmunzelte mit.

»In nomine Dei … Weißt du noch, der havarierte Nachen mit Moselwein?«

Ich prustete los, denn ich konnte mich sehr genau erinnern.

»Kistenweise ist der gute Tropfen im Rhein geschwommen! Wie die ganze Stadt mit Waschkesseln und Einmachgläsern den Wein nach Hause schleppte! Gerade waren die britischen Besatzer verschwunden, da tanzten alle Kölner auf der Straße und füllten jede Milchkanne mit köstlichem Wein.«

»Oder verkosteten ihn gleich vor Ort«, warf Frieda ein.

»Ich werde es niemals vergessen. Es war der 5. Juli 1926, und die ganze Stadt war tagelang betrunken. Sogar die Polizei! Zwei Tote hatten wir durch Alkoholvergiftung, und zwei sind besoffen im Rhein ertrunken, hat es geheißen. Unfassbar! Weißt du noch, Elses Bruder? Wie der splitterfasernackt auf einem leeren Weinfass stand und tanzte?«

Wir lachten, bis uns die Bäuche wehtaten.

»Und weißt du noch – der Rosenmontagszug? Ein Jahr später muss das gewesen sein. Als es so unfassbar kalt war? Weißt du noch, wie dem Trompeter die Trompete an den Lippen festgefroren ist? Wir hatten bestimmt fünfundzwanzig Grad – minus. Und der arme Kerl wusste nicht, was er machen sollte, um sich nicht die ganze Haut von den Lippen zu reißen. Lena ist mit heißem Wasser aus ihrer Gastwirtschaft gerannt gekommen, um ihn wieder loszueisen. Nie vergesse ich das!«

Zwischen Hahnentor und Neumarkt wies ich auf eine große Baustelle, die jetzt im Winter stilllag. »Sie wollen hier die Straße verbreitern. Vielleicht fangen sie ja wirklich an, die besseren Zeiten. Das Gute kommt manchmal unverhofft, so wie eine Ladung kostenlosen Moselweins nach Hungerjahren. Komm, wir steigen am Neumarkt aus und laufen von da zur Sternengasse. Da kann ich noch bei Herrn Schubert vorbeigehen.«

»Herr Schubert – soso!« Frieda drohte schelmisch mit dem Finger. »Will das Fräulein Meyer etwa noch rasch einen Verehrer besuchen? Gut, dass sie ihre Anstandsdame dabeihat!«

Ich lachte artig und passte auf, dass es nicht wieder gekünstelt klang wie vorhin in der Wohnung. Ich musste an einige meiner Freunde denken und daran, was Frieda wohl sagen würde, wenn sie ihnen begegnete. Anstandsdame!

»Herr Schubert ist kein Verehrer, sondern eine Institution – wenn der wen verehrt, dann ist es wohl Heinrich Heine!« Ich fühlte aber trotzdem, wie mir eine leichte Röte ins Gesicht gestiegen war.

Rasch hatten wir den Neumarkt überquert und bogen unmittelbar vor der Apostelnkirche in die schmale Gertrudenstraße ein, direkt an der alten Römermauer. Gegenüber dem großen Versicherungsgebäude auf der rechten Seite schmiegten sich einige kleine Geschäfte aneinander. Lebensmittel Scheuren. Friseur Weber. Schuhmacher Peters. Pfeifen Schubert. Die Namen waren in Druckbuchstaben an die Hauswände gepinselt, und bei »Pfeifen Schubert« waren die beiden f jeweils durch eine aufgemalte Pfeife ersetzt. Kleine Schaufenster gewährten einen Blick ins Innere, und zwei Stufen führten zur Ladentür hinauf. Im Tabakladen brannte noch Licht, alle anderen Geschäfte hatten am Mittwochnachmittag geschlossen.

Die Ladenglocke spielte eine kleine Melodie, die mir immer ein Schmunzeln entlockte, seit ich wusste, dass es sich um die

»Internationale« handelte, die hier unauffällig mit einer kleinen Spieluhr und in winzigen Fragmenten gespielt wurde.

»… hört die Signale …«, erklang es heute unschuldig, als wir in das winzige, behaglich warme Geschäft traten.

Angenehmer Pfeifenrauch hüllte Regale, Holztheke und ein gemütliches Sitzeckchen mit zwei abgeschabten Sesselchen ein. Rechts von den Sesselchen stand ein gusseiserner Ofen mit krummem Ofenrohr und einer brodelnden türkischen Mokkakanne darauf, auf der linken Seite stapelten sich Bücher, zerlesene Zeitungen und Hefte auf einer kleinen Anrichte. Eine warme Stimme drang aus der wohlriechenden Tabakwolke zu uns.

»Sieh an, da kommt sie doch! Und ich dachte schon, das Fräulein Meyer benötigt heute keine Tabakwaren. Da bin ich aber froh. Wo doch heute Mittwoch ist, und mit guten Gewohnheiten sollte man niemals brechen. Gott zum Gruße, die schönen Damen!«

Der schmale, nicht sehr große Mann mit feinem, sorgfältig gescheiteltem Haar über der Stirn hatte sich erhoben und musterte uns sichtlich erfreut aus hellgrauen Augen und mit verschmitztem Lächeln, ohne die Tabakspfeife aus dem Mund zu nehmen. Sein weißes Hemd war wie immer viel zu groß und musste mit zwei grau-blau gestreiften Ärmelhaltern und einer blauen Wollweste in Schach gehalten werden, damit die schmächtige Gestalt nicht ganz darin verschwand.

»Guten Abend, liebster Herr Schubert, natürlich komme ich am Mittwoch. Ich hätte gern sechs Stück, wie immer. Das ist meine Freundin Frieda, ich hatte Ihnen doch erzählt … wissen Sie noch?«

»Und ob ich noch weiß! Frieda, die Frau, die dem Gift der Kreuzotter die Stirn bot. Oder war es das Wadenbein? Jedenfalls ist sie siegreich aus der Schlacht hervorgegangen, in der weder Schmerz noch Angst sie einzuschüchtern imstande waren, ganz im Gegensatz zur kaiserlich-großdeutschen —«

»Keine Politik!«, schnitt ich ihm lachend das Wort ab. »Wir sind heute Abend nur auf der Durchreise. Wir schauen vielleicht morgen Mittag etwas ausgiebiger auf einen Kaffee vorbei.« Ich schnupperte Richtung Ofen. »Riecht ja großartig!«

Gustav Schubert zog mit übertriebenem Gestus seine Stirn in Kummerfalten und hob warnend den Zeigefinger. »… gefährliche Deutsche! Sie ziehen jederzeit ein Gedicht aus der Tasche oder beginnen ein Gespräch über Philosophie. Schon gut. Ich habe verstanden. Talentiertes Schweigen kann beredter sein als das feinst geschliffene Geschwätz.«

Er glättete seine Stirn genauso unvermittelt, wie er sie krausgezogen hatte, und zog mit seiner schmalen Hand bedächtig sechs »Eckstein Nummer fünf« aus einer Schachtel. Vorsichtig schob er sie in mein Zigarettenetui, das ich auf den Tresen gelegt hatte.

»So recht?«

»Du rauchst?« Frieda bekam kreisrunde Augen.

»Wie man's nimmt«, sagte ich leichthin. »Mal ja, mal nein. Am Mittwoch allerdings eher ja!« Ich legte zwanzig Pfennige auf den Tresen und hakte Frieda unter. »Gute Nacht, Herr Schubert, heute haben wir wenig Zeit. Wir sind spät dran.«

Gustav Schubert sah uns schmunzelnd nach, seufzte und stopfte behaglich ein neues Pfeifchen.

»… auf zum letzten Gefecht …«, klimperte die Spieluhr der Ladentür, als diese sich hinter uns schloss.

Wir überquerten den Neumarkt jetzt nach Südosten und bogen zuerst in die Fleischmenger- und dann in die Sternengasse ein. Es wurde Zeit, die Glocke von Sankt Aposteln schlug schon drei viertel sieben herüber. Das stramme Laufen wärmte und ließ uns kleine Dampfwölkchen herauspusten.

Als wir am Rubenshaus in der Sternengasse Nummer 10 angekommen waren, trennten sich unsere Wege. Frieda schritt mit anderen dampfenden Zuschauern durch die große zweiflüglige Bogentür, die von zwei stattlichen Säulen gesäumt war. Darüber stand: »Puppenspiele der Stadt Köln und Weinstube Rubens«.

Ich ging durch eine schmale Seitentür und stellte mir vor, wie Frieda drinnen ihren Mantel abgab und ein Billett kaufte. Neugierig würde sie sich in der Weinstube umsehen, die sich bereits mit erwartungsfrohen Menschen füllte. Stimmengewirr brodelte sicher schon in dem kleinen Raum mit der dunklen Holzvertäfelung wie in einer Gaststube.

Unser kleines Puppentheater verwies mit einigem Stolz darauf, dass man sich hier an einer der ersten Adressen der Stadt befand. Eine Gedenktafel berichtete von Peter Paul Rubens, der in diesem hochherrschaftlich wirkenden Hause der Grafen Groensfeld seine Kindheit verbracht haben soll. Gleich im Haus nebenan, dem Haus der Schumachergaffel, hatte sogar der siebenjährige Beethoven seinerzeit ein Konzert gegeben, und beim Nachbarhaus von Pelzhändler Jabach auf der anderen Seite, da soll dereinst Goethe eingekehrt sein. Maler und Kapellmeister hätten in der Sternengasse gewohnt, und sogar die Medici habe in ihren letzten Lebensjahren auf der Flucht vor Richelieu Heimat in der Sternengasse gefunden. All das konnte man auf der Tafel lesen, und Frieda war bestimmt beeindruckt.

Ich hatte noch zu gut in Erinnerung, wie Friedas Wangen im Turnunterricht immer geglüht hatten. Es war aufregend gewesen! Mir erging es immer so, wenn ich das Foyer vor einer Vorstellung betrat. Das feste Domizil der kleinen Kölner Puppenbühne war ein richtiges kleines Theaterchen, und es erfüllte mich jeden Tag mit einem gewissen Stolz, dazuzugehören.

Wir waren nicht irgendein Kasperletheater. Wir waren die traditionsreiche Kölner Puppenbühne, und die Menschen kamen in Scharen zu uns, seit uns Oberbürgermeister Adenauer durch die Aufnahme in städtische Dienste geadelt hatte. Genau genommen war ich erst seit dieser Zeit dabei. Ich hatte die kleine Winter'sche Wanderbühne nicht gekannt, die im Übrigen immer noch durch die Lande zog und sich als Ableger des städtischen Hänneschen-Theaters ausgab, was nicht so ganz stimmte und immer mal wieder zu Reibereien führte.

Dieses festlich gestimmte Menschengewusel! Gerade um diese Jahreszeit! Die weihnachtlich geschmückten Räume, der Tannenduft, gepaart mit Wachs und Kerzenflammen – all das rief tausend Kindheitserinnerungen wach. Gleich würde das Christkind läuten, und die Türen würden sich öffnen …

Ich erinnerte mich plötzlich an das erste Weihnachtsgeschenk, ein paar Skier, die der Großvater aus gebogenen Fassbrettern gemacht hatte. Liebevoll hatte er sie geschliffen und lackiert und lederne Schlaufen für die Schuhe festgeschraubt. Und richtig, jetzt läutete es tatsächlich! Ein Saaldiener bediente das Glöckchen und rief die Zuschauer herein in die gute Stube.

Die Menschen setzten sich in Bewegung.

Frieda schlug das Herz jetzt bestimmt bis zum Hals. Sie würde sich vorsichtig umsehen, ob die Menschen neben ihr etwas davon bemerkten, und ein wenig krampfhaft ihre Tasche festhalten. Mit den anderen Gästen würde sie auf einer der schmalen Holzbänke Platz nehmen. Ich wusste genau, wie sie jetzt aussah, meine Frieda! Gespannte Erwartung breitete sich im ganzen Saal aus, wenn das Licht ausgedreht wurde.

Der Vorhang ging auf und gab den Blick auf eine weihnachtlich geschmückte Stube frei. Ein anerkennendes Raunen angesichts des detaillierten Bühnenbildes ging durch die Reihen der Zuschauer. Kühn gestreifte Tapeten zierten die Wände einer winzigen Wohnstube, ein kleiner Weihnachtsbaum stand auf dem Tischchen am Fenster, wo die Gardinen mit weihnachtlich geschmückten Schleifen zur Seite gerafft waren. Ein Porträt an der Wand im kostbar verzierten ovalen Bilderrahmen und ein Kruzifix über dem kariert bezogenen Bettchen. Sogar an den Nachttopf hatte man gedacht.

So wie vorhin die Zuschauer ins Theater gekommen waren, kamen durch die kleine Tür, von einem Glöckchen geleitet, Hänneschen, Bärbelchen, die Großmutter und der Großvater im Sonntagsstaat herein und sangen.

»Tochte-her Zion, freu-ho-ho-ho-heue dich, ja-ha-hahauchze laut, Jeru-hu-hu-husalem!«

Liebevoll bis ins Detail angezogene Stockpuppen wurden vor den Augen des atemlos lauschenden Publikums durch uns Puppenspieler lebendig. Ein kleines Wunder, das sich jeden Abend erneut vollzog und auch für uns niemals seinen Reiz verlor. Der Großvater trug eine Uhrkette an der Weste, und die Großmutter hielt das Gesangbuch. Frieda würde mit Sicherheit sofort meine Stimme erkennen und doch nach wenigen Augenblicken vergessen haben, dass dies meine Stimme war. Nein, da sang für sie wie für alle anderen Mariezebell, die beste Großmutter von allen!

Los ging es. Eine Geschichte aus der guten alten Zeit. Ich

hörte Frieda lachen über die Possen des Tünnes, kreischen bei den Frechheiten des Schäl und am Ende mit den Knollendorfern und den Menschen im Saal aus voller Brust glücklich »Stille Nacht« singen, sicherlich mit genauso feuchten Augen wie wir.

Erhitzt, nach nicht enden wollendem Applaus, ging ich schließlich mit den Kollegen hinaus ins Foyer, wo wir uns bei den Zuschauern noch einmal bedankten.

»Es ging so schnell vorbei!«, rief Frieda bedauernd, als sie mir um den Hals fiel. »Viel zu schnell. Das war wunderbar, großartig! Ich bin so stolz, dass ich deine Freundin bin.«

Sie schüttelte voller Begeisterung auch den anderen Puppenspielern die Hände und warf dann einen überraschten Blick auf mein tief dekolletiertes graues Samtkleid mit V-Ausschnitt und weißem Rand und auf die Zigarettenspitze, die ich genüsslich zum Mund führte. Unsere Augen strahlten vor Freude über den gelungenen Abend, und die Gelöstheit, in der wir Spieler nach jeder Vorstellung miteinander scherzten, zeugte von der Konzentration und Spannung, die nun erst nach und nach von uns abfiel.

»Du siehst ja fast so mondän aus wie die Dietrich. Wie du deine Hand in die Hüfte stützt, und mit dieser Zigarettenspitze ...«, flüsterte Frieda mir zu. Sie war offenbar ein wenig irritiert, schien sich unwohl zu fühlen. »Ist dein Kleid nicht ein bisschen gewagt?«, setzte sie hinzu.

Ich umarmte sie und hoffte, damit jedes ungute Gefühl zu vertreiben.

»So, jetzt räumen wir rasch unsere Bühne auf, und dann sollten wir uns anziehen und im ›Decke Tommes‹ auf unser Wiedersehen anstoßen. Möchtest du mal einen Blick hinter die ›Britz‹ werfen, Frieda? Meinen Arbeitsplatz aus der Nähe betrachten?«

Durch eine unauffällige Tür führte ich die staunende Frieda hinter die Kulissen und zeigte ihr stolz das Wunderland Knollendorf. Endlos lange Schränke mit winzigen Puppenkleidchen, Hüten und Handschuhen ließen wohl jedes Mädchenherz höherschlagen. Unzählige Figuren in verschiedenen Kostümen warteten hier auf ihren Einsatz. Ein Hänneschen mit Wintermantel, eines im Schlafrock, eines mit Hemd und Weste, wieder ein anderes nur mit Unterziehhosen bekleidet. Lauter hölzerne Augenpaare starrten der Besucherin entgegen.

Überall Puppen, und mir fiel erst jetzt, mit Frieda an der Hand, auf, wie tot und beinahe unheimlich sie an den Wänden lehnten. Manche waren ohne Kopf, dafür lagen unzählige Köpfe und Füße auf Regalen und Werkbänken und vervollständigten den Eindruck eines Gruselkabinetts. Oder den eines Schlachtfeldes. So viele Köpfe! Die Gesichter in den verschiedensten Emotionen erstarrt.

Frieda wich zurück.

»Keine Angst, die tun dir nichts«, beruhigte ich sie lächelnd.

Mit wenigen Handgriffen landeten alle Requisiten wieder an ihrem Platz. Geschenkpäckchen an langen Stangen wurden in ihren Halterungen befestigt, und auch das getigerte Katzenbaby, das Bärbelchen zu Weihnachten bekommen hatte, fand sich an einer langen Stange kopfüber an seinen Platz gehängt wieder.

»Vorsicht, nicht auf die Bühne gehen – da gibt es zu viele Stolperfallen«, warnte ein junger Mann mit blondem Haarschopf und Gitarre in der Hand.

Überall mannshohe hölzerne Ständer auf engstem Raum, die Kulissen und Mobiliar an Ort und Stelle hielten. Dass dieses Gewirr aus dem Zuschauersaal heraus wie eine perfekte Puppenstube aussah, konnte man sich hier nicht vorstellen. Frieda war offensichtlich froh, dass es Zeit wurde, den Mantel zu holen. Im fahlen Halbdunkel machten ihr die Puppen wohl eher Angst.

Draußen schien es Frieda noch unbehaglicher zu werden.

»Du willst noch ins Wirtshaus?«, fragte sie. »Es ist doch schon spät, wollen wir nicht lieber heimfahren?«

»Es ist erst halb zehn! Und heute ist Mittwoch. Mädelsabend beim ›Decke Tommes‹. Da darf ich auf keinen Fall schwänzen. Außerdem habe ich Hunger, und Thomas kocht eine köstliche Erbsensuppe. Ich lade dich ein. Komm, Frieda, nur auf ein Stündchen! Es ist nicht weit.«

Widerstrebend ließ sich meine Freundin durch die dunkle Stadt ziehen, um wenige Ecken herum, am Schauspielhaus und an der Synagoge vorbei, deren Zwiebeltürmchen uns schon als Kinder immer an ein Märchenschloss aus Tausendundeiner Nacht hatten denken lassen. In einem abgewetzten, fast schäbigen, aber sehr geräumigen Eckhaus am Ende der Glockengasse befand sich der »Decke Tommes«. Frieda war offenbar nicht gewohnt, ohne männlichen Schutz durch nächtliche Gassen zu laufen, und froh, endlich am Gasthaus angekommen zu sein.

An der Tür prallte sie zurück. Lärmen und Kreischen, Lachen und ohrenbetäubende Musik schlugen uns entgegen. Heute am Mädelsabend waren nur Frauen im Gasthaus, manche mit Kurzhaarschnitt und in Männerkleidung, andere frivol und offenherzig gekleidet, trotz der Kälte, und eine ganz mädchenhaft mit Stoffblüten in ihren langen Zöpfen. Ich hatte nicht übertrieben, eine Art Bubikopf mit und ohne Wasserwellen trugen die meisten. Eine Frisur wie Frieda dagegen hatte hier keine.

Ich ging zum Tresen und bestellte zweimal Erbsensuppe und Bier. Wir zogen die Mäntel aus, und bevor wir uns an einen freien Tisch setzten, begrüßte ich einige der anwesenden Mädels. Eine kleine Damenkapelle in Matrosenanzügen spielte einen Tusch. Mit gelöstem Haar, in Stiefelchen und einem frechen schwarzen Fransenkleid stieg eine zarte Blondine auf den Tisch. Das Kleid entblößte mehr, als es verdeckte. Sie sang das traurige Lied von einem armen Mädchen: »Wenn ich mal tot bin, wird mein schönster Tag!«

Das ganze Lokal applaudierte begeistert ihrer Darbietung, die Sängerin knickste und setzte sich unaufgefordert zu uns. Ich lächelte ihr zu und stellte die Damen einander vor.

»Leonore Feynsinn – *die* Leonore Feynsinn, Schauspielerin am Stadttheater.« Ich wies auf Frieda. »Meine beste Freundin Frieda, die gerade in Köln zu Besuch ist.«

Die beiden nickten einander zu, und ich wandte mich begeistert an die Sängerin. »Nörchen, Schatz, du bist mindestens so gut wie Ebinger! Mit der Nummer brauchst du dich wahrhaft nicht zu verstecken. Da kannste direkt nach Berlin, wa! Der gute Friedrich Hollaender★ hätte großen Spaß an deiner Interpretation. Wir kommen gleich zu euch herüber, wir müssen erst etwas essen – ich komme direkt von der Arbeit.«

Die Erbsensuppe kam und das Bier. Leonore stand langsam auf

und schlenderte zu einem großen Tisch hinüber, um sich einer Frau im Anzug rittlings auf den Schoß zu setzen.

Frieda war sprachlos. »Was ist denn das für ein … Lokal?«, brachte sie schließlich heraus.

»Hier treffen sich die Künstler der Stadt, hier oder ein Stückchen weiter, Richtung Dom, im ›Zweispann‹, oder hinterm Bahnhof in der ›Schreckenskammer‹. Die Progressiven …«, erklärte ich, aber Frieda hörte kaum zu. »… hast du sicher schon mal gehört. Maler, Musiker, Schauspieler und Dichter, und mittwochs ist Mädelsabend, da haben Herren keinen Zutritt. Das ist ein großer Spaß, wie du siehst. Unter Gleichgesinnten. Bei Verrückten halt! Aber reden wir lieber von dir. Was machst du? Geht es dir gut? Wie ist Helmut denn so? Immer noch so still? Etwas Kleines ist wohl noch nicht unterwegs?« Ich zwinkerte Frieda zu. »Und was macht euer Wein? Ach!« Im gleichen Moment schlug ich mir an die Stirn. »Möchtest du lieber ein Glas Rheinwein trinken statt Bier? Ich Dummchen! Ich habe gar nicht daran gedacht, dass ich ja eine Weinspezialistin am Tisch sitzen habe. Entschuldige!«

Frieda hatte sich noch immer nicht ganz gefangen und ließ ihre Blicke durch das Gasthaus schweifen. »Es ist gut. Ich … es ist gerade ein bisschen viel. Bier ist gut. Sag mal, küssen sich die beiden Frauen da? Ich meine, mehr, als Frauen sich normalerweise küssen sollten? Ich glaube, ich brauche erst mal einen Branntwein!«

Sie begann mechanisch, Erbsensuppe zu löffeln und kleine Schlucke Bier dazu zu trinken, doch nur langsam entspannten sich ihre Gesichtszüge.

»Wieso singt ihr eigentlich ›Tochter Zion‹ in eurem Weihnachtsstück?«, fragte sie schließlich, um das Schweigen zu brechen. »Ist das nicht ein – mindestens – protestantisches Lied?«

Ich zuckte die Schultern. »Ich weiß es nicht. Ist mir auch egal. Tommes!«, wandte ich mich an den Wirt. »Wir hätten gern zwei Cognäckchen. Meine Freundin braucht was Stärkeres!«

Zu Frieda sagte ich: »Um so etwas kümmere ich mich nicht. Wir singen dieses Lied, weil es so wunderschön ist im vierstimmigen Satz. Was der Erzbischof, der Rabbi, Hindenburg oder Herr

Hitler sagen, ist mir schnurz. Ich glaube sowieso, die nehmen sich alle viel zu wichtig. Ständig wird gewählt, und ändern tut sich gar nichts. Zum Guten jedenfalls nicht. Ich will leben, das wollen alle. Der kleinste Käfer will das. Mir geht diese Rechthaberei auf die Nerven. Ob Religion, Politik oder Moral. Davon kriege ich Kopfschmerzen. Jeder soll frei sein zu tun, was er will! Auch die neuerdings so verhassten Juden. Papa ist schließlich auch einer, wenn man's genau nimmt. Und geht Weihnachten trotzdem mit in die Kirche. Wenn es wirklich einen Herrgott gibt, was ich stark bezweifeln möchte, glaubst du, der interessiert sich für Religionszugehörigkeit?«

Frieda schaute mich angesichts des Redeschwalls überrascht an.

»Solche Juden wie dein Vater sind gar nicht gemeint«, beeilte sie sich zu sagen. »Ihr seid doch ganz normale Leute. Um die geht's hier nicht. Hitler redet vom internationalen Judentum. Von Betrügern und Ausbeutern, die sich von unserem Fleische nähren und die schuld sind an der Misere in Deutschland. Von den Eliten, die sich verschworen haben, uns zu vernichten. Diese Juden sind unser Unglück!«

»Wer soll denn das sein – internationales Judentum? Bitte! Der Krieg ist schuld. Der Hass ist schuld und die Ungerechtigkeit. Und für all das verantwortlich sind die da oben. Ob Kaiser oder Hitler – für uns hier unten bleibt sich alles gleich.« Ich war verstimmt.

Wütend sang ich leise vor mich hin: »»Der Kaiser ist ein guter Mann, er wohnt in Berlin. Und wenn der Weg so weit nicht wär, dann führ ich auch mal hin!‹ Pah! Weißt du noch, wie wir das in der Schule gesungen haben? Zu Kaisers Geburtstag! Als Nächstes singen wir zu Hitlers Geburtstag, oder was? Satt wird davon keiner!«

Ich schwieg einen Moment und fügte dann leise hinzu: »Lass uns das Thema wechseln, Frieda, der Abend war doch so nett bisher.«

Das Schweigen bedrückte uns beide. Verknotete sich im Hals. Ich suchte krampfhaft nach einem unverfänglichen Thema.

»Ich höre gern Radio. Papa hat voriges Jahr einen Radioapparat gekauft, und Mama und ich hören immer das Jazzkonzert der Westdeutschen Funkstunde. Es ist großartig! Man sitzt daheim am Kaffeetisch und hat ein Konzert frei Haus. Manchmal spielt Mama leise auf ihrem Cello mit. Hat es in Heppenheim auch schon einen Rundfunksender? Grete Roese★ vom Kabarett ›Kolibri‹ spricht oft im Anschluss an das Konzert ihr ›Wort zum Sonntag‹. Sie ist so wunderbar frech! Und so witzig, dass sogar Papa manchmal lachen muss. Kennst du das ›Kolibri‹? Nein? Aber ›Groß-Köln‹ kennst du noch, stimmt's? Wo die Grete Fluss★ ihre ›Fastelovendprinzessin‹ gespielt hat? Dein letztes Karneval in Köln, weißt du noch?«

Da war zum Glück erneut das Weißt-du-noch-Gefühl. Ich begann wieder leise zu singen. Diesmal aber mit ganz weicher Stimme, so wie Grete Fluss:

>*Och wat wor dat fröher schön doch in Colonia.*
>*Wann d'r Franz mi'm Nies noh'm ahle Kohberg ging …*
>*Wann d'r Pitter Ärm in Ärm mi'm Apollonia*
>*stillvergnügt o'm Heimweg aan ze knutsche fingk!«*

Ich seufzte. »Schön war das, stimmt's, Frieda?«

Ich erzählte ihr die Geschichte vom alten Kuhberg, dem Viehmarkt auf einer kleinen Anhöhe vor dem Kloster Merheim, über den Willi Ostermann★ sein Lied geschrieben hatte. Lange bevor es die Gaststätte »Am ahle Kohberg« gab, die ihren Namen ebenfalls von diesem Viehmarkt hat.

Ich erzählte es ihr, obwohl ich sicher wusste, dass sie die Geschichte genauso gut kannte wie ich. Ich wollte da anknüpfen, wo wir in der Bahn aufgehört hatten. Vielleicht hatte ich auch einen Moment lang Angst, dass Frieda alles, was uns verband, plötzlich vergessen haben könnte. Die Stimmung wurde versöhnlicher. Frieda sang sogar ein paar Zeilen mit.

Aber die Suppe schmeckte nicht so richtig heute Abend. Im Lokal war es zu laut, und wir brachen früh auf. Auf dem Heimweg verabredeten wir uns für einen Markthallenbummel am Heumarkt, denn auch den nächsten Tag wollten wir gemeinsam verbringen.

»Und anschließend trinken wir einen Kaffee in der ›Bastei‹, bevor du wieder heimfährst. Das muss doch sein bei einem Köln-Besuch! So ein unerhört moderner Bau – da drin kommt einem sofort der Gedanke von einer neuen Zeit, im besten Sinne. Ich bringe ein Gedicht mit. ›Köln von der Bastei aus gesehen‹ von Joachim Ringelnatz★. Kennst du den? Nein? Er wird dir gefallen!«

Ich lächelte Frieda liebevoll zu. Sie war auf einmal wieder so fremd.

Das Gefühl blieb auch am nächsten Tag, und ich glaube nicht, dass sie Ringelnatz mochte. Wir beschlossen, einander von jetzt an regelmäßig zu schreiben.

»Sieh dir das an!« Vater war ganz aufgeregt. »Dieser Hitler ist in Köln gewesen!«

»Na und? Das ist ein alter Hut. Der kommt ständig zu Veranstaltungen in die Messe. Der will Wahlen gewinnen.« Mutter antwortete gelangweilt. Sie hatte keine Lust, sich das anzusehen. Sie stichelte gerade an einer besonders prächtigen blauen Stoffchrysantheme. »Hattest du kein dunkleres Blau im Laden, Ludwig? Diese Nähseide hier ist zu hell.«

»Aber diesmal war er heimlich hier!«

»Ah, deshalb weißt du ja auch davon …« Das klang spöttisch.

»Ja, er ist eben gesehen worden.«

»Wie unheimlich!«

Ludwig Meyer hasste die Neigung seiner Frau zu albernen Wortspielen und ihr zur Schau getragenes Desinteresse.

»Er war bei den von Schröders in der Villa und hat sich mit von Papen getroffen.«

»Die Französische Revolution hätte halt *unsere* ganzen ›Vons‹ gleich mit unter die Guillotine legen sollen! Ich meine, wozu waren die Franzosen denn in Köln? Vielleicht bringt Hitler der Stadt jetzt bei, dass man auf den kleinen Leuten nicht nur rumtrampeln kann. Man kann ihm vieles unterstellen, ein ›Von‹ ist er nicht. Wenn Adel und Pöbel sich zusammentun, da kann ja nur etwas Gutes dabei herauskommen!« Cäcilie Meyer lachte bitter.

»Jetzt mal ernsthaft, Cäcilie, das ist kein Spaß! Die Straße kommt nicht zur Ruhe. Und ich sage dir, die führen was im Schilde. Umsonst treffen Hitler und Konsorten nicht Bankiers und Reichskanzler. Von Papen will doch offiziell mit den Nationalsozialisten gebrochen haben! Am Ende wollen sie ihm die SA- und SS-Brigaden als Staatspolizei oder Bürgerwehr andienen. Dann gnade uns Gott! Das hieße, den Teufel mit dem Beelzebub austreiben. Wir können die Politik doch nicht immer weiter dem Mob überlassen. Sieh dir das an!«

Er warf die Zeitung auf den Tisch. Mutter dachte nicht daran, sich das anzusehen. Aber ich warf einen langen Blick auf das Foto.

»Die habe ich gesehen«, sagte ich schließlich.

»Wie – gesehen?« Papa fuhr herum.

»Am Mittwoch, als ich Frieda abgeholt habe, habe ich die gesehen. Sie stiegen gerade wieder in ihre Autos. Halb fünf, vielleicht drei viertel, am Stadtwaldgürtel.«

»Da ist von Schröders Villa.«

»Und Hitler, den hätte ich beinahe umgerannt. ›Bitte nach Ihnen‹, hat er zu mir gesagt.«

»Du bist ja verrückt!«

»Nein, Papa, ich bin mir sicher, dass ich ihn gesehen habe. Er kam mir gleich bekannt vor. Aber er ist viel kleiner, als man denkt.«

»Um Himmels willen, Fanny! Du sagst keiner Menschenseele etwas! Zu niemandem. Du hast rein gar nichts gesehen!«

Der Vater war ganz rot im Gesicht geworden, und auch die Mutter schaute jetzt besorgt auf.

»Es ist doch nicht verboten, Herrn Hitler zu treffen. Er hat sogar gegrüßt.« Ich war überrascht von der heftigen Reaktion.

»Es gibt Geschäfte, bei denen man nicht gesehen werden will, Kind! Und wer weiß, was die da gemacht haben. Fanny, du erzählst niemandem davon!« Die Stimme des Vaters wurde jetzt beschwörend.

»Ich habe sogar den gesehen, der das Foto gemacht hat.«

Die Mutter ließ das Nähzeug sinken.

»Nichts hast du gesehen, verstanden? Du weißt nicht, was das für Leute sind!« Jetzt stand Papa zitternd vor Aufregung direkt vor mir.

»Dann eben nicht.« Ich gab seufzend auf und wandte mich an Mutter. »Es wird großartig«, sagte ich mit Blick auf ihre Handarbeit.

Mutter stichelte weiter an den blauen Chrysanthemen. Die gehörten zu meinem Karnevalskostüm. Ich wollte mit drei Kolleginnen beim diesjährigen Lumpenball im »Decke Tommes« als »Blaue Busen« auftreten, aber das hatte ich dem Vater noch gar nicht erzählt. Er regte sich immer gleich auf. Dafür musste ich wohl besser den richtigen Moment abpassen. Falls ich es ihm überhaupt sagte.

Mit unserer Aktion bezogen wir uns auf die »Blauen Blusen«*, ein Agitprop-Arbeiterkabarett, dessen Name auf die blaue Arbeiterkleidung anspielte. Ich war der Ansicht, dass die Kommunisten viel zu humorlos an die Sache herangingen. »So kann das ja nichts werden mit der Revolution«, hatte ich zu Luise gesagt, »das ist einfach zu wenig attraktiv.«

Dem wollten Luise, Martha, Leonore und ich etwas entgegensetzen. Unter kunstvollen, mit blauen Blüten aufgetürmten Hüten wollten wir uns blau gemalte Brüste aus Stoff um den Hals hängen und singen. Revolutionslieder mit neuem Text. Das heißt, so ganz einig waren wir uns noch gar nicht, ob wir uns falsche Brüste umhängen würden oder die echten anmalen. Nore und ich fanden Letzteres zu gewagt.

»Wir sind schließlich städtische Angestellte, das kann Ärger geben«, wandte Leonore nicht ganz unberechtigt ein. Aber wir fanden alle vier, dass es Zeit war, den Kommunisten mit etwas weniger heiligem Ernst zu begegnen. »Blaue *Busen*« waren unserer Einschätzung nach die richtige Antwort auf freudlose Arbeiterräte. Die Eltern mussten ja nicht alle Details kennen.

»Ich muss gleich los.« Ich erhob mich, gab ein wenig widerstrebend die sonntägliche Ruhe auf, gähnte und streckte mich. »Reg dich nicht auf, Papa. Uns geht es nichts an. Uns fragt auch keiner.« Ich verließ das Wohnzimmer und zog mich im Flur an. »Wiedersehen. Ich bin nicht spät zurück.«

»Wiedersehen.«

Die Wohnungstür klappte zu.

Heute war es nicht ganz so kalt wie in den letzten Tagen. Beinahe Tauwetter.

Am späten Sonntagnachmittag waren eine Menge Leute unterwegs. Familien beim Spaziergang oder auf dem Heimweg von einem Verwandtenbesuch. Paare wollten ins Theater. Ins Puppentheater konnten sie nicht wollen, denn wir hatten zwei Tage vorstellungsfrei wegen der Proben für das neue Stück. Deshalb konnte ich mich heute mit Luise treffen.

Ich freute mich auf ein gemütliches Schwätzchen, stieg in

die Straßenbahn und setzte mich. Gleich gegenüber saß eine Mutter mit ihren beiden Kindern. Das kleine Mädchen hatte lange blonde Zöpfe, so wie sie Frieda gehabt hatte, und eine rote Wollmütze auf dem Kopf. Ihr Bruder war vielleicht ein oder zwei Jahre älter, mit Sommersprossen auf der Nase und einer gewaltigen Zahnlücke unter der Schiebermütze. Erstes Schuljahr, tippte ich und sah den beiden zu. Sie sagten alle Abzählreime auf, die ihnen einfielen, und knufften sich kichernd immer wieder in die Seite.

Ein ernster Blick der Mama brachte sie zum Schweigen. Doch schon nach wenigen Augenblicken ging es von vorn los. Abzählreime, Schubsen, Kichern – ernster Blick. Die Kleine mit den blonden Zöpfen verdrehte hinter Mutters Rücken zu ihrem Bruder hin die Augen. Der kicherte nun noch mehr. Ich konnte die Abzählreime mitsprechen, denn ich kannte sie alle und freute mich, dass die Kinder offenbar immer noch die alten Verse aufsagten.

»Eins, zwei, drei, vier, fünf, sechs, sieben, eine alte Frau kocht Rüben. Eine alte Frau kocht Speck, und du musst weg! – Ene mene mopel, wer frisst Popel, süß und saftig, eine Mark und achtzig, eine Mark und zehn, und du kannst gehn! – Ich und du, Müllers Kuh, Müllers Esel, raus bist du!«

»Schluss jetzt, ihr Bande!« Die Mutter war wütend. »Schluss – oder ihr kommt in die Judenschule!«

Ihre schrille Stimme riss mich aus den angenehmen Gedanken. Die Frau holte aus und schlug beiden Kindern rechts und links ins Gesicht, so fest, dass der Kinderkopf jedes Mal regelrecht zur Seite flog. Sie weinten nicht. Die Kleinen versteiften sich, ließen sich mit versteinerten Mienen schweigend schlagen, ohne sich wegzudrehen, und sahen anschließend auf den Boden. Die Hand ihrer Mutter malte sich in flammendem Rot auf den Wangen ab wie ein Brandzeichen. Ich sah genauso schuldbewusst wie fassungslos zu. Warum fühlte ich mich so ertappt? – Ich konnte gar nicht sagen, wobei.

Ich rieb mir die Wange. War es das Schweigen der Kinder, denen solches offenbar nicht zum ersten Mal geschah, das mich so traf? War es ihr Stolz, der sie stumm die Strafe hinnehmen ließ? Oder war es das Wort »Judenschule«, das mich so berührte, als wäre ich selbst unvermittelt mitten ins Gesicht geschlagen worden? Jedenfalls wagte ich kaum noch zu atmen. Ich war froh, als ich aussteigen konnte, und ging schnellen Schrittes zur Hausnummer 14, wo Luise Straus-Ernst⋆ mit ihrem Sohn Hans-Ulrich wohnte.

Am nächsten Mittag kam Papa aufgebracht in der Mittagspause aus dem Geschäft nach Hause. Mutter hatte Kartoffelsuppe gekocht, sein Lieblingsgericht, aber an Essen war nicht zu denken.

»Sie … sie haben … sie haben einen Davidstern an die Hauswand geschmiert! Direkt neben der Ladentür. Beim Schuhhaus Fischel⋆ und am Kaufhaus Landauer⋆ auch. Ich weiß nicht, wer. Aber wer soll das schon gewesen sein! Was soll denn das heißen? Kann jetzt jeder Wände beschmieren, egal, wem sie gehören? Ich bin hier geboren. Es ist mein Land. Ich bin zu seiner Verteidigung in den Krieg gezogen und habe das Eiserne Kreuz. Und die schmieren mir den Davidstern an die Hauswand! Wir können das Gesetz doch nicht der Straße überlassen!«

Mutter schlug erschrocken die Hand vors Gesicht. Mir war für einen Moment, als hätte ich Tränen in Vaters Augen gesehen, auch wenn er seiner Stimme eher Empörung und Nachdruck verlieh. Ich legte tröstend den Arm um ihn.

»Das sind doch hitzige Dummköpfe. Nimm es nicht so tragisch, Papa. Am besten ist, man ignoriert es. Dann werden sie es bald leid. Der Spuk wird schnell vorbei sein. Das sagen alle. Bei den letzten Wahlen hat die NSDAP doch schon verloren. Das sind Rückzugsgefechte. Du weißt, wie es mit jungen Hunden ist. Sie müssen ständig die Zähne zeigen. Ganz besonders, wenn sie Schwächlinge sind.«

Ich erzählte ihm nicht von der Judenschule gestern in der Bahn, und ich erwähnte auch nicht, dass mich die Weber-Schwestern im Erdgeschoss heute Morgen nicht gegrüßt hatten. Es konnte sein, dass sie mich einfach nicht gesehen hatten. Wie schnell passierte das? Manchmal ist man mit den Gedanken einfach ganz woanders. Das hatte nichts zu bedeuten. Natürlich nicht.

Die Eltern wohnten seit beinahe zwanzig Jahren hier in der zweiten Etage. Ein paar Jahre nachdem sie eingezogen waren, hatten sie das Haus gekauft. Die Weber-Schwestern wohnten im Erdgeschoss, und im ersten Stock wohnte ein kinderloses Paar, Ludwika* und Hannes Baum, seit Friedas Mutter in die kleine Wohnung am Stadtwaldgürtel gezogen war. Man lieh einander ein fehlendes Ei oder eine Prise Salz. In der ganz schlechten Zeit nach dem Krieg hatten sie sogar manches Mal das wenige Essen geteilt, das sie noch hatten, erzählte Mutter oft. »Graupenauer!«, habe Agnes Weber über Oberbürgermeister Adenauer und sein Graupenbrot geschimpft. »Soll er das Zeug doch selbst fressen!«

Sie waren von einem etwas schroffen Charme, sicherlich, aber warum sollten sie plötzlich nicht grüßen? Es konnte nicht sein.

Am späten Nachmittag ging ich mit Vater in den Laden und schrubbte die Hauswand in der Breite Straße blitzblank. Keiner der Passanten beachtete mich. Meine Hände wurden ganz rot von der Kälte.

»»Aber wir verstehen uns bass, wir Germanen auf den Hass. Aus Gemütes Tiefen quillt er, deutscher Hass! Doch riesig schwillt er, und mit seinem Gifte füllt er schier das Heidelberger Fass!'«

»Heine, stimmt's?« Ich schloss meine immer noch kalten Hände um eine Tasse schwärzesten Mokka und streckte meine Füße an dem bollernden Ofen in Gustav Schuberts kleinem Tabakladen aus. Die Gertrudenstraße lag nur wenige hundert Meter von der Breite Straße entfernt.

Gustav nickte.

»Papa ist fassungslos, dass jemand Hauswände beschmieren kann, ohne dass etwas geschieht. Er wollte Anzeige erstatten, aber der Polizist auf der Wache hat sich geweigert, die Anzeige aufzunehmen. Er könne ja selbst die Hauswand angemalt haben, hat er gesagt! Die Polizei habe für solchen Kinderkram keine Zeit. Und er hat Papa fast gedroht und ihn hinauskomplimentiert.«

»So ist das mit der deutschen Seele. Heine wusste schon vor hundert Jahren, dass es nicht gut gehen wird. Nicht gut gehen kann. Anders als bei den Franzosen ist unser Nationalismus nämlich weit entfernt von Demokratie und Volk. Napoleon, das war ein wahrer Kaiser. Wir müssen immer jemanden hassen. Weil er fremd ist. Weil er anders ist. Weil er draußen ist und wir drinnen. Weil er schuld ist. Weil jemand schuld sein muss! Jetzt ist halt mal wieder der Jude an allem schuld. Weil er unser Geld will. Hass – dein Name sei deutsch. Wir glauben fest an unten und oben. Wir haben ja nicht mal eine richtige Revolution hingekriegt!«

»Na ja, ich bin nicht so sicher, ob Papa dieselbe Art von Kaiser meint. Er denkt sicher eher an so ein Modell wie den alten Kaiser Wilhelm. Der gab den Juden schließlich auch die verfassungsmäßige Gleichberechtigung, sagt er immer. Außerdem, Napoleon … war der nicht Franzose und ist damit Erbfeind? Schon lange vor den Juden?« Ich grinste. »Und war da nicht was mit Waterloo?«

»So was wie Waterloo hat der Kaiser Wilhelm aber auch im Angebot, wenn ich mich nicht irre. Im Ernst, ich fürchte, wir werden uns die Demokratie erkämpfen müssen, Fanny. Geschenkt kriegt man nichts.«

»Ich nicht. Ich kämpfe nicht. Wir wissen doch, wohin das Kämpfen führt, man ist am Ende tot. Wie Friedas Papa. Vergast in Verdun wie eine Ratte! Wenn am Ende der Fahnenstange sowieso nur der Tod wartet, bin ich lieber tot, ohne vorher kämpfen zu müssen, das scheint mir vernünftiger.«

Gustav seufzte wieder. »Du schließt aus, dass es auch gut ausgehen kann. Dass Kämpfen sich lohnen kann. Dass wir auch gewinnen können.«

»Außerdem sind mir dieser ganze Arbeiterkampf und die Revolution viel zu trostlos. Bitte! Sieht so die erstrebenswerte Zukunft aus – wie die ›Blauen Blusen‹? Kennst du die, Gustav? Die Mädels und ich, wir gehen auf den Lumpenball als ›Blaue Busen‹. Wir werden euch zeigen, was Revolution ist!«

»Was?« Gustav war die Pfeife aus dem Mund gefallen, aber er lächelte sein verschmitztestes Lächeln.

»Blaue Busen. So sieht Revolution aus, die Spaß macht! Du kommst doch am Rosenmontag zum ›Decke Tommes‹, oder? Da kannst du uns sehen.«

Ich hatte Gustav anscheinend tatsächlich ein bisschen aus der Fassung gebracht. Jetzt fing die Sache an, lustig zu werden. Diese todernsten Debatten führten doch zu nichts! »Wenn Mutter wüsste, was für ein Kostüm sie mir da näht!«

»Ich glaube fest daran, dass diese braunen Horden uns wirklich das letzte Gefecht abverlangen.« Gustav blieb unbeirrt. »Wir müssen durchhalten, dann werden wir am Ende siegen! Soll ich dir vorlesen, was Heine über die deutsche Revolution geschrieben hat, um den Franzosen zu erklären, warum sein Volk so anders tickt als sie?«

Ich nickte ergeben, und Gustav schlug ein zerlesenes leinengebundenes Bändchen auf, auf dem in abgewetzten Buchstaben stand: »Zur Geschichte und Philosophie in Deutschland«. Er räusperte sich.

»»Das Christenthum – und das ist sein schönstes Verdienst – hat jene brutale germanische Kampflust einigermaßen besänftigt, konnte sie jedoch nicht zerstören, und wenn einst der zähmende Talisman, das Kreuz, zerbricht, dann rasselt wieder empor die Wildheit der alten Kämpfer, die unsinnige Berserkerwuth. Der Gedanke geht der That voraus, wie der Blitz dem Donner. Der deutsche Donner ist freylich auch ein Deutscher und ist nicht sehr gelenkig und kommt etwas langsam herangerollt; aber kommen wird er, und wenn Ihr es einst krachen hört, wie es noch niemals in der Weltgeschichte gekracht hat, so wißt: der deutsche Donner hat endlich sein Ziel erreicht.'«

Ich schloss die Augen. Gustavs Stimme umgab mich, leise und eindringlich, klar und voller Wärme. Ich mochte den Geruch nach Tabak, Druckerschwärze, frisch gestärkten Hemden und Staub in seinem Laden, der manchmal um köstlichen Kaffeegeruch ergänzt wurde, so wie heute, und manchmal um den Geruch frischer Schuhwichse. Gustav Schubert liebte das Schuheputzen und konnte sich ausgiebig mit dieser Arbeit beschäftigen, wenn gerade keine Kundschaft im Laden war. Es kam mir manchmal so vor, als wolle er jeden blinden Fleck dieser Welt mit kräftigen Bürstenstrichen blitzeblank striegeln, auf dass sich nur noch das Gute und Gerechte darin spiegele.

»»Bey diesem Geräusche werden die Adler aus der Luft todt niederfallen, und die Löwen in der fernsten Wüste Afrikas werden die Schwänze einkneifen und sich in ihre königlichen

Höhlen verkriechen. Es wird ein Stück aufgeführt werden in Deutschland, wogegen die Französische Revolution nur wie eine harmlose Idylle erscheinen möchte.«

Ich genoss die Wärme, die der Ofen ausstrahlte, und langsam rückten Sorgen und kalte Hände, ein an die Hauswand geschmierter Davidstern und die blöden Weber-Schwestern ein ganzes Stück von mir ab.

»Hauptsache, ich muss nicht dabei sein«, sagte ich, als ich die Augen wieder geöffnet hatte. »Ich backe morgen einen Mohnstriezel, darf ich dir ein Stückchen mitbringen? Das ist eine Art Revolution, für die ich zu haben bin. Ich habe nämlich Mohn ergattert und finde das großartig! Ein Kollege baut hinterm Haus welchen an und hat es durch Zufall erwähnt, da habe ich gleich zugegriffen. Und eine Revanche für diesen köstlichen Mokka wird doch erlaubt sein?«

»Wenn es unbedingt sein muss.« Gustav seufzte übertrieben, und dabei lächelte er froh. »Warum haben wir uns eigentlich gesiezt, als deine Freundin Frieda hier gewesen ist?«

»Ich weiß nicht. Es hatte als Spaß angefangen, aber dann reagierte sie so komisch. Sie ist ein bisschen anders, als ich sie in Erinnerung hatte. Ist ja klar. Menschen verändern sich. Sie legt so großen Wert auf das, was die anderen sagen. Ob sich etwas schickt oder nicht. Sie ist so …«, ich überlegte, »… so beschränkt. Oh Gott, nein, das habe ich nicht gemeint! Aber irgendwie doch. Ja. Eingeschränkt. Eng. Klein. Oder erwachsen. Sie urteilt so schnell. Ihr Helmut glaubt an die Nationalsozialisten. Ihr Herz war doch immer so groß! Oder habe ich mir das eingebildet? Ach, was weiß ich. Auf jeden Fall wollte ich dann das ›Sie‹ nicht mehr zurücknehmen. Es geht sie sowieso nichts an.«

Was geht sie nichts an?, fragte Gustavs Blick, aber er sprach es nicht aus. Um nichts in der Welt hätte er laut gefragt. Ich wusste es genau. Vielleicht hatte sein Herz einen kleinen Sprung gemacht beim »Es geht sie nichts an«, so wie meines, und er wollte dieses Gefühl nur noch ein bisschen behalten, so wie ich. Egal, ob zu Recht oder Unrecht, dieser kleine Sprung war es wert, gehütet zu werden wie ein Schatz.

Ich wusste, dass er mir nachlächelte, als ich ins Theater ging. Die Tür sang »… Menschenrecht!«, als sie sich schloss.

Eine seltsame Stimmung hatte mich erfasst und hielt die nächsten Tage und Wochen an. Leiser, irgendwie gedämpfter als sonst. Wie unter Wasser. Vielleicht auch nur grauer. Im Winter ist die Welt immer grauer, sagte ich mir, deshalb fiel es den anderen wohl nicht auf.

Ich hätte nicht beschreiben können, was sich verändert hatte. Aber ich nahm es deutlich wahr. Vielleicht der ferne Donner, der, von dem mir Gustav aus dem Heine-Bändchen vorgelesen hatte? So fern war er, dass man ihn fast nicht hören konnte. Aber wer ihn gehört hatte, der wusste, dass er auf dem Weg und nicht mehr aufzuhalten war. Wie ein kaum hörbares Störsignal, das, sobald es wahrgenommen ist, nicht mehr ausgeblendet werden kann. Es war etwas geschehen, nur was?

★★★

Die Weihnachtsdekoration verschwand nach und nach aus dem Stadtbild und von den Fenstern. Ich ging ins Theater und mittwochs zum Mädelsabend. Dann wieder Premiere. In der »Kölschen Carmen« durfte ich die »Habanera« singen. Da im Opernhaus die »Carmen« gegeben wurde, hatte sich das städtische Puppenspiel einen Spaß daraus gemacht, ebenfalls das beliebte Stück auf den Spielplan zu setzen. Fürs kölsche Gemüt »übersetzt«, sowohl bezüglich der Sprache als auch was den Inhalt betraf.

Die Zuschauer strömten in Scharen ins Theater, brachen in Begeisterungsstürme aus, wenn ich sang, und lachten, bis ihnen die Tränen über die Wangen liefen, weil Escamillo, der Stierkämpfer, so unverkennbare Ähnlichkeit mit ihrem hageren Oberbürgermeister Adenauer hatte. Der Direktor war mit seinem Coup sehr zufrieden.

Meine Stimme war belegt, wenn ich sang, aber niemand außer mir schien es zu bemerken. Dr. Moses★ konnte nichts finden, nachdem er mir in den Hals geguckt hatte, und so ging ich beruhigt wieder nach Hause und lutschte täglich Berge von Emser Salzpastillen.

Es war Mittwoch, der 18. Januar, als ich nachts schweißgebadet aufschreckte. Das Herz schlug mir bis zum Hals, doch die Nacht war still. Ich lauschte, nichts zu hören. »Mama?« Nichts rührte sich.

Ich fröstelte unter der nass geschwitzten Decke und drehte sie um. Die trockene, aber kalte Seite des Federbetts auf der feuchten Haut schreckte mich noch wacher. Es dauerte lange, bis ich schließlich zurück in den Schlaf fand.

In der nächsten Nacht fuhr ich nicht nur ein Mal, sondern immer wieder hoch, ohne zu wissen, warum. Ob ich schlecht träumte? Aufrecht in meinem Bett sitzend konnte ich mich an nichts erinnern. Nacht für Nacht wiederholte sich das. Vielleicht vertrug ich das viele Emser Salz nicht? Mutters besorgtem Blick wich ich aus.

Am nächsten Montag suchte ich Dr. Apfel* in der Elisenstraße auf. Er kannte mich von Kindesbeinen an, war ein enger Freund der Familie und hatte mich und Leo auf die Welt geholt. Was war mit mir los? Es fühlte sich an, als spönne sich ein feines Netz um mich, wie von einem dieser Mottenspinner, die ganze Bäume nach und nach in unheimliche weiße Tücher hüllten und ihnen am Ende die Luft zum Atmen nahmen.

Der alte Dr. Apfel lächelte mich an. »Es werden doch nicht die Wechseljahre sein, Kind? Aber nein, natürlich nicht, du bist mit Ende zwanzig doch noch ein Küken. Es sind die Nerven. Ich denke, du arbeitest ein bisschen viel. Sieben Tage die Woche ist starker Tobak! Ruh dich aus, schlaf ein bisschen mehr und versuch, an etwas Schönes zu denken. Brau dir diesen Tee vorm Schlafengehen und leg dir ein Bettjäckchen auf den Nachttisch, falls du beim Aufwachen frierst. Es geht vorbei, glaub mir. Du bist kerngesund.« Er strich mir übers Haar und strahlte Sicherheit aus.

Ich war erleichtert, lächelte zurück und wollte etwas Nettes zu ihm sagen. »Sagen Sie, Dr. Apfel, Ihre Frau ist doch weitläufig mit Heinrich Heine verwandt, erinnere ich mich da richtig? Hat sie ihn eigentlich gekannt?«

»Wie kommst du jetzt darauf, Kind? Nein, meine Frau ist erst drei Jahre nach Heines Tod geboren, aber ihr Großvater und Heines Vater waren tatsächlich Cousins, das stimmt schon. Cousins allerdings, die sich nicht allzu grün gewesen sein sollen. Warum?« Er schmunzelte.

»Es fiel mir nur gerade so ein. Es hat nichts zu bedeuten. Heine war Jude, nicht wahr?«

»Zunächst schon, dann konvertierte er zum Christentum. Sicher nicht aus Überzeugung, mehr aus politischen Gründen. Ich denke, er machte sich nicht viel aus Religion. Interessiert er dich? Meine Frau kann dir eine Menge Bücher leihen! Heine ist eines ihrer Steckenpferde.«

»Vielen Dank, aber ich kenne da schon einen Heine-Fachmann. Deshalb fiel es mir auch gerade wieder ein, dass es bei Ihnen auch eine Verbindung zu Heine gibt. Grüßen Sie Ihre Frau bitte recht herzlich von mir. Sie führt noch ihre Gespräch-Salons, oder?«

»Aber ja!« Dr. Apfel schmunzelte erneut. »Gott und die Welt kommen sonntags beim Tee in unserem Salon zusammen und erfinden mindestens das Rad neu. Andere Leute halten sonntags ein Nickerchen, aber bei uns will so unendlich viel debattiert sein. Wie grandios die Feynsinn zuletzt die Krimhild gegeben hat! Und was die anhatte, wirklich gewagt! Ich glaube, Max Ernst und die Surrealisten sind das nächste Thema.«

»Ich bin mit Luise Straus-Ernst befreundet …«

»Wirklich? Das dürfte meine Frau brennend interessieren! Sie würde sich sicher sehr freuen, wenn du ihre illustre Runde bereichern möchtest. Aber Spaß beiseite, ich bin sehr froh, eine so kluge Frau zu haben, wenn ich auch im Gegensatz zu ihr Bodenheimers* Idee vom jüdischen Staat im Heiligen Land für geradezu absurd halte! Wir sprachen beim letzten Salon darüber. Wir sind Deutsche und keine Osmanen. Was um Himmels willen wollen wir in der Wüste? Sollen wir uns am Ende alle Krumm-säbel umschnallen und auf Kamelen reiten? Aber Gedankenex-perimente müssen erlaubt sein, sagt meine Frau. Komm doch mal vorbei, am Sonntagnachmittag in zwei Wochen macht sie den nächsten Salon.«

»Vielen Dank, ich schau mal – sonntags bin ich persönlich auch mehr für das Nickerchen zu haben …« Ich zwinkerte Dr. Apfel zu, zog mich rasch an und verabschiedete mich.

Konnte das sein? Nur überarbeitet? »Das geht vorbei!«, hatte er gesagt.

»Der Gedanke geht der That voraus«, dachte ich. Ein Unwohlsein, jawohl, vielleicht hatte ich mir einfach einen Infekt zugezogen, bei der Kälte kein Wunder! Ich beschloss, die Sache nicht so wichtig zu nehmen. Ein paar Tage, und dann wäre es sicher vorbei. Vielleicht eine leichte Ohrentzündung. Ich würde mir am Abend mit Zwiebeln einen Ohrverband machen, bevor ich ins Bett ging, und Lindenblütentee trinken, dann war sicher bald alles vergessen. Ein Infekt, der noch in den Knochen steckt und den deshalb auch kein Arzt erkennen kann, das klingt vernünftig, sagte ich mir.

Es wurde Zeit, dass die dunkle Jahreszeit vorbeiging. Ende Januar sehnten sich die Menschen unbändig nach Licht. Und nach Leben. Da war es kein Wunder, wenn man anfing, Gespenster zu sehen. Bald würde man bemerken, dass die Tage wieder länger wurden. Noch drei oder vier Wochen und alles wäre heller!

Ich lächelte meinem Spiegelbild im Schaufenster entschlossen zu.

Der 30. Januar war ein nasskalter Tag mit schmutzig grauen Schneebuckeln auf den Bürgersteigen. An diesem Montag hatte ich endlich den versprochenen Mohnkuchen gebacken und wartete mit Mutter auf Vater und Leo. Die Linsensuppe dampfte würzig auf dem Herdfeuer, und zum Nachtisch sollte es ein Stückchen vom köstlichen Kuchen geben.

Der Tisch war gedeckt, wir vertrieben uns die Wartezeit, indem wir den Radioapparat anstellten. Wir hofften auf ein wenig Musik, als sich um zwölf Uhr plötzlich die Stimme des Radiosprechers überschlug. Er sprach nicht mehr, sondern schrie mit begeisterter Stimme ins Mikrofon, und wir hatten zunächst Mühe zu verstehen, was er so ungewohnt überschwänglich mitzuteilen hatte.

»Adolf Hitler wurde von Paul Hindenburg zum neuen Reichskanzler ernannt!«, verstanden wir schließlich. »Wie ungeheuer groß dieser Moment, dieser Augenblick ist – wie Trauben hängen die Menschen oben an den Bäumen, um etwas sehen zu können!«, schrie der Moderator.

»Was?«, brachte Mutter nur hervor.

»Hitler? Wieso denn Hitler? Das verstehe ich nicht.« Ich war unangenehm überrascht. »Ich denke, den will niemand! Und überhaupt, der ist doch Österreicher. Hindenburg hat doch gesagt, dass er niemals zusehen wird, wie ein böhmischer Gefreiter nach der Macht greift!«

Aus dem Radio drangen Begeisterungsstürme, man hörte marschierende Stiefel, und dann wurde der »Ritt der Walküren« gespielt. Wagners Fanfaren kündeten von einer spürbaren Bedrohung.

Ich sprang auf und drehte den Ton ab. »Wieso er? Ich dachte, der braune Spuk wäre fast vorbei! In der Zeitung war es auch zu lesen. Sie haben bei der letzten Wahl im November doch schon verloren, sagt Papa. Ich verstehe das nicht!«

Wir hörten jetzt Stimmen im Treppenhaus, die Wohnungstür öffnete sich, und Leo und Vater kamen herein. Die beiden brachten feuchte Kälte mit in den Flur, Mutter half ihnen rasch aus den Mänteln.

»Habt ihr schon gehört? Wir haben einen neuen Reichskanzler!«

»Was?«

»Ja, Hitler ist Reichskanzler. Sie haben es eben im Radio gebracht.«

»Hitler? Wer soll denn den ernannt haben?« Papa schüttelte ungläubig den Kopf.

Leo verzog sich sofort in sein Zimmer. »Bloß keine Politik«, stöhnte er. »Ich muss arbeiten.«

Unten auf der Straße wurden Rufe und Gesänge laut. Ich rannte zum Fenster und sah, wie die ersten Nachbarn aus den Häusern stürzten. Wie ein Lauffeuer verbreitete sich die Nachricht anscheinend in der ganzen Stadt. Wenig später sah man die ersten versprengten SA-Trupps durch die Straßen marschieren. An Essen war nicht mehr zu denken. Wir verfolgten den ganzen restlichen Tag die Ereignisse im Radio.

»Wenigstens ist von Papen Vizekanzler!«, sagte Vater. »Der und Hindenburg werden Hitler schon unter Kontrolle halten. Vielleicht ist es gerade klug, diese Krawallbürste in die Pflicht

zu nehmen. Da ist es schnell vorbei mit seinen großen Tönen.«
Aber seine Stimme klang nicht überzeugend.

Als ich zum Theater fuhr, sah ich, wie Zeitungsschreier überall ihre Extrablätter anpriesen. Auf dem Neumarkt hatten sich
bereits viele tausend Menschen versammelt.

Am gleichen Abend seien betrunkene SA-Leute von der
NSDAP-Gauzentrale in der Mozartstraße durch die Stadt gezogen und hätten Kölner Passanten zum Hitlergruß gezwungen,
erzählte mir am nächsten Tag Gustav. Im rechtsrheinischen
Mülheim sollen achtzig SA-Männer das Büro der KPD über-
fallen haben. Sie zertrümmerten Schaufenster und schossen auf
fliehende Parteimitglieder, Gustavs jüngerer Bruder Richard sei
dabei gewesen, konnte sich aber verstecken.

In Berlin marschierten am Abend der Machtübernahme fünf-
zehntausend Mann der SA mit Fackeln und Trommeln durchs
Brandenburger Tor. Das jedenfalls meldete die Westdeutsche
Funkstunde.

Bei uns in Köln marschierten sie erst einen Abend später. Ausgehend von einer »deutschen Weihestunde« in den Messehallen von Deutz zog die SA bis zum Rudolfplatz. Dort hatten die Eltern sie gesehen. Sie waren am Hahnentor ausgestiegen, um an diesem 1. Februar ihren achtundzwanzigsten Hochzeitstag zu feiern und ein Konzert in der Oper zu besuchen. Als sie die Fackelzüge auf der Hahnenstraße heranmarschieren sahen, drehten sie sogleich wieder um und fuhren nach Hause.

Zwei Tage später waren alle sozialdemokratischen Zeitungen verboten. Das rote Backsteingebäude der »Rheinischen Zeitung« in Deutz wurde am 6. Februar zwangsgeräumt; stattdessen wurde das rheinische Nazi-Blatt »Westdeutscher Beobachter« dort untergebracht. Ich hatte Gustav noch nie so ernst gesehen. Tonlos berichtete er, was ihm sein Bruder erzählt hatte, der manchmal in der Druckerei aushalf. Richard hatte eigentlich gehofft, dass sie ihn eines Tages einstellen würden bei der Rheinischen Zeitung, wenn sie sahen, was für ein tüchtiger Drucker er war. Jetzt musste er froh sein, wenn ihn niemand als Helfershelfer der sozialdemokratischen Idee oder, noch schlimmer, als Kommunisten verpfiff.

Hitler kündigte nun über Rundfunk und Zeitungen für den 5. März Neuwahlen an. Am 19. Februar würde er zu uns nach Köln kommen, zu einer großen Wahlkundgebung in die Messehallen, die weithin sichtbar mit riesigen roten Hakenkreuzfahnen beflaggt waren. In der ganzen Stadt kündeten allenthalben Plakate von diesem Ereignis.

»Schon wieder Wahlen!« Vater war gereizt. »Wir haben innerhalb des letzten halben Jahres schon zweimal gewählt. Und jetzt ein drittes Mal – wozu soll das gut sein? Kommunalwahlen haben wir auch noch am 12. März. Denkt Hitler, er kann so lange wählen lassen, bis ihm das Ergebnis passt? Ich habe von Anfang an gesagt, diese Wählerei bringt nichts Gutes. Am Ende hast du bloß den Mob oben sitzen. Und Fanny will mir erzählen, dass sich der Mob für Gerechtigkeit einsetzt und für Ordnung? Dass ich nicht lache!« Aber er lachte nicht.

Leo war in sein dickes Anatomiewerk vertieft und hörte ihm nicht zu. Ich hatte die Nase gestrichen voll von diesen alarmierten Stimmlagen und dieser unheilschwangeren Aufgeregtheit, ich hörte gar nicht mehr hin.

Ich freute mich auf unseren Lumpenball, nicht mehr ganz drei Wochen, dann war es endlich so weit! Alle hatten zugesagt. Die Progressiven wollten sich so richtig austoben, pfiffen die Spatzen von den Dächern. Da wollte ich unbedingt dabei sein! Für den Augenblick saß ich aber gemütlich im Tabakladen und packte das letzte Stückchen Mohnkuchen aus, das ich extra aufgehoben hatte. Gustav machte große Augen.

»Habe ich doch versprochen. Jetzt ist er richtig durchgezogen. Ich lass mir von diesem Hitler nicht die Laune verderben! Und erst recht nicht den wohlverdienten Kuchen. Papa hofft, dass Hitler die Wahl verliert und von Papen wieder seinen rechtmäßigen Platz einnimmt. Und? Schafft er das?« Ich hatte nur mäßig interessiert gefragt.

Gustav sah ein wenig bedrückt aus. Er lächelte mir geistesabwesend zu.

»Was ist? Fehlt dir etwas?« Ich drehte mich besorgt um und sah Gustav direkt ins Gesicht. Der schüttelte den Kopf. Dann stand er auf und ging zur Tür. Er öffnete sie nur einen Spaltbreit und spähte vorsichtig hinaus. Nachdem er sie sorgfältig wieder verschlossen und einen prüfenden Blick auf das Fenster geworfen hatte, sprach er ganz leise, sodass ich es gerade so hören konnte.

»Sie haben Richard verhaftet! Wobei – ich weiß gar nicht, ob verhaftet oder verschleppt. Jedenfalls haben sie vor dem demolierten KPD-Büro Posten aufgestellt, die SS und zwei Polizisten. Als er nachts seine Sachen holen wollte, haben sie ihn geschlagen und mitgenommen. Ich habe keine Ahnung, wo er jetzt ist. Richards Genosse sagt, sie haben inzwischen fast alle erwischt, mitgenommen oder so grausam zugerichtet, dass sie kein Wort mehr sagen. Einen sollen sie so lange auf den Kopf getreten haben, bis er tot war.«

»Was? Wie kann das sein? Die können doch nicht einfach wen umbringen oder mitnehmen, wenn sie wollen! Du musst zur Polizei gehen.«

Gustav lachte bitter. »Damit sie mich direkt auch noch verhaften, weil ich einen Kommunisten als Bruder habe? Die können alles, das siehst du doch! Man muss jetzt aufpassen. Ich werde ihm natürlich helfen, weiß aber noch nicht, wie! Richard ist ein Hitzkopf, der keiner Prügelei aus dem Weg geht.« Er seufzte schwer.

Ich nahm ihn liebevoll in die Arme und erschrak, als er haltlos zu weinen begann. Mir fiel nichts ein, was ich hätte sagen sollen. Sagen können. Vielleicht hatte Richard auch was angestellt! Er war in seinen Ansichten mitunter radikal und entwickelte durchaus eigene Vorstellungen von Gesetz und Ordnung.

Nach einer Weile verstummte Gustavs Schluchzen, und wir standen verlegen noch eine ganze Zeit dicht beieinander. Ohne ein Wort zu sagen. Dann strich ich mir übers Haar und sagte betont munter: »Zeit für Kuchen. Der wird ja nur trocken, wenn er hier noch länger steht.«

Gustav räusperte sich. Wir aßen schweigend.

Der Donner musste laut gewesen sein in den folgenden Nächten, denn ich schlief nicht gut. Vielleicht war es aber auch nur Vorfreude. Ich war sehr aufgeregt und konnte es kaum abwarten, mein Kostüm auszuführen. Am Rosenmontagsmorgen war die ganze Stadt schon früh auf den Beinen, offenbar war es vielen so gegangen wie mir. In diesem Jahr hatten sich nämlich Karnevalsgesellschaften, Stadtverwaltung und engagierte Bürger zusammengetan, um endlich wieder einen Rosenmontagszug zu organisieren.

Zwölf Jahre hatte es wegen Krieg und Nachkriegszeit keinen gegeben, erst 1927 war er wieder aufgenommen worden. Doch seit drei Jahren hatte es eine erneute Zwangspause gegeben, die der Wirtschaftskrise geschuldet war. Unsere Kölner Schunkelseele litt. Und suchte einen Ausweg. An diesem 27. Februar sollte es endlich wieder so weit sein! Nicht so groß und nicht so glanzvoll wie einst – der Zug von 1914 hatte vierundsiebzig

Abteilungen aufgeboten –, aber immerhin: In diesem Jahr würden wieder Karnevalswagen um den Neumarkt herumziehen, mit Musik und Tschingderassa, und da wollte Groß und Klein dabei sein.

In dicke Mäntel und Mützen gepackt säumten Tausende den Zugweg, schunkelten und sangen sich unter dem Motto »Karneval wie einst« warm. Auch wir waren natürlich dabei, Luise, Nore, Martha und ich. Wir stellten uns direkt am Neumarkt auf, im Schatten von Sankt Aposteln, denn unweit hätten wir zur Not Unterschlupf in Gustavs Tabakladen gefunden, wenn uns die Kälte zu arg zusetzte. Ein heißer Würzwein in der Thermosflasche sorgte für gute Durchblutung, und als der Spielmannszug vorbeiging, sangen wir aus voller Brust: »Kölsche Mädcher künnen bütze, jo dat es en wahre Staat, su e Bützche vun 'nem Nützche, Jung, dat schmeck wie Appeltaat.«

Unsere Stimmung war ausgelassen und der Zug viel zu kurz! Ich war gerade erst so richtig auf Touren gekommen. Zum Glück für uns ging es ja am Abend im »Decke Tommes« weiter!

Wir gingen zunächst zu Luise nach Hause, um etwas zu essen und eine letzte Probe für unseren abendlichen Auftritt abzuhalten. Wir waren so vergnügt und albern und konnten die Vorfreude kaum im Zaum halten. Es war mein erster richtiger Karneval als Erwachsene.

Vor vier Jahren hatten mich die Eltern noch nicht allein gehen lassen. Wir waren natürlich wie immer in den Gürzenich zur großen Sitzung der Blauen Funken gegangen, bei denen Papa Hauptmann war. Auch das ein großer Spaß, aber diesmal wollte ich meinen eigenen Karneval. Ohne Eltern. Mit Freundinnen und Kollegen. Mit Gustav, und es würde wundervoll werden.

Wir hatten uns mit unseren Kostümen alle Mühe gegeben. Martha schminkte uns phantastisch, so hätten uns nicht mal unsere Mütter erkannt. Vorsichtig balancierten wir riesige Hüte mit kunstvoll aufgetürmten blauen Blüten und grinsten so dämlich wie möglich ins noch nicht vorhandene Auditorium. Unter unseren indanthrenblauen Arbeiterkittelchen blitzten Strumpfhalter hervor, und blaue Stoffbrüste baumelten unverschämt um unsere Hälse. Wir kicherten albern, sangen und probten unsere

Tanzschrittchen und waren sicher, dass wir die Attraktion des Abends werden dürften.

Endlich war es Zeit, aufzubrechen.

Im »Decke Tommes« herrschte bereits Hochbetrieb. Man hörte die ganze Glockengasse herauf schon Gelächter und Musik, denn trotz der Kälte waren die großen, fast bis auf den Boden reichenden Fenster des Eckhauses gekippt und teilten nach beiden Seiten reichlich fröhlichen Karnevalslärm aus. Vorn in der Bierschwemme standen aufgebockt die Fässer in einer langen Reihe, und im »Beichtstuhl«, wo normalerweise die Gäste ihren Platzbedarf beim glatzköpfigen Wirt anmeldeten, saß heute der große und kräftige Journalist Hans Schmitt-Rost★. Als riesige Nonne verkleidet, schleuderte er den Ankommenden mit großer Verve Segens- und Sinnsprüche entgegen.

»Der Fleiß in deinen Jugendtagen wird später goldene Früchte tragen!« Dieser Spruch rief regelmäßig donnernden Applaus und großes Gelächter hervor, genau wie »Meine Schuld, meine große Schuld!« Während er die Absolution erteilte, pinselte er jedem, der nicht schnell genug weiterging, ein blaues Andreaskreuz quer übers Gesicht. Vielleicht sollte es auch das Kreuz auf einem Wahlzettel sein.

Das hier war ein ganz anderes Treiben als im ehrwürdigen Gürzenich mit seinen Frackträgern und Narrenkappen. Hier waren die Narren tatsächlich von der Kette gelassen! Matrosenstreifen in allen Variationen begegneten uns, als wir uns durch die verwinkelte Gaststätte bis zum Tanzsaal vorarbeiteten, und viele der Herren trugen Lippenstift. Das Gedränge machte ein Zusammenbleiben unmöglich, wir wurden rasch in unterschiedliche Richtungen gespült.

Mehrere Trommeln im feiernden Volk erzeugten infernalischen Lärm. Die Kapelle auf der Bühne stimmte noch ihre Instrumente und traf notwendige Absprachen. August Sander★ stand mit seinem Fotoapparat oben auf der Galerie und versuchte, das Chaos abzulichten. Ich winkte ihm zu. Da löste sich schon wieder eine Polonaise und zog singend durch den Saal. »Dann jangk nohm Tietze Leienard★ un kauf däm Jung dat Pääd!«

Schließlich kam Thomas Köcher⋆ auf die Bühne. Der Wirt eröffnete unter tosendem Beifall den diesjährigen Lumpenball.

Mein Kostüm wurde ausgiebig bewundert. Ich entdeckte Gustav, der ein wenig blass und nur mit einer roten Pappnase kostümiert nach mir Ausschau hielt. Ich drängelte mich bis zu ihm durch und fiel ihm von hinten um den Hals.

»Da bist du ja!«, strahlte ich ihn mit meinen blauen Lippen an, und er lachte fröhlich zurück.

»Richard ist wieder da!«, brüllte er mir zu. »Er sieht furchtbar aus, aber er lebt. Wir haben ihn erst mal aus der Stadt gebracht. Heute haben wir Grund zum Feiern!«

Gustav war die Erleichterung deutlich anzusehen. Er hakte sich bei mir unter, und wir fanden gerade noch an einem der langen Tische freie Plätze, als die erste Darbietung auf der Bühne begann. Ein schwarz befrackter Mann mit venezianischer Maske machte sich bereit.

»Das ist Wilhelm! Wilhelm Schmidt-Scherff⋆. Er singt an der Oper. Dass der zum Lumpenball kommt, hätte ich nie gedacht!« Meine Aufregung war nicht mehr zu zügeln.

Dr. Wilhelm Schmidt-Scherff trat feierlich an die Rampe. »Guten Abend, liebe Jecken. Ich darf heute bescheiden mit einem kleinen Liedchen des großen Berliner Komponisten und Texters Friedrich Hollaender aufwarten, ihr wisst schon, der, der uns den ›Blauen Engel‹ beschert hat! Die Musik ist bekannt, nur der Text ist neu – die Kapelle kann die ›Habanera‹ spielen. Herr Kapellmeister, bitte schön!«

Jubel und Applaus brandeten auf, ich freute mich wie verrückt. »Die ›Habanera‹, da kenne ich jeden Ton. Die singe ich doch jeden Abend!« Ich begann sofort mitzusummen, da legte Wilhelm Schmidt-Scherff mit bester Tenorstimme auch schon los:

»Ob es regnet, ob es hagelt, ob es schneit oder ob es blitzt,
Ob es dämmert, ob es donnert, ob es friert oder ob du schwitzt,
Ob es schön ist, ob's bewölkt ist, ob es taut oder ob es gießt,
Ob es nieselt, ob es rieselt, ob du hustest oder ob du niest:

An allem sind die Juden schuld! Die Juden sind an allem schuld!
Wieso, warum sind sie dran schuld? Kind, das verstehst du nicht,
sie sind dran schuld!
Und für mich auch! Sie sind dran schuld! Die Juden sind, sie sind
und sind dran schuld!
Und glaubst du's nicht, sind sie dran schuld, an allem, allem sind
die Juden schuld! Ach so!

Ob das Telefon besetzt ist, ob die Badewanne leckt,
Ob dein Einkommen falsch geschätzt ist, ob die Wurst nach Seife
schmeckt,
Ob am Sonntag nicht gebacken, ob der Prinz of Wales schwul,
Ob bei Nacht die Möbel knacken, ob dein Hund 'n harten Stuhl:

An allem sind die Juden schuld!«

Während seines Vortrages war es totenstill geworden im Tanzsaal des »Decke Tommes«, und diese Stille hielt über den Vortrag hinaus noch einen Augenblick an, bevor ein Inferno losbrach. Klatschen, Trampeln, Jubelpfeifen, immer wieder Trommelwirbel. Die Blechbläser oben auf der Galerie bliesen Fanfaren wie in einer römischen Arena, als man versuchte, Schmidt-Scherff mit wehendem weißen Seidenschal auf den Schultern von der Bühne zu tragen. Er war ein großer, korpulenter Mann, deshalb war dieses Unterfangen nicht so ganz einfach. Schließlich übernahmen vier Mann jeweils einen Arm oder ein Bein, und so gelang es, ihn hinauszutragen. Der Saal kochte über.

Wir lachten und kletterten wie alle anderen Gäste klatschend und schreiend auf die Bänke. Zur Beruhigung spielte die Kapelle weiter Tango, aber nur solchen ohne Text und mit deutlich langsamerer Melodie. Die Kellner trugen Servierkränze mit Exportbier herein, das zu unserer Abkühlung beitragen sollte. Sekt und Wein hätte es zwar auch gegeben, aber die meisten Anwesenden waren Künstler und hatten große Mühe, überhaupt ihren Lebensunterhalt zu bestreiten. Deshalb tranken fast alle das billigere Bier.

Gustav legte freundschaftlich seinen Arm um mich, und ich

genoss die Wärme seiner Haut, die durch mein blaues Kittelchen drang. Ich lehnte mich an ihn und stimmte entschlossen und etwas zu laut in den nächsten Gassenhauer ein, den die Kapelle nur anzuschlagen brauchte, und Hunderte von Stimmen fielen ein.

»Ich bin die fesche Lola, der Liebling der Saison, ich hab ein Pianola, zu Haus in mein' Salon!«

Der Saal jubelte sich zu.

Als Nächstes kam die Küchenmannschaft des »Decke Tommes« zu »Preußens Gloria« hereinmarschiert, mit Töpfen und Sieben als Helme und riesigen Kochlöffeln in den Händen, mit denen sie zackig den Takt an ihre Hosennaht schlugen.

Der kleine Toni, der im richtigen Leben die Teller wusch, schielte unter seinem viel zu großen Kochtopf hervor und zeigte eine beeindruckende Zahnlücke. Die Köche Karl und Eberhard bekamen ihre dicken Bäuche kaum mit Hemd und Hose gebändigt, sodass die Knöpfe am karierten Wams gefährlich spannten. Der Gläserspüler Friedrich humpelte wegen seiner Beinprothese eilig hinterdrein, die beiden Küchenjungen stolperten in viel zu großen Schuhen, und die Kellner, die sich mit Augenklappen, großen Pflastern im Gesicht und Verbänden versehrter als gewöhnlich präsentierten, bildeten das bemitleidenswerte Schlusslicht. Alle hatten Lider und Augenhöhlen mit Asche geschwärzt, sodass sie krank und erbärmlich und mit großem Ernst ins Publikum starrten.

»Knallchargen, aufgepasst!«, bellte die Stimme des Wirts Thomas über die Köpfe der zerlumpten Mannschaft hinweg. Er konnte sich das Lachen kaum verkneifen. »Zeigt uns den Säbel!«

Die Kochsoldateska begann unter wüstem Gekreisch im Saal demonstrativ und umständlich, ihre Hosen aufzuknöpfen und jeweils einen Zipfel ihrer weißen Unterhemden durch den geöffneten Hosenlatz nach draußen zu ziehen.

»Links um!«

Alle Protagonisten drehten dem Publikum nun ihre Kehrseite zu.

»Präsentiert die Knallbüchse!«

Die Kochlöffel schnellten zum Hitlergruß schräg nach oben,

während der dicke Thomas mit gespitzten Lippen einen lang anhaltenden Furz ins Mikrofon blies.

»Und jetzt, Mädels, Stippeföttche! Knalltüten, tanzt!«

Die Herren auf der Bühne drehten einander paarweise zackig die Popos zu und rieben sie im Takt zum glorreichen Kaisermarsch sehr unanständig aneinander.

Der Saal schrie noch vor Begeisterung, als es vom Kochtopfkommandanten schon hieß: »Abmarsch!«, und die Abteilung im Stechschritt – oder dem, was sie für Stechschritt hielt – in die Küche zurückstelzte.

Ich musste es Gustav noch mal erklären: »Stippeföttche heißt rausgestreckter Wackelpo. Es wird Zeit, dass du wenigstens die Kölner Grundbegriffe lernst. Ihr Kommunisten seid so ein lebensuntüchtiges Pack!«

Mein Nachbar zur Linken war begeistert. »Die trau'n sich was«, sagte er. »Alle hier trau'n sich ganz schön was!« Er hatte einen fränkischen Tonfall.

»Ja«, bestätigte Gustav, »die Frage ist nur, wie lange noch. Draußen laufen nämlich längst die echten Knallchargen herum, leider auch mit echten Knallbüchsen, und niemand weiß, ob sie uns nicht schon heute Nacht einen Besuch abstatten wollen.«

Der Herr zog eine Augenbraue hoch. »Ach was, Bangemachen gilt nicht. Heute wollen wir feiern!«

Ich bedeutete Gustav, dass ich jetzt Richtung Bühne aufbrechen musste, weil mein Auftritt immer näher rückte. Meine Freundinnen winkten bereits vom Bühnenrand.

»Wir sehen uns gleich wieder, und viel Spaß mit den blauen Busen wünsche ich den ehrenwerten Herren!« Ich zwinkerte beiden Männern verschwörerisch zu.

»Hat die gerade Busen gesagt?« Der Mann am Tisch glaubte, sich möglicherweise verhört zu haben.

»Ja, das hat sie.« Gustav grinste übers ganze Gesicht. »Lass dich überraschen! Ich bin übrigens Gustav.«

»Xaver.«

Ich sah noch, wie sie sich zuprosteten.

Als wir vier Mädels mit unserem umgetexteten Arbeiterlied auf die Bühne marschierten, gab es im Saal kein Halten mehr.

Wir hatten uns nicht zu viel versprochen – die Leute bogen sich vor Lachen, sodass wir Mühe hatten, nicht selbst loszuprusten.

Auch Kollegen von den echten »Blauen Blusen«, dem Arbeiterkabarett vom »Kolibri«, kreischten vor Vergnügen, als wir schließlich mit Piepsstimmchen sangen: »Alle Mädels halten still, wenn dein starker Arm es will!«

Ich konnte Gustav gut sehen, er lächelte zwar stolz Richtung Bühne, wirkte aber seltsam abwesend, vielleicht sogar angespannt. Ob draußen tatsächlich die Rollkommandos der SA um die Ecken strichen?

Während ich meine Tanzschrittchen machte, sah ich, wie sowohl der Wirt als auch einige Mitorganisatoren des Lumpenballs immer wieder misstrauisch nach draußen lauschten. Wollten sie keinesfalls den entscheidenden Moment verpassen, falls die Schlägertrupps zum Überfall bliesen? Man erzählte sich, dass die SA sofort wild um sich schieße.

Das Geschrei des Publikums brandete auf, alle applaudierten wie verrückt unserer Darbietung, aber wie in einem seltsamen Schattenspiel passten die besorgten Mienen und Blicke einiger Protagonisten nicht recht zur fröhlichen Geräuschkulisse.

Leonore, Martha, Luise und ich gaben alles. Wir tanzten und sangen, warfen Kusshändchen ins Publikum, verdrehten die Augen und gackerten wie blöde Gänse um die Wette, dennoch wurde ich das Gefühl eines bösartigen Falschspiels, das von Minute zu Minute gefährlicher wurde, nicht los. Oben von der Galerie blitzte der Fotograf auf uns herunter, um die »Blauen Busen« für die Nachwelt auf Papier zu bannen, und bei jedem Blitz zuckte ich unwillkürlich zusammen.

»Der Donner ist bereits so laut, dass es eine Menge Lärm braucht, um ihn zu übertünchen«, sagte Gustav trocken, als ich an unseren Tisch zurückkehrte. Auf meinen fragenden Blick wiederholte er Heines Sätze von unserer gemütlichen Ofendebatte vor ein paar Wochen. Fast synchron sprachen wir zusammen weiter und hielten einander mit Blicken fest:

»Aber kommen wird er, und wenn Ihr es einst krachen hört, wie es noch niemals in der Weltgeschichte gekracht hat, so wisst: Der deutsche Donner hat endlich sein Ziel erreicht.«

Es ging ihm also wie mir. Niemand hatte unsere Worte gehört, Xaver war verschwunden. Wir konnten die Mischung aus Lust und Angst um uns herum beinahe anfassen, sie ergriff zunehmend von uns Besitz.

Die Musik peitschte den Abend weiter voran. Wie um Mitternacht auf dem Blocksberg drehte der Hexenkessel schneller und schneller seine Runden. Wir mussten Schritt halten, wenn wir nicht umgerannt werden wollten. Ich nahm Gustav bei der Hand. Im Reigen mit der brodelnden Gästeschar hüpfte ich vor ihm her, die Wendeltreppe hinunter bis zur Kegelbahn und die Galerie hinauf oben um den Saal, vorn durchs Gasthaus, an der Schenke vorbei und am »Beichtstuhl«, in dem noch immer die massige Nonne lamentierte.

»Sind Sie etwa Jüdin, Fräulein Meyer?«, schrie der als Ordensschwester verkleidete Schmitt-Rost grinsend und mit anzüglichem Blick auf meine blauen Brüste zu mir herüber.

»Nein«, brüllte ich fröhlich zurück, »ich sehe bloß so intelligent aus!«

Die Luft kochte, und Gustav ließ sich von mir bereitwillig tiefer in den Strudel ziehen.

»»Das drängt und stößt, das rutscht und klappert! Das zischt und quirlt, das zieht und plappert! Das leuchtet, sprüht und stinkt und brennt! Ein wahres Hexenelement. Nur fest an mir – sonst sind wir gleich getrennt!'« Gustav stieß es mit heiserer Stimme hervor. »Nein, nicht Heine …«

»Faust«, schrie ich, »ich weiß!«, und bekam einen hysterischen Lachanfall.

Gustav fuhr fort: »»Zum Jüngsten Tag fühl ich das Volk gereift, da ich zum letzten Mal den Hexenberg ersteige, und weil mein Fässchen trübe läuft, so ist die Welt auch auf der Neige!'«

Ich versank in seinen Augen. Wenn ihm jetzt bloß kein Frosch aus dem Mund springt, musste ich denken. In diesem Augenblick wurden die Türen aufgerissen, und ohrenbetäubender Lärm war zu hören. Die Musik brach kreischend ab.

»Der Reichstag brennt! Der Reichstag brennt!« Ein Trupp verspäteter Gäste stürmte den »Decke Tommes« und präsentierte sogleich atemlos auf der Bühne ein selbst gemachtes

Liedchen: »Der ganze Reichstag steht in Flammen! Hipp, hipp, hurra!«

Nachricht und Bühnensturm wirkten auf die erhitzte Gesellschaft wie ein Katalysator. Wie ein Brandbeschleuniger schwappte er in den Saal, leckte mit atemberaubender Geschwindigkeit am Geländer der Empore hinauf, wo Spitzley*, der alte Anarchist und Anführer der Blechmusik, hoch oben auf der Galerie wüst mit den Armen zu fuchteln begann, als die Hitze des Feuers von ihm Besitz ergriff.

Er schrie mit sich überschlagender Stimme: »Lasst uns … etwas … Oppositionelles tun, irgendwas!«, und da ihm nichts anderes einfiel, ließ er nach dem letzten »Hipp, hipp, hurra« sein ganzes Blech die »Internationale« spielen. Deren geballte Wucht brauste hinunter in den Saal und war sicher ein halbes Dutzend Straßenblöcke weit zu hören, ganz bestimmt jedoch im nahen Polizeipräsidium am Neumarkt.

Innerhalb von Sekunden wurde jedem im Raum klar, dass dieses Getöse für die Schergen da draußen nicht mehr zu überhören war.

Jeder, der bis jetzt noch auf den Bänken gesessen oder sich in der Schenke unterhalten hatte, war mit einem Mal elektrisiert. Menschen, die mit Kommunismus nicht das Geringste zu tun hatten, sprangen auf Tische und Bänke, und der ganze überfüllte Saal brüllte schwitzend die »Internationale« zur Galerie hinauf. Jetzt kommen sie. Sie müssen kommen. Jeden Augenblick werden sie durch die Türen schießen!, dachte ich. Gustav und ich hielten uns fest an den Händen.

Der Kapellmeister war überhaupt nicht mehr zu beruhigen, er schrie: »Jetzt ist doch alles egal!«, und fing von vorn an. Zwanzig, dreißig Mal hintereinander, bis uns nach und nach die Stimmen versagten.

Ein nicht zu beschreibendes furioses Chaos hatte alle Feiernden ergriffen, als sei dies der letzte aller Tage. Vielen liefen in Strömen die Tränen herunter, manche legten feierlich eine Hand aufs Herz. In diesen Minuten lag die pathetische Hoffnung, eine bessere Welt sei denkbar, auf derselben Höhe mit der Gewissheit, dass der Schrecken nicht mehr aufzuhalten sein würde.

Verzweiflung, Wut und trunkener Übermut, all das schrien wir einander trotzig mit verschmierter Schminke in die berauschten Gesichter. Wildfremde Menschen lagen sich in den Armen, Paare küssten sich leidenschaftlich, die einander vorher nie begegnet waren. Niemand wollte nach Hause gehen. Alle fürchteten wohl den Moment, wo man dort aufwachte, im einstigen Zuhause, nüchtern, allein, schutzlos, und der kalte Tag hatte schon begonnen.

Auch ich wurde mitgerissen von dieser Endzeitstimmung, wenngleich ich nicht verstand, warum der brennende Reichstag in Berlin eine solche Wirkung entfaltete. Welcher Zusammenhang bestand zwischen dem Brand und den marodierenden braunen Horden in Köln? Oder gar mit Hitler? Es war unmöglich, sich dem gewaltigen Tosen des gefühlten Untergangs zu entziehen, bis Gustav mich schließlich an der Hand nahm und nach draußen zog.

Aufgewühlt gingen wir zu Fuß durch die winterlich kalte stockdunkle Stadt und sprachen kein Wort. Niemand außer uns war unterwegs in den frühen Morgenstunden dieses Veilchendienstags. Die Stadt hielt den Atem an. Das Getöse des Lumpenballs blieb hinter uns zurück, nur unsere Schritte hallten durch die dunklen Gassen, und wir vermieden, einander anzusehen. Es war so leise, dass man ab und zu das Krachen der Eisschollen vom Fluss herauf hören konnte, das immer weniger wurde, je weiter wir uns vom Rhein entfernten. Wattig legte sich Stille auf die Ohren, nur der eigene Puls wummerte ans Trommelfell, und unsere Hitze dampfte in die Nacht.

»Am Aschermittwoch haben sie den ›Decke Tommes‹ geschlossen.« Die Nachricht wurde in den ersten Märztagen hinter vorgehaltener Hand im Theater erzählt, was aus Thomas geworden war, wusste niemand. Als ich am Schwulenlokal »Dornröschen« in der Friedrichstraße vorbeikam, hing außen an der Tür eine polizeiliche Verfügung bezüglich seiner Schließung, und die SA entrollte johlend ihre Fahnen in jedem Fenster. Ein Schild »Sturmlokal der SA« hatten sie quer über die Tür genagelt.

Leonore erzählte mir, dass das Kabarett »Kolibri«, der »Zweispann«, die »Schreckenskammer« – ausnahmslos jeder Ort, an dem Kölns Subkultur existiert hatte – verschwunden seien.

»Mit Hilfe der Reichstagsbrandverordnung, für die die keine vierundzwanzig Stunden gebraucht haben. Es ist so eine Art Ausnahmegesetz«, flüsterte sie, als der Beugel, unser Personalchef, etwas zu nah an unserem Tisch vorbeiging. Wir hatten noch Pause, und Nore und ich hatten uns zum Mittagessen in der Kantine verabredet.

Der Beugel schaltete demonstrativ den Radioapparat ein. Die Kommunisten hätten den Reichstag angezündet, verkündete dort Hitler. Um Land und Volk vor deren Gewalttätigkeit zu schützen, müsse man harte Maßnahmen ergreifen und den Sumpf des zerstörerischen Bolschewismus austrocknen.

Ich verdrehte die Augen. »Wer will« denn den Mist hören?«, sagte ich leise zu Nörchen.

Der Lautsprecher plärrte: »Es gibt jetzt kein Erbarmen; wer sich uns in den Weg stellt, wird niedergemacht! Das deutsche Volk wird für Milde kein Verständnis haben. Jeder kommunistische Funktionär wird erschossen, wo er angetroffen wird. Die kommunistischen Abgeordneten müssen noch in dieser Nacht aufgehängt werden. Alles ist festzusetzen, was mit den Kommunisten im Bunde steht. Auch gegen Sozialdemokraten und Reichsbanner gibt es jetzt keine Schonung mehr.«

Wenige Tage später, am 6. März, schlug Vater beim Frühstück die Zeitung auf. »Die NSDAP hat im Berliner Reichstag gestern knapp vierundvierzig Prozent gekriegt«, konstatierte er wütend. »Deshalb haben die gestern auf unserem Rathaus schon die Hakenkreuzfahne gehisst. Das ist illegal! Was haben wir mit Berlin zu tun? Wir haben unseren Stadtrat doch noch gar nicht gewählt. Bis jetzt haben die noch gar nix zu sagen in unserem Rathaus! Aber der Elfgen ist ein gesetzloser Bandit. Mit dem haben wir den braunsten Bock zum Gärtner gemacht, niemand protestiert. Es ist nicht zu fassen!«

Nur zwei weitere Tage später erzählte mir mein Kollege Hans, dass SA-Trupps den jüdischen Opernsänger Wilhelm Schmidt-Scherff mitten in der Vorstellung des »Fidelio« von der Bühne des

Opernhauses gezerrt und die Veranstaltung abgebrochen hätten. Hans hatte im Publikum gesessen und war immer noch schockiert. »Niemand hat sich gewehrt! Ich auch nicht. Wir waren wie gelähmt. Man hatte das Gefühl, dass das nicht echt sein kann. Jemand muss denen doch Einhalt gebieten! Schmidt-Scherff ist seither verschwunden.«

Überall, wo man hinkam, wurde getuschelt. Als ich am nächsten Montag für Mutter ein Fläschchen Kölnisch Wasser kaufen wollte, zogen nach den Kommunalwahlen vom Sonntag die neuen Machthaber gerade mit glanzvollem Aufmarsch, Uniformen, Fahnen und Musikkapelle ins Kölner Rathaus ein, auf dem ihre Fahne schon seit Tagen weithin sichtbar wehte. Die Kölner stellten sich interessiert an den Straßenrand. Für Aufmärsche und Umzüge hatten wir halt seit jeher eine Schwäche.

Wenn sie jetzt noch Strüssjer und Kamelle werfen, sind sie bald aus der Stadt nicht mehr wegzudenken, schoss es mir durch den Kopf. Ratlos stand ich vor dem Parfümladen, schaute dem Spektakel zu, das hübsch verpackte Fläschchen noch in der Hand, und überlegte, ob ich anfangen sollte zu schunkeln.

»Scharenweise laufen die Mitglieder der Zentrumspartei zur NSDAP über«, erzählte Gustav, während ich mich, in seinem Laden angekommen, ins Ohrensesselchen fallen ließ. »Die SA hat sogar das Funkhaus des Westdeutschen Rundfunks besetzt und dem Intendanten Hausverbot erteilt. Die ›Negermusik‹ wird umgehend in die Abteilung Völkerkunde verbannt, hat mir mein Nachbar zufrieden berichtet. Der ist jetzt auch in der NSDAP! Und Pförtner im Funkhaus. Seit Neuestem. Hat der ein Glück! Und der Rathenauplatz heißt jetzt Horst-Wessel-Platz. Da ist mir ja Königsplatz noch lieber gewesen.«

»Endlich keine Jazzkonzerte mehr, das wurde aber auch Zeit«, entgegnete ich mit gespielter Erleichterung. Ich konnte diesen Ernst, der seit Wochen jedes Gespräch beherrschte, nicht mehr ertragen. Alle redeten nur noch in diesem Katastrophentonfall. Nicht auszuhalten! Mit Gustav funktionierte die Flapserei zum Glück.

»Man musste sich ja direkt Sorgen machen um den gesunden weißen Volkskörper«, fuhr ich grinsend fort. »Am Ende färben sie ab, diese Neger! Dieses braune Gesocks! Am Ende kriege ich noch braune Ohren, weil ich sonntags immer Jazzkonzerte höre. Was wir brauchen, ist Marschmusik! Die bringt den deutschen Volksgenossen auf Zack. Denk nur an Tommes' Küchentruppe. Das sind Vorbilder!«

Es gab nirgends mehr ein anderes Thema. Man durfte diese Bande nicht so ernst nehmen. So viel Aufmerksamkeit waren die doch gar nicht wert. Draußen zeigte sich schüchtern allererstes Frühlingsgrün. Die Sonnenstrahlen wärmten bereits.

»Wer glaubt, diese Welt sei schlecht, der sollte erst mal die anderen sehen«, sagte ich großspurig. »Ich habe ein wunderbares Paar rote Schnürstiefelchen gesehen, Gustav, die muss ich kaufen, bevor es nur noch braune gibt! Gehst du mit mir tanzen?«

Er seufzte.

»Geht es Richard wieder besser?« Ich hatte seinen Seufzer der Sorge um den kleinen Bruder zugeordnet und wurde für einen Moment ernster, als ich wollte.

»Jaja, er erholt sich, das meiste heilt schon wieder, und er ist endlich vernünftig genug, sich da draußen im Bergischen ruhig zu verhalten. Es ist ein entfernter Verwandter, auf dessen Bauernhof er vorerst sicher untergebracht ist. Da werden sie hoffentlich keine Druckerpresse in der Scheune herumstehen haben, mit der er gleich das nächste Pamphlet unters Volk bringen kann.«

Ich musste wieder grinsen, als ich mir Gustavs kleinen Bruder Richard vorstellte, wie er im Hühnerstall Flugblätter druckte und das Federvieh zum Generalstreik aufrief.

»Stell dir vor«, erzählte Gustav, der offenbar auch nicht vom Thema lassen konnte. »Die haben beide Intendanten entlassen, Oper und Schauspiel. Fristlos. Max Hofmüller* und Fritz Holl* mussten beide ihren Hut nehmen, vielleicht Juden – ich hab keine Ahnung. Der Neue heißt Alexander Spring. Der macht jetzt beides. Na, und Nazi ist er natürlich auch.«

»Zufall vermutlich«, warf ich ein.

»Ich denke, ja«, entgegnete Gustav bitter. »Mal ernsthaft: Leonore hat es erzählt, als sie Zigaretten kaufte. Er hat die neuen Richtlinien direkt dem Ensemble vorgetragen.« Gustav zitierte: »»Der Spielplan eines deutschen Theaters muss einem deutschen

Publikum wesens- und artgemäß sein! Das heißt, die dargebotenen Werke müssen in ihrer geistigen Haltung deutschen Anschauungen, deutschem Wollen, deutschem Lebensernst und deutschem Humor entsprechen!‹«

Ich warf mich in Pose, schob das Kinn vor und dozierte mit kraftvoll gerolltem r: »Und deutscher Hühnersuppe, selbstverständlich!« Wir platzten beide los. »Wobei doch gerade die Hühnersuppe längst vom Juden unterwandert ist«, ergänzte ich.

Sein Blick ruhte plötzlich lächelnd auf mir. »Du mit deinem frechen Mundwerk«, stotterte er schließlich verlegen. »Weißt du eigentlich, dass deine Hände ein bisschen zu groß sind, ein bisschen zu kräftig, Fräulein Meyer? Und wie du rauchst! Hat man so was schon gesehen! Mit einem Enthusiasmus, als wolltest du kein einzelnes Molekül des Tabakqualms entkommen lassen. Sie alle einsaugen, schmecken, wirken lassen … ganz im Gegensatz zu den meisten Frauen, die eher paffen und vielmehr an der Pose interessiert sind als am Tabakgenuss selbst.«

Ich war ganz rot geworden und antwortete etwas zu laut und zu heftig: »Ich sage dir, Gustav, Ideologie und Religion taugen beide nichts! Herzensbildung und gesunden Menschenverstand brauchen wir. Aber beides scheint gerade aus der Mode zu sein. Also bleibt uns nur der Humor.«

»Was heißt ›gerade‹? Ich glaube nicht, dass es eine Zeit gab, in der man genug gesunden Menschenverstand vorzuweisen hatte. Erst kommt immer das Fressen und dann die Moral! Nein, nicht Heine, sondern Brecht, aber auch der verboten mittlerweile.« Gustav ging hinter seinen Tresen. »Es geht um die Verteidigung von Besitzständen«, fuhr er fort. »Um Reviere. Darum, Gene weiterzugeben und die Art zu erhalten. Wie in Brehms Tierleben. Sagt Hitler jedenfalls. Da ist es nicht so leicht, zu widersprechen, das leuchtet dem Dümmsten ein. Es klingt geradezu naturgegeben. Natur ist das Gegenteil von Kultur, und das führen uns die Nazis mehr als deutlich vor Augen. ›Kulturlose Bande‹ fassen diese toxischen Naturburschen als Kompliment auf! Wir brauchen Überzeugungen, um ihnen was entgegenzusetzen! Und man kann nicht nur die Rosinen herauspicken, man muss den ganzen Kuchen essen.«

»Wenn das Volk kein Brot hat, soll es doch Kuchen essen …
Wer war das noch mal?«

»Was wäre das für eine Welt? Ohne Glauben und ohne Überzeugungen? Ich glaube nicht, dass ich in so einer Welt leben
möchte, Fanny. Wir brauchen Überzeugungen, für die es sich
zu leben lohnt.«

»Gustav! Dinge, für die es sich zu leben lohnt, taugen am Ende
nur dazu, dafür zu sterben. Lass uns auf die Kirmes gehen, wenn
drüben am Deutzer Ufer wieder Kirmes ist. Lass uns Raupe
fahren, bis mit einem lauten Sirenenschrei das Verdeck schließt
und uns nur noch Dunkelheit umgibt. Dort warten wir einfach,
bis das Spektakel vorbei ist.«

$$\star\star\star$$

Am nächsten Tag kam ich frierend aus dem Theater nach Hause,
dabei waren es draußen noch spätabends fast zwanzig Grad.

Mutter war gerade im Hausflur. »Was ist passiert, Kind?«

»Nichts«, antwortete ich und ging grußlos in mein Zimmer.
Einen zerknitterten Zettel zog ich aus der Tasche und warf ihn
achtlos auf den Tisch.

»Städtische Puppenspiele am 29. März 1933. Die Puppenspielerin Fanny Meyer ist Jüdin. Außer ihr ist niemand Jude und
auch nicht mit einem Juden verheiratet. J. A. Munbach. Personal
46/68/2«, stand da.

Zwei Tage später drangen SS-Leute in die Dienstzimmer jüdischer Anwälte und Richter am Oberlandesgericht Köln ein,
nahmen sie fest, steckten manche von ihnen in Mülltonnen und
fuhren sie auf der offenen Ladefläche eines städtischen Müllwagens
ganz langsam quer durch die Stadt bis zum Polizeipräsidium. Der
Westdeutsche Beobachter berichtete genüsslich in Bild und Wort.

Zwar wurden sie wieder freigelassen, aber die Demütigung
war für meinen Jugendfreund Alphons Silbermann★ so groß, dass
er noch am selben Abend in die Niederlande floh. Papa hatte
es flüsternd der Mutter erzählt, als ich am Klavier das neue Lied
fürs Theater übte, aber ich hatte es gehört.

»Ich denke, wir müssen das Land verlassen!« Luise saß ein paar Tage später auf meinem Sofa und wirkte viel besorgter, als ich es von ihr gewohnt war. »So schnell wie möglich. Sprich mit deinen Eltern, dein Vater ist hier nicht mehr sicher. Niemand ist hier mehr sicher.«

Ich sah sie verständnislos an. Wie, verlassen?

»Weißt du schon, dass auch Adenauer sich versteckt hält? Sein einziges Verbrechen besteht darin, ein frei gewählter Oberbürgermeister gewesen zu sein. Der ist weder Jude noch Kommunist, das steht mal fest. Du weißt, dass ich manchmal an seinen Reden mitgearbeitet habe. Der kennt Unmengen wichtiger Leute. Wenn selbst der die Flucht ergreifen muss! Und es wird erzählt, dass Friedrich Hollaender mit seiner Familie auch schon weg ist. Sein Tingel-Tangel-Theater in Berlin haben sie geschlossen, und der Hollaender ist weg. Ringelnatz auch. Wir Juden und Weltverbesserer können hier nicht mehr bleiben. Wir müssen weg! Solange es noch geht.«

Wohin denn? Und wie lange? Ein längerer Urlaub, bis alles wieder normal war? Wo sollten wir denn hin? Die Nazis waren doch überall, oder? Ich musste zur Arbeit und Papa ins Geschäft. Wir konnten doch nicht einfach so weg!

Luise hatte es eilig, und wir verabschiedeten uns auf dem Treppenabsatz. Allerdings nicht leise genug. Die Weber-Schwestern unten im Erdgeschoss streckten beide den Kopf aus der Wohnung heraus und zeterten: »Natürlich das Judenpack, das im Haus so einen Lärm macht. Als ob ihr allein auf der Welt seid! Aber das ändert sich, da könnt ihr Gift drauf nehmen!«

Luise rannte erschrocken hinunter, und krachend fiel die Haustür hinter ihr ins Schloss.

Jeden Tag standen jetzt Aufrufe in der Zeitung: »Wer in jüdischen Geschäften kauft, ist ein Volksverräter! Volksverräter werden der öffentlichen Verachtung preisgegeben. Macht euch frei von Judenknechtschaft und Judentyrannei!«

Das konnte doch niemand ernsthaft glauben. Die Menschen konnten doch nicht plötzlich alle schwachsinnig geworden sein!

Am 1. April sollte ein Boykott jüdischer Geschäfte stadtweit umgesetzt werden – dies verkündeten allerorten Plakate und große Anzeigen in der Zeitung. Woher wollten die denn wissen, welche Geschäfte jüdische Geschäfte waren?

Tatsächlich waren am Morgen des 1. April Aufkleber an allen Schaufenstern der betroffenen Geschäfte angebracht worden. Auch an Papas Geschäft. Woher wussten die das so genau? Innerhalb weniger Wochen war offenbar stadtweit erkennbar geworden, wer Jude war und wer nicht. Manchmal hatten es die Betroffenen selbst nicht gewusst.

Der 1. April war ein Samstag, und die meisten jüdischen Geschäfte hatten beschlossen zu öffnen, trotz der massiven Einschüchterungen im Vorfeld. »Jetzt erst recht! Wir müssen Flagge zeigen. Wir lassen uns doch nicht von ein paar Wilden einschüchtern«, hatte Papa gesagt.

Boykottwachen der SA bezogen vor allen betroffenen Ladentüren Stellung. Auch vor Papas Geschäft. Er hatte seine Verkäuferin angewiesen, den Laden aufzuräumen, liegen gebliebene Arbeiten zu erledigen und niemanden zu provozieren. Er selbst widmete sich der Buchhaltung. An diesem Samstag fand kein einziger Kunde zu ihnen, aber die beiden wurden auch nicht behelligt.

Im Marsilstein Nummer 20, auf der anderen Seite des Neumarktes, stellte sich Richard Stern★ lächelnd mit seinen Orden aus dem Weltkrieg neben die SA-Leute direkt vor seinem Bettenwarenladen. Er hatte deutlich machen wollen, dass er und sie keine Gegner waren, sondern auf derselben Seite kämpften. Dies war offenbar Provokation genug gewesen, sie sollen ihn umgehend verhaftet haben, erzählte weinend Sterns Schwester, die Vater bei seinem Gang zur Post auf der Straße antraf.

Gegen Mittag trieb dann die SA den Metzgermeister Arnold Katz★, seinen Sohn Benno und viele andere mit Schildern um den Hals gewaltsam durch die Straßen der Innenstadt. »Als Antwort auf die Greuelpropaganda kauft kein Deutscher mehr beim Juden!«, war dort zu lesen. Papa war schockiert, als er sie durch die Breite Straße laufen sah.

Katz' Kollege, der Wesselinger Metzger Max Moses★, wurde am Schlachthof so brutal zusammengeschlagen, dass er starb, erzählte man sich. Papa glaubte, es hinge mit dem Schächten zusammen. Die jüdische Schlachtweise eigne sich besonders, um eine scheinbare Grausamkeit und Unzivilisiertheit der Juden zu dokumentieren. Sie wurde noch im gleichen Monat verboten.

Mama ermahnte Papa, nicht alles zu glauben, als er uns am Nachmittag nach Ladenschluss berichtete, was sich in der Stadt abgespielt hatte. Frau Abraham★, die Gattin eines befreundeten Kaufmanns, habe sich am Vormittag bei der Durchsuchung ihrer privaten Wohnung durch zwei SS-Männer schon vor lauter Angst aus dem Fenster gestürzt und dabei beide Beine gebrochen.

»Wir dürfen uns nicht so in Panik versetzen lassen«, sagte Mutter. »Das haben wir gar nicht nötig – wir haben uns nichts zuschulden kommen lassen!«

Vor Geschäften, Anwaltskanzleien und Arztpraxen, überall hatten am 1. April Wachen Aufstellung genommen, um Menschen am Betreten der Geschäftsräume zu hindern, sie anzupöbeln und zu fotografieren. Niemand kam auf die Idee, dass es sich um einen Aprilscherz handeln könnte. Im Photogeschäft Brenner★ auf der Hohe Straße sollte einer der Inhaber verhaftet und unter Druck gesetzt worden sein, sein Unternehmen, das zweitgrößte Fotowarengeschäft des Reiches, aufzugeben, so hörte man.

Hans Jacobi★, zu diesem Zeitpunkt Geschäftsführer des Kaufhauses Michels auf der Schildergasse, konstatierte während der IHK-Veranstaltung einige Tage später fassungslos: »Die breite Bevölkerung schaute sich die Maßnahmen an wie ein Schauspiel, das sie nicht berührt.«

Der Kollege Leonhard Tietz vom Kaufhaus Tietz gegenüber von Michels war schon vor der Machtübernahme massiv bedroht worden. Die Banken wollten seinem Unternehmen sämtliche Kredite kündigen, falls er nicht aus dem Vorstand zurücktrete, was er am 3. April entmutigt tat. Sein Unternehmen wurde in

Westdeutsche Kaufhof AG umbenannt. Papa hatte beim Essen Tag für Tag kein anderes Thema mehr.

»In der ausländischen Presse regt sich Widerstand. Jetzt sehen sie, mit wem wir es hier zu tun haben! Die ausländische Kundschaft beginnt besorgt nachzufragen, was denn los sei bei uns. Paul Silverberg★, der Präsident der Kölner IHK, sagt, dass wir jetzt klug agieren und trotz allem eindeutig auf der nationalen Seite stehen müssen. Wenn sich das Ausland aufregt über die Maßnahmen der Deutschen, dann müssen wir klarmachen, dass auch wir Deutsche sind. Und dass Deutsche von Deutschen nichts zu befürchten haben. Wir veröffentlichen jetzt eine Erklärung, dass Ordnung und Disziplin im Deutschen Reich herrschen und dass nichts weiter passiert ist. Damit nehmen wir Hitler und Konsorten den Wind aus den Segeln. Paradoxe Intervention nennt man so was. Wir stellen uns einfach auf ihre Seite! Was wollen sie uns dann noch vorwerfen? Dann sieht auch der Letzte, dass gar nicht wir der Feind sind. Dies ist doch unser Land! Wenn der Feind draußen ist, rückt man im Innern zusammen.«

Mama war nicht so leicht von dieser Sichtweise zu überzeugen. »Ich weiß nicht, Ludwig. Wenn wir so tun, als sei nichts geschehen, dann dokumentieren wir doch, dass es in Ordnung ist, Juden wie Vogelfreie zu behandeln. Sie zu schlagen, ihre Läden zu demolieren oder sie zu verhaften. Das kann doch nicht angehen! Was nehmen die sich als Nächstes heraus? Erst waren es die Kommunisten und die Sozialdemokraten, jetzt die Juden, wer wird der Nächste sein? Wo führt denn das hin?«

Wir saßen beim Frühstück, aber unser Kaffee war längst kalt geworden, und jeder von uns hatte ein angebissenes Brot auf dem Teller. Leo vergrub sich wie immer hinter einem dicken Buch.

»Unsere Tochter hat vom Theater eine Meldung bekommen, dass sie Jüdin sei, nur weil ihr Vater Jude ist – das kann doch nicht sein!«

Mutter hatte den Zettel auf meinem Tisch also gelesen. Ich sprang auf und verließ die Wohnung. Auf diese Debatte hatte ich wirklich gar keine Lust.

Nur drei Tage später wurde der jüdische Industrie- und Handelskammer-Präsident Paul Silverberg trotz seiner moderaten Haltung zum Rücktritt gezwungen, berichtete Papa. Doch die Boykottaufrufe gegen Juden ebbten tatsächlich ab. In der Zeitung, im Radio – auch die Plakate in der Stadt wurden weniger.

Gustav glaubte, dass die Wirtschaft, der die Auslandskundschaft davonlief oder zumindest damit drohte, maßgeblich für diesen Rückgang verantwortlich war.

»Wenn's ans Geld geht, wird der schlimmste Hetzer vorsichtig. Berlin hat jetzt sogar ganz offiziell die Benachteiligung jüdischer Firmen verboten. Am Ende war es nur ein Testballon! Die wollten wissen, wie die Bevölkerung reagiert, wenn gegen Juden vorgegangen wird. Ob sie jemand verteidigt oder ob alle draufhauen. Schätze mal, jetzt wissen sie's.«

In Köln allerdings durften städtische Bedarfsscheine trotzdem nicht mehr in jüdischen Geschäften eingelöst werden. Kein städtischer Auftrag wurde mehr an eine jüdische Firma vergeben. In Köln scherte sich niemand um die Anordnungen Berlins, schon gar nicht, wenn diese Anordnungen etwas Gutes für Juden beinhalteten. Papa war stocksauer. Denn viele Aufträge für unser Geschäft waren bislang immer von der Stadt gekommen. Städtische Krankenhäuser zum Beispiel hatten den Stoff für ihre Weißwäsche bei Papa bestellt. Und jetzt blieben die Bestellungen weiterhin aus. Er erzählte, dass es allen so ging. Allen Juden. Jedenfalls allen, die er kannte und die ihm davon erzählten.

Bei uns in Köln waren anscheinend nicht nur die städtischen Angestellten jüdischer Religionszugehörigkeit registriert und gemeldet worden, inklusive der Familienangehörigen, sondern auch jüdische Richter, Anwälte, Ärzte, Handwerker, Ladenbesitzer, Firmenchefs. Alle hatten eines Morgens eine Art Kainsmal auf der Stirn. Aber wie war das möglich?, fragte sich Papa. Woher kannten die neuen Machthaber jeden einzelnen Namen? Und wieso konnten sie sich einer Berliner Anordnung einfach widersetzen?

»Unsere Nachbarn, Kollegen und Freunde haben uns denunziert, Ludwig, anders ist es nicht denkbar! Wie sollen sie in dieser kurzen Zeit herausgefunden haben, wer alles Jude ist? Sie haben doch schon angefangen mit dem Terror, als sie noch gar nicht am Ruder waren, als sie noch gar keinen Zugriff auf die Stadtverwaltung und die Meldedaten hatten. Unsere eigenen Freunde haben uns angeschwärzt, glaub mir! Unsere Nachbarn. Deine Kunden.« Mama schien von einer eiskalten Ruhe erfasst. »Und das ist bei allen passiert. Stadtweit! Es muss so gewesen sein, Ludwig! Sie gehen hin ins Rathaus und sagen: ›Der Meyer Ludwig, der ist auch einer von denen. Dem müssen Sie auf die Finger schauen.‹«

»Unsinn, Cäcilie! Du leidest an Verfolgungswahn. Du bist ja schon wie die Abraham. Wir müssen aufhören, Panik zu schieben und alles zu übertreiben. Das hast du doch selbst gesagt. Sonst bricht man sich ruckzuck beide Beine. Die Reichsleitung in Berlin hat Mäßigung verordnet. Ich habe das Schreiben selbst gesehen. Da siehst du es, Cäcilie! Das kann ja so nicht weitergehen. Und es geht auch so nicht weiter. Wir müssen Ruhe bewahren. Dies ist immer noch Deutschland und nicht der Wilde Westen!«

»Aber Ludwig, unsere Fanny ist als Jüdin gemeldet worden, obwohl sie gar keine ist. Es genügt offenbar, dass ihr Vater einer ist, um sie zu denunzieren. Woher wissen die überhaupt im Theater, was die Eltern ihrer Angestellten für eine Religionszugehörigkeit haben? Wenn das die Mäßigung ist, möchte ich bei der Eskalation wahrhaftig nicht dabei sein!«

Den Einzug des Frühlings in Köln konnten auch die Nationalsozialisten nicht verhindern, es wurde wärmer und heller. Das Eis brach. Am 30. April veranstaltete die Schokoladenfabrik Stollwerck einen großen Umzug durch die Stadt. Ich wollte unbedingt hingehen, aber niemand hatte Lust, mich zu begleiten.

Am Dom stieg ich aus der Straßenbahn. Die Turmuhr der Bahnhofsvorhalle zeigte zehn nach eins. Ich hatte also noch viel Zeit und beschloss, zu Fuß bis zur Gürzenichstraße zu gehen, um mir im Café Germania ein Eis mit Sahne zu bestellen. Ich hatte es wahrhaftig verdient, fand ich, und der Frühling auch, ihm musste unbedingt mit einem wahren Prachteis gehuldigt werden!

Die Stadt wirkte belebt wie immer, viele Menschen waren unterwegs und genossen die warme Frühlingssonne. Das riesige lichtdurchflutete Caféhaus war nach seinem Umbau eine beliebte Attraktion für Köln-Besucher geworden und machte dem altehrwürdigen Café Reichard vis-à-vis dem Dom ernsthafte Konkurrenz.

Der umtriebige Architekt Riphan hatte im Café Germania wunderbar beleuchtete Verkaufsvitrinen in den Fokus gerückt, die mit Schätzen aller Art gefüllt waren. Große Fensterfronten mit diagonal gestreiften Jalousien sorgten für Transparenz, und an den kleinen, weiß gedeckten Tischchen, die sorgsam in Reih und Glied aufgestellt waren, fanden an die zweihundert Gäste allein unten Platz. Oben auf den Galerien sicher noch mal so viele.

Ein Summen, Tellerklappern und Lachen erfüllte den Raum, sodass ich unschlüssig an der Tür stehen blieb und mich entschied, lieber in »die kleine bar« nebenan zu gehen. Sie gehörte auch zum Café Germania, war sozusagen ihre hübsche kleine Schwester mit Barhockern um eine kleine geschwungene Theke und einem weiß befrackten Ober hinterm Tresen.

»Kriege ich bei Ihnen auch ein Eis? Oder gibt's das nur nebenan?« Ich lächelte den hübschen Kellner an, und da er nicht sofort antwortete, befürchtete ich einen winzigen Augenblick lang, dass er mir gleich eröffnen würde, dass Leute wie ich hier nicht bedient würden.

»Mir ist es nebenan einfach zu laut. Ich wünsche mir lieber ein ruhiges Plätzchen …« Ich kam ins Stottern. Mein Herz schlug plötzlich bis zum Hals.

Der Kellner strahlte zurück. Außer einem älteren Herrn hinter einer großen Zeitung hatte er keine weiteren Gäste. »Sehr gern, mein Frollein. Welches Eis darf's denn sein?«

»Das überlasse ich Ihnen.« Tonnenschwere Gewichte rollten von meinen Schultern, und ich schalt mich eine Eselin, die langsam, aber sicher auch unter Verfolgungswahn leiden würde, wenn sie so weitermachte.

In einer flachen silbernen Schale auf elegant geschwungenem Fuß war kunstvoll die Mischung aus Erdbeer-, Schokoladen- und Vanilleeis aufgetürmt und mit einer Sahnespirale gekrönt, als der Ober zurückkehrte. Mit gekonnter Geste servierte er das süße Kunstwerk. Ich war begeistert und begrub alle hässlichen Gedanken unter zuckersüßem Erdbeereis.

Überall herrschte ganz normale Betriebsamkeit. Nichts war anders als sonst. Dies war meine Stadt. Auch das Eis schmeckte genau so, wie es sollte. Köstlich knusprige Waffeln steckten darin, und der erste Marienkäfer des Jahres kletterte emsig über meine Serviette, ehe er die Flügel aufspannte und davonflog. Draußen ging eine junge Familie vorbei, das Kind hatte einen roten Luftballon mit großer Nase ans Handgelenk gebunden. Er hüpfte mit den Schritten des kleinen Mädchens lustig auf und ab.

Es war ja Kirmes! Frühjahrskirmes drüben in Deutz, na endlich, dachte ich. Das normale Leben gab es noch! Wunderbar. Der Spuk war vorbei. Ich musste lächeln. Einfach so. Es fühlte sich gut an, wie die Haut an den Wangen spannte und sich ein leises Lächeln grundlos auf den Lippen breitmachte, deren Erdbeereiskälte von der Sonne rasch vertrieben wurde. Ich zahlte und ging hinaus auf die Straße, hinunter zum Rhein und dann Richtung Süden, der Schokoladenfabrik entgegen.

»Köln in Flammen – am 18. Juli um zweiundzwanzig Uhr! Start und Wettfahrt mit Raketenwagen. Schauspiel. Feuerwerkskabarett. Trommelfeuer«, verkündete ein Plakat auf einer Litfaßsäule neben »Ata putzt und reinigt alles!« und »Hitler an die Macht!«. Die Plakate waren allesamt vom letzten Jahr. Hier unten am Fluss hatte man vergessen, sie zu entfernen und neue aufzuhängen. Das ist die richtige Methode, dachte ich, wir vergessen den ganzen Mist einfach, bis er von allein abfällt.

Zu der hübschen Parade hatten sich eine Menge Schaulustige versammelt. Riesenpralinen und Schokoladentafeln wanderten durch die Straßen und verschenkten kleine Täfelchen am Wegesrand. Vornweg wurde ein Schild getragen: »Deutsche Arbeit – Deutscher Fleiß«.

Nach der Schokoladenparade wollte ich meine Freundinnen treffen. Da der »Decke Tommes« weiter geschlossen blieb, trafen wir uns manchmal bei Luise in Sülz, die hatte als Einzige schon eine eigene Wohnung. Ich stieg also wieder in die Straßenbahn und fuhr nach Sülz zurück.

Luise Straus-Ernst war die Älteste von uns. Sie hatte einen akademischen Titel als Kunsthistorikerin und zog ihren Sohn vom Maler Max Ernst allein groß, seit der sie verlassen hatte und nach Paris gegangen war.

Für sie hatte es in puncto wirtschaftlicher Sicherheit keinen großen Unterschied gemacht, ob ihr Mann Max da war oder nicht. Sie hatte sowieso immer schon allein für ihre kleine Familie gesorgt. »Maler verdienen kein Geld, solange sie am Leben sind«, hatte Max immer zu ihr gesagt. Sie waren so arm gewesen als junge Familie, dass Luise für eine Weile als Strumpfverkäuferin im Kaufhaus Tietz in Stellung gegangen war.

Sie trug heute eine extravagante gestreifte Bluse, einen langen engen Rock und eine weiß gefärbte Strähne im Haar.

»Wie schön, dich zu sehen, Fanny! Ein bisschen blass um die Nase.« Sie stupste mich aufmunternd in die Seite. »Nörchen und Martha sind auch schon da.«

Wir begrüßten einander herzlich. Dann fuhr Leonore mit einem offenbar bereits angefangenen Thema fort. »Aber mal ernsthaft: Sie haben alle jüdischen Kollegen entlassen. Bis zur Garderobiere! Die wunderbare Marianne Ahlfeld-Heymann★, ihr wisst schon, die die Kostüme zu ›Hoffmanns Erzählungen‹ gemacht hat, die ist auch Jüdin, wusste ich bis dato gar nicht, und jetzt ist die auch weg. Nach Frankreich.«

Oh nein, da war das Gespenst schon wieder. Und es beherrschte das Gespräch.

»Alle entlassen?«

»Ja, meines Wissens nach alle.«

»Ich habe noch keine Kündigung«, warf ich ein.

»Dann bist du gerettet. Du bist ja auch keine Jüdin.«

»Aber gemeldet haben sie mich. Das weißt du doch, Lou!« Dass ich zu denen gehören sollte, die sicher waren, passte mir auch irgendwie nicht. Ich hätte gar nicht sagen können, wieso.

»Gerade weil sie dich schon gemeldet haben und nichts passiert ist, hast du nichts zu befürchten. Glaub mir, du hättest längst etwas gehört.« Leonore war überzeugt. »Dann spielen wir halt jetzt deutsche Rollen, was, Fanny? Spielen wir ›Das Käthchen von Heilbronn‹ und Krimhild, Krimhild, Krimhild! Warum nicht?« Leonore machte eine wegwerfende Handbewegung. »*Wir* sind eh die besseren Schauspieler!«

»Ihr vielleicht«, antwortete Luise, »aber für mich gilt das so nicht. Ich *bin* Jüdin und Journalistin, und ich kann ganz sicher nirgendwo mehr arbeiten. Sie werden es einfach nicht mehr abdrucken. Ich kann hier nicht mehr für meinen Lebensunterhalt sorgen und für Hans-Ulrichs auch nicht. Außerdem hat die SS meine Wohnung durchsucht. Einfach so. Ich gehe weg!«

Luise sah uns eine nach der anderen an. »Wisst ihr, wie sich das anfühlt? Wenn sie deine privatesten Sachen durchwühlen mit ihren ekelhaften Fingern, und du kannst nichts dagegen tun? Ich gehe nach Frankreich. Hans-Ulrich kann vorerst bei seinen Großeltern bleiben, aber ich – ich bin weg. Es tut mir leid, Mädels, für mich ist hier kein Platz mehr. Ich warte nicht, bis sie mir Berufsverbot erteilen und Dreck an unsere Fenster werfen. Das muss auch mein Junge nicht miterleben. Mein Entschluss steht fest!«

Betroffenes Schweigen breitete sich aus.

»Jetzt macht doch nicht so ernste Gesichter. Wir sehen uns wieder. Lange kann das ja nicht gehen. Und übrigens: Den hier nehme ich als gute Deutsche natürlich mit.« Luise hielt grinsend ein kleines gerahmtes Hitlerporträt hoch. Wir sahen sie überrascht an. »Der ist garantiert das beste Mittel gegen Heimweh, Mädels!«

Wir lachten. Martha lachte nicht mit. Sie fühlte sich schnell ausgeschlossen. Als Maskenbildnerin im Schauspielhaus hatte sie oft den Eindruck, mit uns nicht auf Augenhöhe zu stehen. Es war Unfug, wir mochten sie nicht nur, wir bewunderten ehrfürchtig, wie phantastisch sie Gesichter schminken konnte. Auch dies war eine künstlerische Tätigkeit, aber sie selbst fühlte sich oft eher wie eine Bedienstete. Als könne sie nicht mitreden. Doch jetzt hub sie an zu sprechen.

»Alles ist nicht falsch, was er sagt, der Hitler. Er gibt den Leuten Hoffnung. Sie fangen an, Arbeitsdienste einzurichten. Sodass auch diejenigen, die bislang als Bettler oder Straßenmusikanten ein paar Pfennige ergattern mussten, die Haare geschnitten bekommen, saubere Arbeitskleidung tragen und wieder anfangen, etwas Sinnvolles zu tun. Das ist keine schlechte Sache.«

»Und da müssen halt Leute wie ich oder Fannys Vater aussortiert werden?« Luises Stimme wurde scharf.

»Natürlich nicht«, entgegnete Martha und starrte auf den Tisch. Sie war ganz rot geworden. »Aber es muss sich etwas ändern. So kann es doch nicht weitergehen. Und das Judentum ist sicher auch nicht ganz unschuldig daran, dass es immer wieder verfolgt wird. Wenn einer nichts getan hat, wird er nicht jahrhundertelang gejagt ...«

Das Schweigen wurde jetzt sehr betreten.

»Luise und du, Fanny, ihr müsst doch keine Angst haben! Sie werden schon die Guten von den Schlechten unterscheiden. Aber mein Franz zum Beispiel findet keine Arbeit. Er würde alles machen, um sein Brot zu verdienen, und dann könnten wir heiraten. Es kann doch kein Zufall sein, dass die Juden alle Banken besitzen, Kaufhäuser und Villen. Wem haben sie das viele Geld denn weggenommen? Das ist doch nicht recht! Und das muss man doch mal sagen dürfen.«

Martha war aufgesprungen, hatte ihren Mantel im Vorübergehen vom Haken gerissen und schlug schon die Wohnungstür hinter sich zu. Wir anderen blieben erschrocken zurück.

»Lasst sie. Sie kann nichts dafür.« Luise legte mir die Hand auf den Arm. »Wir sind Gottesmörder und Ausbeuter. Ihr seht selbst, ich muss hier weg. Niemand will etwas wissen von kleinen jüdischen Arbeitern, Händlern und Hausierern, die genauso viel Mühe haben, ihre Familien durchzubringen, wie Nichtjuden in diesen Zeiten. Alle starren nur auf diejenigen, die es zu etwas gebracht haben. Als ob alle Juden reich wären! Das ist ein Märchen, das man wohl niemals ausrotten kann.«

Luise begann zwanghaft, mit der Gabel von ihrem Kuchenstück lauter kleine Stücke abzuschneiden und diese dann wiederum jeweils in zwei Hälften zu teilen.

»Kaum zu glauben, dass Martha noch mit uns beim Lumpenball war und dort mit einem Kommunisten herumgeknutscht hat, der ganz und gar nicht Franz hieß! Ich für meinen Teil erinnere mich da ziemlich genau ... Ein schmucker junger Mann war das. Vielleicht am Ende ein jüdischer Kommunist! Die ›Internationale‹ haben jedenfalls beide aus voller Brust gesungen.

Aber davon will sie heute sicher nichts mehr wissen! Ich wette, die meisten, die dabei waren, wollen davon heute nichts mehr wissen. Die Lumpen, die jetzt zum Tanz aufspielen, sind von ganz anderem Kaliber, glaubt mir. Inzwischen ist jeder ein noch glühenderer Nationalsozialist als der andere.«

Sie bröckelte mit flinker Hand die kleinen Kuchenhäppchen auf ihrem Teller in immer noch kleinere Stückchen, und ihre Stimme wurde seltsam schrill.

»Sie fangen es schlau an, die Nazis. Sie erklären einem Volk, das den Krieg verloren hat, den es für eine gerechte Sache hielt, wie das passieren konnte! Wie kann es sein, fragt sich der verunsicherte Deutsche, dass ich der Verlierer bin, dass ich bestraft werde? Dass alles, was ich gemacht habe, ein Verbrechen sein soll, wofür man mich bis in alle Ewigkeit demütigen darf? Es ist ganz einfach, sagen sie. Schuld ist die Weltverschwörung! Die große jüdische Weltverschwörung, nur durch sie war diese Katastrophe möglich. Plötzlich gibt es eine Erklärung, die die unfassbaren Ereignisse einordnet, fassbar macht und mit der wir unsere Zukunft vielleicht wieder in die eigenen Hände nehmen können. Wir müssen nur die Juden loswerden! Das ist die Lösung! Versteht ihr?«

Inzwischen schlug sie ungebremst auf ihrem Teller herum, dass die Brösel auf dem ganzen Tisch umherflogen und man um das Porzellan fürchten musste. Dann schien sie zu erwachen und legte die Kuchengabel beschämt aus der Hand. Ruhig sprach sie weiter.

»Hier ist mit Logik nichts zu machen. Hier geht es um Gefühle, und es sind keine guten Gefühle. Wir müssen gehen. Solange wir es noch können. Red doch mal mit deinem Vater, Fanny! Es kommen andere Zeiten. Dann können wir ja zurückkommen. Habt ihr übrigens schon gehört, dass sie die Bücher verbrennen wollen? Alle Bücher von *undeutschen* Schriftstellern! Sie rufen reichsweit auf zu einer Verbrennung an den Universitäten am 10. Mai. Also, Leonore, dein Brecht, Wedekind und Zuckmayer werden ohnehin bald zum Himmel hinauflodern wie bei einer Hexenverbrennung. Geht bloß hin, dann könnt ihr euch wenigstens ein letztes Mal an ihnen den Arsch wärmen!«

Am 10. Mai regnete es in Köln in Strömen. Im Radioapparat gaben sie eine Art Staffellauf der Bücherverbrennungen bekannt. Von Stadt zu Stadt sollte das Feuer weitergetragen und die Feiern dazu im Radio übertragen werden, aber auch in einigen anderen Städten regnete es wie verrückt. Das konnte man nur Pech nennen!

In unserem neuen Stück hatte ich keine Rolle. Ich verkrümelte mich in die Werkstatt und besserte Kostüme aus. Eine Arbeit, die selbstverständlich zu meinen Pflichten gehörte und die ich fast genauso liebte wie das Puppenspielen. Ich nähte Pelzbesätze sorgfältig wieder an Mantelaufschläge und befestigte neue Federn an winzigen Damenhüten. Ich war froh, dass ich so schon am späten Nachmittag Feierabend machen konnte.

Ich hatte Sehnsucht nach Gustav. Ich wollte mit ihm herumflachsen, mir etwas vorlesen lassen, und ich wollte wissen, wie es seinem Bruder Richard ging. Am frühen Abend des 10. Mai ging ich also im strömenden Regen quer über den Neumarkt in die Gertrudenstraße. Gustav strahlte von einem Ohr zum anderen, als er mich sah.

»Prinzessin, welche Freude! Du bist also gesund. Ich hatte mir schon Sorgen gemacht, ob dich ein Bazillus erwischt hat, wo du doch am Mittwoch deine Zigaretten nicht abgeholt hast. Da steht sie – blühend wie der Mai und kerngesund!«

»Vermutlich nicht mehr lange«, antwortete ich ironisch, »ich bin nass bis auf die Haut! Bei diesem Guss hilft auch kein Schirm.«

Ich legte den tropfenden Regenmantel ab, spannte den Schirm im hinteren Teil des Ladens auf und schlüpfte aus den völlig durchweichten Schuhen. Meine klatschnassen Füße hinterließen auf dem Holzboden lauter dunkle Abdrücke. Ich schüttelte mich wie eine Katze. Aus dem Haar sprühte es nach allen Seiten, bevor ich mich behaglich in einem der Sessel ausstreckte.

Gustav drückte mir eine Tasse heißen Mokka in die Hand. »Die kalte Sophie ist im Anmarsch. Und mit ihr sämtliche eiskalten Heiligen, die der Katholizismus so zu bieten hat. Auf dass wir bloß nicht übermütig werden in der Frühlingssonne, wir Heidenkinder! Rauchst du?«

»Willst du mir eine spendieren? Dann rauche ich.« Ich lächelte Gustav vergnügt an und bekam eine Zigarette angesteckt.

»Hier bin ich Mensch, hier darf ich's sein.'«

Ich grinste noch breiter. »Kalauer, ick hör dir trapsen! Da isser wieder, der olle Faust. Wollen wir uns etwa mit billigen Allerweltszitaten überbieten? Eigentlich bin ich gekommen, um Heine zu hören.«

»Schlage die Trommel und fürchte dich nicht. Und küsse die Marketenderin!'«, antwortete Gustav schlagfertig. »Gar nicht billig und von Heine. Aber das traue ich mich natürlich gar nicht.«

Wir lachten.

Er stopfte meine Stiefeletten sorgfältig mit Zeitungspapier aus, fettete sie ein und stellte sie an den Ofen, auf dem wie so oft das Mokkakännchen brodelte. Ich blies mit großem Genuss runde Rauchkringel durchs Zimmer.

»Ich bin froh, dich zu sehen, Gustav. Da fühlt sich die Welt gleich wieder normal an. Gibt es Hoffnung für uns?« Beim »für uns« stieg mir die Röte ins Gesicht, aber ich ließ mir nichts anmerken. Es war mir so herausgerutscht.

»Es gibt immer Hoffnung. Schau mal, heute Abend zum Beispiel wird der Bücherhaufen in Köln nicht brennen. Wenn das kein Grund zur Hoffnung ist! Sie beherrschen ihn nämlich nicht, den Himmel, auch wenn sie so tun. Es regnet, ob sie wollen oder nicht. Guter nationalsozialistischer Landregen …« Gustav lachte und kramte umständlich in seinem Regal.

»Meinen kleinen Richard haben sie auch nicht erwischt, und der Laden deines Vaters läuft trotz dieser Boykottsache inzwischen wieder fast wie früher, hat er mir erzählt. Sie können nicht alles! Und sie beherrschen auch nicht alles. Sie wollen auf einen großen Stein scheißen, aber glaube mir, sie werden ihren kleinen braunen Arsch gar nicht hoch genug kriegen!«

Mir gefiel die Vorstellung von vielen kleinen braunen Ärschen, die vergeblich gen Himmel gereckt würden.

»Lou geht fort«, sagte ich leise, »und mit Martha haben wir gestritten. Es gehen eine Menge Leute weg, und die, die bleiben, sind teilweise nicht wiederzuerkennen. Ich frage mich, ob sie immer schon so waren und ich das bloß nicht gesehen habe. Frieda. Martha. Die Weber-Schwestern. Die Frau in der Bahn. Mein Chef. Meine Mutter sagt, dass die alle die Juden denunziert haben müssen, sonst hätte man gar nicht so konzertiert vorgehen können. Kann denn das sein, Gustav? Sind wir von Verrätern umzingelt?«

Jetzt fiel ihm ein ganzer Stapel Briefe und Papiere herunter, die er auf allen vieren wieder vom Boden aufsammeln musste.

»Es betrifft nicht nur die Juden, Fanny! Kommunisten, Sozialdemokraten, Künstler, Homosexuelle. Vielleicht glaubt Hitler tatsächlich, es gäbe auf der einen Seite das deutsche Volk – einfache, kleine, gesunde Leute, die alle gleich denken, gleich aussehen, gleich fühlen, weil sie von gleicher Rasse sind wie Deutsche Schäferhunde – und auf der anderen Seite die Bastarde. Ach ja, und nicht zu vergessen die Eliten. Die Minderwertigen also und die, die ›das Volk‹ ausbluten lassen. Seine Gefolgsleute kaufen ihm den Quatsch ab.«

Gustav richtete sich wieder auf und setzte seine Suche im Regal fort. »Denk nur an die ganzen Kneipen und Theater, die jetzt geschlossen sind. Das Reichshallen-Theater spielt weiter. Aber nur noch, was den neuen Herren passt! Harmloses Varieté wie Blatzheims ›Kaiserhof‹ oder ›Groß-Köln‹. Ein Volksdeutscher braucht weder Kunst noch Kultur, höchstens mal ein bisschen Schabernack.«

»Ist das eine Antwort, Gustav? Sind wir denn nun von Verrätern umringt oder nicht? Die sagen doch, wir wären die Verräter. Judas war Jude.«

»Und was ist mit Hagen von Tronje? Er behauptete, dass Siegfried der Verräter sei, und war es am Ende selbst! Wer von Lügenpresse redet, sollte die eigene Nase gut im Auge behalten. Wer auf andere zeigt, dass die den Reichstag angezündet haben, der ist ganz sicher selbst der Brandstifter. Das bewahrheitet sich immer. Und außerdem denke ich: Genau das wollen die! Die wollen bei uns den Eindruck erwecken, wir seien von Verrätern umringt. Wir dürften uns nichts mehr trauen. Wir wären auf verlorenem Posten. Das soll uns Angst machen ... Aha!«

Triumphierend zog Gustav eine Tafel Schweizer Schokolade

hervor. »Ich hätte schwören können, dass sich hier irgendwo noch dieser Schatz versteckt halten muss.« Gustav brach die duftende Tafel in kleine Stücke und reichte sie mir herüber.

»So verloren ist die Welt nämlich gar nicht, wie die es gern hätten! Wir müssen vorsichtig sein. Sicher. Und nicht so hitzköpfig wie Richard. Aber die, die selbstständig denken, werden am Ende übrig bleiben, nicht die Dummköpfe! Das ist etwas, was man von Heine lernen kann: nicht die Hoffnung aufgeben. Nicht nachlassen. Und ganz nebenbei: Alle anderen Jünger, auch Petrus, waren ebenfalls Juden, und heute ist Petrus' Nachfolger der Stellvertreter Gottes auf Erden. Für die Katholiken jedenfalls. Das nenn ich mal Aufstieg! Im Fall der Juden gibt es offenbar nicht nur schlechte.«

Ich kaute selig. »Es gibt bloß Menschen, Gustav! Man muss jeden einzeln betrachten, jeden für sich. Seine ganz persönlichen Taten zählen und nichts anderes.«

»Es ist leicht, klug zu sein, wenn man den Bauch voll hat. Für die, die Hunger haben und sich für sich selbst schämen, sieht die Sache schwieriger aus. Hinter jedem Wir steckt auch ein Ihr. Wir. Ihr. Sie. Brennen tut heute Nacht in Köln jedenfalls nichts. Und das ist doch schon mal was! Denn auch dazu sagte Heine schon vor hundert Jahren das einzig Richtige. Genauer lässt er es Hassan sagen, im ›Almansor‹, wo verzweifelte Muslime gegen die Verbrennung ihres Korans durch die heilige Inquisition kämpfen: ›Dies war ein Vorspiel nur, dort wo man Bücher verbrennt, verbrennt man am Ende auch Menschen.‹«

***

Es brannte genau eine Woche später. Die Bücherverbrennung am Haupteingang der Universität fand unter großer Anteilnahme der Bevölkerung am 17. Mai statt. Leos Doktorvater hatte vor seiner Vorlesung genüsslich davon erzählt. Und allen erklärt, dass sämtliche jüdisch »versippten« Professoren endlich aussortiert würden.

Juden hatten zu diesem Zeitpunkt schon längst keine Chance mehr auf eine Berufung an die Kölner Universität, denn bereits Jahre zuvor hatten nicht nur die Nationalsozialisten, sondern auch die Kölner Zentrumspartei eine »auffällige Überrepräsentation« jüdischer Gelehrter an der Kölner Uni angeprangert und alles gegeben, um dies zu ändern, wie Leo betonte. Aber jetzt würden auch Ehemänner jüdischer Frauen und »Halbjuden« entlassen. Dass er sich mal so ausführlich zu einem politischen Thema äußerte und überhaupt mit uns sprach, statt zu lernen, sollte rot im Kalender angestrichen werden!

Am 19. Mai zog der Bund Deutscher Mädel in einer großen Parade über die Hohenzollernbrücke in die Stadt ein – groß, blond, blauäugig und strotzend vor Gesundheit – bis hin zum mittelalterlichen Gürzenich, der guten Stube der Stadt, wo sie eine Großveranstaltung abhielten.

Gustav und ich gingen gerade am Fluss spazieren. Er erklärte, dass die Jugendorganisationen der Gewerkschaften – wie die Gewerkschaften selbst – nicht mehr existierten. Die der Kirchen, der Arbeiterwohlfahrt und alle anderen Jugendverbände waren sowieso in der Hitlerjugend und dem Bund Deutscher Mädel aufgegangen. Da konnten wir nun das prächtige Zuchtmaterial aufmarschieren sehen!

»Was für ein herrliches Bild, all die ›staatzen Mädcher‹ ...« Gustav machte den Radiosprecher der Westdeutschen Funkstunde an Karneval perfekt nach, es war sehr witzig.

Die Stadt entließ alle jüdischen Ärzte aus ihren Diensten und auch die mit einer jüdischen Frau verheirateten Mediziner. Die Krankenkassen gaben bekannt, dass Rechnungen jüdischer Ärzte nicht mehr beglichen würden. Leo hatte mit Vater gestritten, für was er jetzt eigentlich weiterstudieren solle, wenn es doch für einen wie ihn sowieso keine Anstellung mehr gäbe, und eine Praxis dürfe er auch nicht mehr eröffnen. Er hatte Vater bedrängt, auszuwandern, aber davon wollte der nichts wissen. Wohin hätten wir auch gehen sollen? Und überhaupt: Sollten wir vor denen zurückweichen?

Obwohl Papa erklärt hatte, dass der Boykott jüdischer Geschäfte eigentlich beendet sei – in Köln schien sich nach wie vor niemand darum zu scheren. Möglicherweise ließ der Druck auf jüdische Geschäftsleute reichsweit tatsächlich nach, hier bei uns aber nutzten anscheinend nationalsozialistische Kampfbünde aller

Art die Gelegenheit, private Fehden auszufechten oder mögliche Konkurrenten auszuschalten. Jeder kannte solche Geschichten.

Die Metzgerei Katz-Rosenthal war wohl eines ihrer Lieblingsopfer, wie in der ganzen Stadt herumerzählt wurde, und auch die Gebrüder Brenner traf es hart. Letztere mussten schließlich ihr Photogeschäft auf der Hohe Straße für einen Bruchteil seines Wertes verkaufen und selbst die Zahlung dieses geringen Betrages vor Gericht einklagen.

Sie hatten Raphael Brenner und seinen Cousin einfach immer wieder abgeholt und für eine Nacht eingesperrt. Als Brenner nach dem Grund fragte, wurden sie wegen »Devisenschiebereien, unlauteren Wettbewerbs, Wirtschaftsspionage, Hehlerei von Heeresgut nach England, Benachteiligung arischer Arbeitnehmer« und ähnlich an den Haaren herbeigezogener Vorwürfe angeklagt. Man klingelte sie nachts mit ihren Familien aus den Betten, nicht ein Mal, sondern andauernd, und gab ständig Zeitungsannoncen auf, die sie als Verbrecher und Betrüger darstellten. Nach ein paar Wochen Dauerfeuer hatten die Brenners aufgegeben. Leo Brenner wanderte nach Palästina aus und Raphael nach Rom. Papa kannte beide gut, denn er war begeisterter Hobbyfotograf. Ein Parteimitglied übernahm ihren Laden, die Hakenkreuzfahne wehte von nun an über der Tür, und Papa ging nicht mehr hin.

Keiner von den neuen Herren hatte offenbar den Widerstand der Kölner Stadtgesellschaft zu fürchten. Die Brenner-Brüder hatten Papa erzählt, im Polizeipräsidium am Neumarkt habe eine Art geheime Staatspolizei Stellung bezogen, die unterstütze die Schikanierung einzelner jüdischer Geschäftsleute, stelle die »Schandtafeln« überall in der Stadt auf und hänge die Fotos der Kundschaft jüdischer Geschäfte an Zeitungskiosken aus, sodass sich kaum noch einer traute, bei Juden zu kaufen.

Im Augenblick sah es so aus, als ob sie den Arsch doch hoch genug bekämen, die Nationalsozialisten, zumindest hier am Rhein. Köln wurde Hauptstadt. Hauptstadt des Gaus Köln-Aachen, und damit ging ein lang gehegter Wunsch der Stadt und ihrer Bewohner in Erfüllung. Endlich bekam Köln, was ihm nach Meinung seiner Einwohner schon lange zustand!

Von alldem bekamen wir aus erster Hand nur wenig mit. Die

Geschichte der Familie Brenner war eine Ausnahme, weil sich die beiden Papa anvertraut hatten. Das meiste war Hörensagen, und wer weiß, wie viel davon stimmte! Wer wusste schon, wie viele der »Opfer« auch selbst nicht ganz unbeteiligt daran gewesen waren, dass sie zur Zielscheibe wurden.

Eine Reihe Menschen, die wir gekannt hatten, war jedenfalls plötzlich nicht mehr da. Das merkten wir daran, dass einige altbekannte Geschäfte plötzlich neue Inhaber hatten. Oder dass aus Wohnungen in der Nachbarschaft mit einem Mal neue Mieter kamen. Aber wer wusste schon, wie das wirklich zugegangen war? Ich hielt viel mehr davon, mich auf die schönen Dinge im Leben zu konzentrieren. Und die Leute, die uns jetzt nicht mehr grüßten, wie die Weber-Schwestern, einfach zu ignorieren. Es war doch gut, wenn man wusste, mit wem man es zu tun hatte, dann vertraute man auch nicht auf die Falschen!

Der Sommer zog ein, und das Theater machte Ferien. Leonore und ich gingen schwimmen, sooft es das Wetter zuließ. Das Badeschiff unten am Rhein hatte seinen Betrieb aufgenommen, und das Gekreisch der planschenden Kinder und Erwachsenen signalisierte Ferienzeit und Vergnügen. Alle, die es irgendwie möglich machen konnten, genossen die Sonne und das kühle Wasser und winkten den vorüberfahrenden Schiffen nach.

Der Himmel spannte sich so blau, wie es sich im Hochsommer gehörte, über unsere Köpfe, und unsere Haut nahm langsam die Farbe von Haselnüssen an. Wir rannten auf der Flucht vor heraufziehenden Gewitterstürmen mit Badetüchern über unseren Köpfen lachend zur Straßenbahn oder bewunderten träge in der Mittagssonne liegend die eindrucksvollen Muskeln der vorüberziehenden Ruderer. Dicke Brummer summten in der Luft, als wir am Ufer nach den ersten reifen Brombeeren suchten, und ganze Ameisenstaaten rüsteten sich zum Hochzeitsflug.

»Leo ist so ein elender Langweiler! Es sind doch Semesterferien, aber er kommt kein einziges Mal hinter seinen Büchern hervor.« Ich seufzte. »Der könnte doch seinen ›Astralkörper‹ auch mal der Sonne aussetzen. Sonst wird der noch zum Vampir, der beim kleinsten Sonnenstrahl zu Staub zerfällt. Wie soll denn der mal eine Frau finden? In den Buchseiten steckt keine! Er lernt und lernt und lernt.«

»Wie alt ist er denn?«, fragte Leonore.

»Dreiundzwanzig. Mit dreiundzwanzig hatte ich aber ganz andere Sachen im Kopf!«

»Und verheiratet bist du trotzdem noch nicht«, neckte mich Leonore. »Du wirst doch wohl kein altes Mädchen werden wollen.«

»Von wegen!« Ich war rot geworden, aufgesprungen und bewarf Leonore mit Brombeeren. Sie hinterließen überall, wo sie aufprallten, kleine rote Flecken. »Außerdem gibt es zwischen langweilig sein und verheiratet noch eine Menge Alternativen.«

Wir lachten und rannten barfuß die Uferböschung hinauf. Nur noch wenige Tage, dann waren die Ferien vorbei. Wir waren einander nähergerückt, seit Luise nicht mehr da war, und Martha war ich nie mehr begegnet.

»Dabei ist dieser Hitler so klein! Jeder, der einmal neben ihm gestanden hat, muss sich doch wundern, wie klein der ist. Klein, mit einer ganz weichen Stimme.«

»Wie kommst du jetzt auf den? Du träumst, Fanny! Wenn diese Stimme weich ist, dann bin ich eine alte Hexe! Und woher willst du denn wissen, dass er klein ist?«

»Ich weiß nicht, es schoss mir gerade durch den Kopf, als ich überlegt habe, wie Leo wohl ein Mädchen anspricht. Ich hab ihn nämlich gesehen im Winter. Den Herrn Reichskanzler. Ich hätte ihn fast umgerannt. Er hat ein ganz charmantes Lächeln und war nett zu mir. Und seine Stimme ist sehr wohl weich, wenn er nicht in ein Mikrofon plärrt. Ob er überhaupt weiß, was in seinem Namen alles geschieht?«

Leonore drehte sich zu mir um. »Erzähl! Du hast ihn umgerannt? Wo denn?«

Ich berichtete nur knapp, denn mir war wieder eingefallen, dass ich ja eigentlich niemandem etwas davon sagen sollte. Nicht mal Gustav hatte ich es erzählt.

»Das gibt's ja gar nicht! Du bist ihm wirklich begegnet?«

»Es sieht so aus. Ja.« Dann wechselte ich das Thema.

Die neue Spielzeit begann. Die Leute gingen zwar wieder ins Theater, aber deutlich seltener als sonst. Vielerorts wurde gebaut. Weniger Bettler saßen an den Häuserecken. Einige Suppenküchen hatten bereits geschlossen wegen des sinkenden Bedarfs.

Auf den Marktplätzen der Stadt erhielt kein Jude mehr eine Standgenehmigung. Dr. Apfel hatte es erzählt. Und dass er auswandern würde und mir deshalb einen Kollegen empfehlen wollte. Unter ganz fadenscheinigen Vorwänden würden jüdische Marktleute abgewimmelt. Sie seien unzuverlässig, behauptete man, und das genüge.

»Was ist denn das für eine Welt«, klagte er kopfschüttelnd,

»wo sich niemand mehr an die Regeln hält?« Er ging mit seiner Frau nach Holland, denn die Krankenkasse beglich auch seine Rechnungen nicht mehr.

In der Messe hatten sie im April eine Ausstellung gezeigt: »Denk deutsch – kauf deutsch«. Dr. Apfel war Deutscher, aber das half den Apfels gar nichts …

Leo ging nach den Semesterferien wieder in die Universität und sah sich einer Menge neuer Dozenten und Professoren gegenüber. Niemand fragte, wo die alten geblieben waren.

Anfang Oktober lud die Messe erneut zu einer Ausstellung: »Gesunde Frau – gesundes Volk«.

Ich dachte: Gustav hat recht. Es ist wie bei einer Ausstellung vom Kaninchenzüchterverein. Was für eine seltsame Vorstellung vom rassereinen Volk! In einer Stadt, in der über zweitausend Jahre lang Menschen aus aller Herren Länder Heimat und Brot gefunden haben.

Am 14. Oktober 1933 trat Deutschland aus dem Völkerbund aus, und Hitler verkündete eine neue Volksabstimmung – die fünfte in eineinhalb Jahren, wenn man die Wahlen mitrechnete –, die diesen Austritt bestätigen sollte. Fünfundneunzig Prozent der abgegebenen Stimmen waren im November 1933 für den Austritt aus dem Völkerbund. Was hatten wir Deutschen schon mit anderen Völkern zu schaffen, wenn wir noch nicht mal alle Deutschen brauchen konnten?

»Grundsätzlich kann eine Volksabstimmung so viel mit Demokratie zu tun haben wie das Wetter mit der Farbe meines Schlafanzugs«, hatte Gustav lediglich achselzuckend kommentiert. Ich wusste nicht genau, was er meinte.

»Du musst das Volk vorher nur sorgfältig genug manipulieren, dann kannst du eine Abstimmung nach der anderen machen, sie wird immer in deinem Sinne verlaufen. Du musst skrupellos genug sein und schlau. Niemand von den Jubel-Abstimmern ahnt doch, dass er hinterher mitverantwortlich sein wird für das, was er abgestimmt hat. Niemand hat auch nur eine Ahnung von den Konsequenzen! Es ist ein ›Wir gegen die‹!«

Ich spielte nicht mehr die Mariezebell, sondern eine hochdeutsche Rolle. Eine Tante, die bei den Knollendorfern zu Besuch gekommen war und für eine Menge Verwicklungen und Ärger sorgte.

Die »Schreckenskammer« machte unter gleichem Namen, aber mit einem neuen Wirt wieder auf. Ich konnte mir gut vorstellen, welche Farbe dieser Wirt hatte und welcher Art seine Gäste waren. Nein, danke. Da ging ich gewiss nicht hin.

Zum Ende des Jahres schmückte sich unsere Stadt mit Kerzen, Kugeln und Tannenzweigen. Das neue Selbstbewusstsein zeigte sich in besonders festlich dekorierten Straßen und Schaufenstern, in deutlich reichhaltigerem Warenangebot und modernsten Geschäftsgebäuden. Auf der Schildergasse gab es jetzt eine sich selbst drehende runde Glasvitrine. Menschen, die sich damit beschäftigen können, wie man eine Glasvitrine zum Drehen bringt, können so schlimme Probleme nicht haben, dachte ich.

Am 23. Dezember 1933 feierten Gustav und ich wie immer unser eigenes Vor-Weihnachtsfest. Draußen war nasskaltes Schmuddelwetter wie so oft zu Weihnachten. Ich kam von der letzten Vorstellung des Weihnachtsmärchens vor den Feiertagen. Gustav wollte ein kleines Weihnachtsbäumchen in seinen Laden stellen und heißen Grog servieren. Ich hatte für Gustav ein kleines Geschenk eingepackt und Kartoffelsalat mitgebracht. Für die Würstchen wollte er auch sorgen.

»Ein richtiges Heiligabend-Essen will ich«, hatte ich gesagt. »Kartoffelsalat und Würstchen. Kriege ich zwar am nächsten Tag noch mal, bei den Eltern. Aber das gehört so, wenn Weihnachten werden soll.«

Außerdem hatte ich beim Maronimann am Neumarkt eine Tüte heiße Esskastanien erstanden und wunderbar duftende Blutorangen in der Tasche.

Als ich den kleinen Laden betrat, stand Gustav festtäglich herausgeputzt im Laden und gab mir – ein wenig verlegen – so richtig die Hand. Er hatte ein hübsch verpacktes Geschenk für mich aufgebaut und wies auf den kleinen Weihnachtsbaum, der kunstvoll mit Zigarren und Streichholzschachteln dekoriert war und als Baumspitze eine überdimensionierte Zigarrenbauchbinde trug wie eine Krone. Kleine, aus hauchdünnem Glas gefertigte

Trompeten in allen Farben baumelten von den Ästen, und silbernes Lametta vervollständigte das Bild.

»Wunderbar, Gustav. Wie lauter kleine Jazztrompeten. Und wie der riecht! Ich liebe Tannenduft! Dann wollen wir mal die Kerzen anzünden und den Tisch decken. Und wir werden ›Tochter Zion‹ singen, denn stell dir vor, Gustav, sie haben es verboten, ein Weihnachtslied! Wirklich! Niemand darf es mehr singen. Und solche Leute wollen ernst genommen werden.«

Gustav hatte das kleine Tischchen vor die Sessel gerückt. Sogar eine Tischdecke gab es. Er schloss sorgfältig die Ladentür ab.

»Für heute ist der Laden geschlossen«, verkündete er feierlich und hob das Glas. Wir stießen an. Dann holte ich die Orangen aus der Tasche und spickte sie mit kleinen Gewürznelken. Der intensive Duft breitete sich im Nu in dem kleinen Zimmerchen aus und zauberte lächelnde Vorfreude in unsere Gesichter.

»Politik muss heute draußen bleiben. Heute wird gefeiert. Wir feiern mit heidnischen Bräuchen und einer Menge Rum unsere Freundschaft und das wunderschöne Märchen von der Geburt eines Königs, der Frieden bringt in die Welt. Und unser Freund Heine, der ist natürlich auch mit ein paar passenden Zeilen eingeladen, stimmt's, Fanny?«

Ich nickte Gustav lächelnd zu, und der räusperte sich, ehe er mit feierlicher Stimme anhob.

»Gelegt hat sich der starke Wind, und wieder stille wird's daheime. Germania, das große Kind, erfreut sich wieder seiner Weihnachtsbäume. Gemütlich ruhen Wald und Fluss, von sanftem Mondlicht übergossen. Nur manchmal knallt's – ist das ein Schuss? Vielleicht ein Freund, den man erschossen …?«

Ich applaudierte. Wir stießen lächelnd an, als es an die Scheibe der Ladentür klopfte. Wir schraken wohl beide innerlich zusammen, aber niemand ließ es sich anmerken. Mir schoss die Geschichte von Frau Abraham durch den Kopf, die sich aus Angst vor den SS-Leuten aus dem Fenster im ersten Stock gestürzt hatte. Hier sind wir wenigstens im Parterre, musste ich blöderweise denken.

Es klopfte nachdrücklicher.

»Sicher Kundschaft, aber – tut mir leid – hier ist keiner mehr!«

Gustav hatte es ein wenig zu forsch gesagt. Er zog an seiner Krawatte und zupfte die weißen Manschetten zurecht, aber er machte keinerlei Anstalten, zur Tür zu gehen.

Es klopfte wieder. Ich hielt die Luft an. Mein Herz schlug bis zum Hals. Warum eigentlich? Wir hatten nichts Verbotenes getan!

Schließlich ging Gustav langsam und kerzengerade nach vorn. Die Scheiben waren beschlagen, sodass man nicht hinaussehen konnte. Er schloss langsam die Ladentür auf und öffnete sie einen kleinen Spalt. »Wir haben geschlossen«, sagte er so ruhig wie möglich nach draußen.

»Auch für mich?«, antwortete eine leise Stimme. Der Mann hatte den Kragen seines langen dunklen Mantels hochgeschlagen und seine dunkle Schlägermütze tief ins Gesicht gezogen.

»Richard!« Rasch öffnete Gustav die Tür und umarmte seinen Bruder. Er zog ihn in den Laden und ging einen Schritt nach draußen, um gespannt die Gertrudenstraße hinauf- und hinunterzusehen. Niemand da. Er atmete auf. »Du bist verrückt, dich in die Höhle des Löwen zu wagen! Hier in unmittelbarer Nähe des Polizeipräsidiums! Hier gibt es jetzt eine geheime Staatspolizei.«

»Ich wollte dich sehen, großer Bruder. Noch einmal sehen, bevor ich weggehe. Ich reise morgen mit einem Genossen nach Schweden.«

»Komm nach hinten! *Wo* gehst du hin?« Gustav schloss hinter Richard sorgfältig die Tür ab. »Schau mal, Fanny, wer da ist! Mein kleiner Bruder, der unverbesserliche Kommunist. Sie werden uns alle drei am nächsten Laternenpfahl aufknüpfen, wenn sie erfahren, wer hier zusammensitzt. So gut ist es uns also gelungen, die Politik heute Abend draußen zu lassen.«

In diesem Augenblick hörte man von der Musikhochschule in der Wolfstraße Weihnachtslieder herüberklingen. Sie übten offenbar für ein kleines Konzert an den Feiertagen. »Maria durch ein Dornwald ging« sangen sie gerade.

Richard schmunzelte. »Wie passend.«

Wir lächelten zurück.

Als er die Mütze abnahm und den Mantel auszog, starrte ich

ihn erschrocken an. Eine feuerrote Narbe zog sich quer über sein bubenhaftes Gesicht, an der rechten Hand fehlte der Mittelfinger, und der Ringfinger war zur Hälfte abgeschnitten. Beide Hände zitterten stark. Er hinkte, als er auf mich zukam und sich setzte. Gustav holte einen dritten Stuhl herbei.

»Richard!« Ich war erschüttert. »Waren die das?«

Er grinste schief. »Ich lebe, Fanny, das kann man nicht von allen Genossen sagen, und habe deshalb Grund zur Dankbarkeit.«

Seine Augen irrten unruhig hin und her, und er konnte meinen geraden Blick nicht halten. Er sah meist auf den Boden.

»Man muss froh sein, wenn man nicht im Klingelpütz seinen Kopf zurücklassen musste oder wie eine Ratte im Hof mit dem Spaten erschlagen wurde. Keine Bange, das zahle ich ihnen zurück, jeden einzelnen Pfennig, und ich bin bereit, noch etwas draufzulegen. Es ist noch lange nicht ausgemacht, wer hier das Ungeziefer ist! Aber lasst uns nicht davon reden.«

Gustav bot ihm eine seiner besten Zigarren an, er wickelte umständlich die Bauchbinde ab und schnitt die Spitzen mit einem scharfen Taschenmesser. Als Gustav ein Streichholz entzündete, um ihm Feuer zu reichen, sog Richard tief den aromatischen Rauch ein und lehnte sich zurück.

»Mein Zug geht erst morgen früh. Um fünf Uhr dreißig. Ich steige nicht am Hauptbahnhof ein, sondern am Westbahnhof. Heiligabend um halb sechs morgens sollte es dort kein Problem geben, denke ich. Ich habe neue Papiere. Ich wollte dich nur noch mal sehen, Brüderchen, und jetzt sehe ich euch sogar beide. Wie schön! Das war meine Hoffnung, dass ihr euer Ritual vom Vorvorweihnachtsabend auch in diesem Jahr abhaltet. Gibt es bei euch auch einen Grog für einen abgerissenen Genossen, der ein Heide ist?«

»Wo genau gehst du denn hin?«, fragte Gustav erneut, während er seinem Bruder einschenkte.

»Stockholm. Mein Freund ist halber Schwede und hat mir einen Platz bei Verwandten besorgt. Sie brauchen dort Drucker. Wir fahren morgen nach Kiel und von da mit dem Schiff nach Göteborg. Es liegt schon Schnee. Ich werde also weiße Weihnacht haben …«

»Und wo bleibst du bis fünf Uhr dreißig?«

»Mich holt in zwei Stunden jemand hier ab. Vom Boxclub Aurora. Ihr wisst schon, unten in der Eisenbahnbrücke. Auf der Deutzer Seite. Der Boxclub im Pfeiler. Dort verstecken sie mich und bringen mich um halb fünf rüber. Alles ist organisiert. Keine Sorge!«

Heppenheim, 3. Januar 1934
Liebe Fanny!
Ich möchte nun doch endlich einige Zeilen von mir hören lassen,
so wie wir es uns versprochen haben. Ich hoffe, es geht Dir gut
und die Arbeit in Deinem Puppentheater macht Dir weiter viel
Freude! Meine Mutter hat mir einen Zeitungsartikel über Dich
geschickt: »Hinter den Kulissen des Hänneschen-Theaters« heißt
er, und Du wirst namentlich erwähnt! »Meine Puppe Mariezebell
und ich müssen immer auf das Hänneschen aufpassen, denn es ist
sehr lebendig«, sagst Du in dem Artikel, außerdem bist Du auf
dem Photo zu sehen. Ich bin sehr stolz auf Dich!
Mein Helmut und ich haben es im vergangenen Jahr auch noch
sehr gut getroffen. Helmut ist inzwischen der Lieferant für mehrere
große Speisegaststätten und Restaurants hier in Heppenheim und
Umgebung. Alles Parteileute, da zahlen sich sein Einsatz und seine
Treue doch endlich einmal aus. Er ist sehr glücklich und endlich
zuversichtlich, was unsere kleine Familie angeht. Ja, meine liebe
Fanny, Du hast richtig gehört! Wir gründen eine kleine Familie, ich
bin wirklich in anderen Umständen. Im April wird unser Kindchen
zur Welt kommen, und unsere Freude und Dankbarkeit ist sehr
groß. Helmut hofft natürlich auf einen Jungen, aber mir ist alles
recht. Du solltest sehen, wie dick mein Bauch geworden ist, es
ist unvorstellbar. Wir haben Aussicht auf die Übernahme eines
größeren Weingeschäfts, der bisherige Besitzer ist ausgewandert.
Vielleicht können wir sogar das ganze Haus übernehmen, dann
hätten wir endlich eine große Wohnung. So geht alles immer weiter
und tatsächlich zum Besseren. Ich denke oft an Dich, liebe Fanny,
Du hattest recht: Das Gute kommt manchmal unverhofft!
Die besten Wünsche zum neuen Jahr
Deine Frieda

»So unverhofft wie der Nichtangriffspakt mit Polen, was? Wer
hätte gedacht, dass dieser Hitler nur friedliche Absichten hegt,

nachdem er aus dem Völkerbund ausgeschieden ist!« Gustav klang spöttisch. »Wer weiß, am Ende sind diese Nazis lauter Lämmer. Von der Welt verkannt.«

Er war so aufgekratzt wie lange nicht mehr. Denn auch er hatte Post bekommen. Aus Stockholm war eine Postkarte gekommen mit einer verschlüsselten Botschaft seines Bruders Richard:

»Alle Geschenke dankend erhalten, lieber Gustav. Es liegt Schnee, wie ich es gesagt habe. Ein gesegnetes neues Jahr, grüß mir die Puppenprinzessin – Dein Freund Heinrich.«

Alles war also nach Wunsch verlaufen, und er war bei der Familie seines Freundes freundlich aufgenommen worden. Gustav war sehr froh.

Ich hatte ihm auch Friedas Brief vorgelesen, obwohl er schon ein paar Wochen alt war. Er hatte mir aber gar nicht recht zugehört, sondern drängte zum Aufbruch.

»Komm, es ist Zeit!«

Wir zogen Mäntel und Mützen an, dicke Stiefel und ich die Handschuhe, die Gustav mir zu Weihnachten geschenkt hatte. Ich hängte mir zusätzlich meinen Muff um und nahm die Thermoskanne mit heißem Wein mit.

Draußen hörte man bereits eine große Trommel schlagen und Gesang. Ein ganzer Schwarm Krähen flog kreischend auf, als wir Richtung Sankt Aposteln am Reichshallen-Theater vorbeigingen. Jemand hatte offenbar seinen Brotbeutel auf dem Trottoir ausgeschüttelt, und die schwarzen Vögel hatten sich mit lautem Gezänk über die Brösel hergemacht. Es waren bestimmt acht oder zehn Grad unter null, und es schneite ein kleines bisschen. Dennoch strömten viele Menschen in die gleiche Richtung wie wir.

»Wir müssen uns beeilen, wenn wir noch was sehen wollen!«

Wir hakten einander unter und gingen zügig auf die Nordseite des Neumarktes. In Höhe der Richmodstraße bezogen wir unseren Platz im dichten Gewühl, da bog der Rosenmontagszug auch schon um die Ecke. Wir schunkelten und lachten und riefen: »Kamelle!«, als die ersten Festwagen uns erreichten. Gustav hatte eine ganz rote Nase.

»Du brauchst gar keine Pappnase – deine wird von ganz allein rot«, rief ich und gab ihm ein kleines Küsschen mitten auf die eiskalte Nasenspitze. Wir sangen einträchtig laut und fröhlich mit, als die marschierende Kapelle das nächste Lied anstimmte.

»Und sollt ich im Leben ein Mädel mal frei'n, dann muss es in Kölle geboren sein!« Gustav sang diese Zeile so laut er nur konnte und zwinkerte mir zu.

Unter lautem Gejohle und Gefeixe der Feiernden bog als Nächstes eine Art Ladekarren um die Ecke, von einem Schimmel gezogen, auf dem dicht gedrängt lauter schwarz gekleidete Herren mit langen Bärten und hohen schwarzen Hüten standen. Sie mussten ihre falschen Bärte teilweise festhalten, weil sie immer verrutschten, hatten lange, gebogene Pappnasen wie Schnäbel im Gesicht und hielten Koffer in ihren Händen. Es hätte nur noch gefehlt, dass sie laut »Mutabor!« riefen wie in »Kalif Storch« und sich gen Osten verneigten.

An der Seite des Karrens waren Wegweiser angebracht: von Köln nach Jerusalem. Vom Rheinland nach Palästina. Ein großes Schild in ihrem Rücken verkündete: »Die Letzten ziehen ab!«

Ich ließ mir nicht das Geringste anmerken. Ich erkannte, dass einer der Männer hinter den falschen Bärten Franz war, Marthas Verlobter. Mit solchen albernen Hänseleien konnte man mich nicht hinterm Ofen hervorlocken. Dennoch sang ich nicht mehr mit.

Gustav lachte und schunkelte und guckte gerade zur anderen Seite. Als er sich umdrehte, realisierte er im selben Moment, was auf diesem Wagen zu sehen war. Er sah mich prüfend an, nahm meine Hand und zog mich nur einen Augenblick später kurz entschlossen aus dem feiernden Gewühl mit sich.

Es war nicht leicht, sich einen Weg zu bahnen, aber er ging mit mir an der Hand unbeirrt weiter zurück. »Entschuldigung! Dürfen wir bitte mal durch? Entschuldigung!«

»Gustav! Wo gehen wir denn hin?«

Wir gingen sehr schnell, rannten beinahe in die große Geschäftsstraße Schildergasse hinein, wo das Gedränge deutlich nachließ. Er zog mich immer weiter, und weil wir so schnell gingen, musste ich mich anstrengen, Schritt zu halten. Wir beide keuchten.

Nach einer ganzen Weile fragte ich erneut: »Wo … wo gehen wir eigentlich hin, Gustav?«

»Später, Fanny«, stieß er nur hervor. »Ich will dir etwas zeigen.«

Wir gingen inzwischen etwas langsamer, bogen am früheren Kaufhaus Tietz, das jetzt Kaufhof hieß, nach links in die Hohe Straße ein und liefen weiter Richtung Dom. Das Gehen tat gut. Hier, fernab des Zugweges, war praktisch niemand auf der Straße.

»Zum Dom hätte es aber auch einen wesentlich kürzeren Weg gegeben«, bemerkte ich nach einer Weile trocken. »Man merkt, dass Orientierung nicht zu deinen Stärken gehört, Gustav.«

»Das macht gar nichts«, antwortete er. »Wir sind gleich da.«

Er führte mich an der Südseite des Doms entlang bis nach Osten zum Chor, an dessen Fuß in winterlicher Stille der kleine Domherrenfriedhof lag. Dort stellten wir uns direkt ans schmiedeeiserne Tor.

»Schau hinauf«, bat Gustav, »und dann folge meinem Finger.«

Ich hob gehorsam, wenn auch verwundert den Kopf, und mein Blick glitt über die zahllosen Verzierungen des Domchores.

»Siehst du den Wasserspeier dort oben? Das Schweinchen?«

Ich nickte. Bei Gustav war man offenbar nie vor Überraschungen sicher. Jetzt gab er den Domführer!

»Siehst du auch, was an seinen Zitzen saugt?«

»Das ist ein kleiner Mensch«, sagte ich überrascht.

»Es ist ein Jude«, antwortete Gustav, »und das Schweinchen ist die Judensau!«

Ich wich empört zurück. »Was fällt dir ein!«

»Das habe doch nicht ich mir ausgedacht, sondern der Dombaumeister.«

Er sah sich ab und zu um, während er leise fortfuhr: »Fast siebenhundert Jahre ist sie alt, die Judensau dort oben! Viele große Kirchen haben eine. Und da wunderst du dich, dass die Juden zur Zielscheibe werden? Es ist eine uralte Geschichte, dass die Juden an allem schuld seien. Sie sind die Brunnenvergifter, die, denen man alles in die Schuhe schieben kann. Zweimal schon sind sie fast ausgerottet worden. Auch hier in Köln. Es hilft, wenn man als Jude keine allzu großen Erwartungen an die Welt hat …«

Zögernd hakte ich mich wieder bei Gustav ein. Wie meinte er das?

»Ich bin gar kein Jude, und es macht eine Geschichte nicht besser, wenn sie alt ist«, sagte ich. »Außerdem wurden die Juden rehabilitiert. Unter Napoleon und unter Kaiser Wilhelm. Die Menschheit entwickelt sich weiter. Wird klüger. Witze machen ist das eine, aber alle Juden in die Wüste schicken zu wollen ist etwas anderes! Und warum muss ich mich sogar am Karnevalszug mit Judenkarikaturen befassen?« Ich schüttelte den Kopf. »Ich kenne nicht mal strenggläubige Juden. Keinen einzigen! Vater macht sich nichts aus Religion. Er geht nicht zum Rabbi. Wir essen nicht koscher. Wir haben einen Chanukkaleuchter, aber ich möchte wetten, den haben viele in der Weihnachtszeit, ohne zu wissen, was das ist. Papa sagt immer, die koscheren Essregeln findet er verrückt. Aus einem anderen Jahrtausend. Aber er will Jude bleiben. Deutscher Jude. Was genau versteht er denn noch unter ›Jude sein‹? Gerade jetzt darf man nicht zurückweichen, sagt er. Er will jeden Tag beweisen, dass er als Jude der bessere Deutsche, der kölschere Kölner sein kann, das ist doch auch verrückt! Er spielt doch diesem völlig absurden Rassegedanken damit in die Hände, oder? Aber darüber kann man mit ihm nicht reden.«

Dann fiel mir der Wein in der Thermoskanne wieder ein. »Zeit für ein wärmendes Schlückchen. Sonst kriegen wir beide noch ein eiskaltes Herz. Und das kann ja keiner wollen!«

Wir lachten. Ich drehte mich um, lehnte mit Gustav am Gitter hinter uns und blickte hinunter auf den Rhein. Schwerer Eisgang wie fast immer um diese Jahreszeit sorgte für eine vertraute Geräuschkulisse. Der Geruch nach wärmendem Feuer lag in der Luft. Das Kreischen der hungernden Dom-Krähen klang verloren und klagend. Es war unwirtlich jetzt im Winter, aber dennoch fror ich nicht mehr. Ich guckte auf meine Stiefel herunter und hätte mich nicht gewundert, wenn aus ihren Sohlen plötzlich dicke Wurzeln in den Boden gewachsen wären.

Der Wein dampfte im Becher und der Atem vor unseren

Mündern. Gustav legte seinen Arm um mich, und wir fingen an zu schunkeln.

Die Gedanken wirbelten hinter meiner Stirn durcheinander. Die Letzten ziehen ab! Sind wir tatsächlich die Letzten? Oder wollen die nur bei uns den Eindruck erwecken, dass wir die Letzten sind? Dass es allerhöchste Zeit ist für uns? Als ob wir gar nicht hierhergehören? Und wenn wir nicht hierhergehören, wo gehören wir denn dann hin? Etwa wirklich nach Palästina, wie einige Juden ja glauben? Was ist denn mit den Leuten, die dort schon sind? Wollen die überhaupt, dass wir kommen? Oder werden sie uns auch verjagen? Welche Sprache spricht man überhaupt in Palästina? Hebräisch? Kann ich nicht.

»Ist es wirklich erst ein Jahr her, dass wir beim Lumpenball im ›Decke Tommes‹ getanzt haben, Gustav? Und jetzt heißt es: ›Die Letzten ziehen ab‹? Ein Jahr? Wie kann das sein? Es kommt mir wie eine Ewigkeit vor! Aber seien wir zuversichtlich: Die Letzten werden die Ersten sein. Steht sogar in der Bibel.«

★★★

Das Stadtbild veränderte sich. Überall an den Häuserfronten tauchten blutrote Hakenkreuzfahnen auf. Bei Behörden sowieso. Aber auch Geschäfte, Firmenjubiläen, Werbeschilder, praktisch alles wurde mit Hakenkreuzfahnen verziert. Da, wo einst der »Decke Tommes« zu vergnügten Abenden lud, hingen sie an allen Fenstern. Am 20. April gar, an Hitlers Geburtstag, war die gesamte Stadt ein einziges Fahnenmeer.

Vater ging nicht mehr zu den Vereinssitzungen seiner Karnevalsgesellschaft. Er sprach nicht darüber, warum, aber die Gardeuniform als Hauptmann der Blauen Funken war aus seinem Schrank verschwunden. Nichtariern wie ihm war es natürlich verboten, das Hakenkreuz im Firmenemblem zu tragen oder Hakenkreuzfahnen zu hissen. Dass ihm etwas verboten wurde, was er sowieso strikt ablehnte, machte ihn extra ärgerlich.

Es wurde Zeit für mich, einen Brief zu beantworten. Denn inzwischen war auch noch eine Karte hinterhergekommen.

Köln, 5. Mai 1934
Liebe Frieda!
Vielen Dank für Deinen lieben Brief! Ich freue mich, dass es
Dir gut geht. Und herzlichen Glückwunsch zu Deinem kleinen
Sohn Friedrich! Ich habe mich so sehr über Deine Geburtsanzeige
gefreut und möchte nun endlich einmal antworten. Ich hoffe, Ihr
habt die Geburt bei bester Gesundheit überstanden und Mutter
und Kind sind wohlauf! Der kleine Kerl schreit hoffentlich kräftig,
dass seine Lungen stark werden und er sich im Leben genügend
Gehör verschaffen lernt.
Schon wieder Mai, der da draußen so herrlich ins Kraut schießt.
Überall blüht, brummt und zwitschert es. Das ist eine gute Zeit,
als neuer Erdenbürger die Welt kennenzulernen, wenn sie sich
von ihrer allerbesten Seite zeigt. Mama hat mir eine wunderschöne
Decke genäht, mit lauter Maiglöckchen drauf, als Tagesdecke aufs
Bett, und da habe ich mir gedacht, das wäre doch auch ein hübscher
Stoff für Friedrichs Steckkissen! Auch wenn er ein Junge ist, darf
er doch die hübschen Dinge im Leben schätzen, und seiner Mama
kann immer froh ums Herz werden, wenn sie auf den Kinderwa-
gen schaut. Ich hoffe, es gefällt Dir und dem kleinen Friedrich, wir
haben extra ein hellblaues Seidenband als Einfassung genommen
und es innen mit hellblauem Flanell gefüttert, damit jedem klar
ist, dass er es hier mit einem kleinen Buben zu tun hat.
Ich will versuchen, Euch in diesen Sommerferien zu besuchen,
wenn es recht ist. Ich freue mich schon!
Viel Freude und Kraft wünschen
Deine Fanny und die Eltern

Vater musste seine langjährige Verkäuferin Frau Ritter entlassen,
weil seine Geschäfte schlechter gingen und er keine zusätzliche
Kraft mehr bezahlen konnte. Sie soll schrecklich geweint haben,
weil sie doch Kriegerwitwe ist und jetzt nicht mehr weiß, wie
es weitergehen soll. Ich hatte gehört, wie Mutter es Onkel Rudolph erzählte. Sie sorgte sich sehr, weil Papa damit eine Arierin
entlassen hatte. »Aus so was wird Juden heute schnell ein Strick
gedreht«, sagte sie.
»Ist es wirklich so schlecht bestellt um den Laden deines

Vaters? Mir gegenüber klang er eher zuversichtlich.« Gustav sah mich überrascht an. Wir saßen an diesem kühlen Maitag mal wieder gemütlich an seinem Ofen.

»Nach außen ist Papa immer zuversichtlich. Ein schlechter Ruf ist schlimmer als ein schlechtes Geschäft! Wenn dir erst der Ruf anhaftet, dass du nicht genug verdienst, dann brauchst du gar nicht mehr drauf zu warten, dass es besser wird. Dann denken alle, du bist ein schlechter Geschäftsmann, und das Schlimmste ist, sie erzählen es jedem, und dann gehen die Geschäfte noch schlechter.«

Ich half Gustav, die Belege, die er immer in einem Schuhkarton sammelte, nach Datum zu sortieren.

»Papas Problem ist ähnlich wie das vieler jüdischer Unternehmen. Die Stadt ist als Auftraggeber weggefallen. Die Qualität seiner Stoffe ist ausgezeichnet, und er macht faire Preise, aber die Stadt war immer sein größter Kunde. Manche Kliniken haben bei ihm bestellt, dann die Berufskleidung für die städtischen Behörden, Kurzwaren, Reparaturen, Stoffe, alles wurde bei ihm bestellt. Jetzt aber nicht mehr. Und zwar kommentarlos. Die normale Kundschaft kommt teilweise noch, aber das sind kleine Kunden. Die kaufen sechs Knöpfe oder eine Rolle Garn. Wenn's hochkommt, zwei Meter Leinen. Davon kann er keine Mitarbeiterin bezahlen. Das ist furchtbar für ihn, auch wenn er sich nichts anmerken lässt.«

Es war wieder ein Stapel Quittungen fertig, und ich heftete ihn mit einer großen Büroklammer zusammen.

»Er fühlt sich Frau Ritter gegenüber so verantwortlich! Er tut alles, ihr eine neue Stellung zu beschaffen, aber bislang ohne Erfolg. Und dazu kommt jetzt noch Mama. Sie hat immer im Streichquartett von Sankt Maria im Kapitol gespielt. Nicht oft, aber so drei oder vier Konzerte hat es jedes Jahr gegeben, und das hat ihr viel bedeutet. Sie hat ihren Beruf ja für die Familie aufgegeben. Jetzt darf sie nicht mehr mitspielen.«

»Warum nicht?«

»Das sagt ihr niemand. Sie hat hintenrum herausgefunden, dass das Quartett schon längst wieder probt. Man hat sie einfach nicht von den Proben unterrichtet, und jemand anderes spielt das Cello. Sie ist sicher, dass sie wegen Papa nicht mitspielen darf, und so streiten sie jeden Tag. Sie verlangt, dass er konvertiert. Sie sagt, er sei doch sowieso kein gläubiger Jude, sondern mehr ein zufälliger. Da könne er doch genauso seinen Glauben ablegen, der ihm nichts mehr bedeute, aber so unglaublich viele Nachteile einbrächte. Nicht nur ihm. Sondern seiner ganzen Familie! Aber Papa will nicht. Er sagt, es gehe hier ums Prinzip. Religion sei Privatsache. Seit dem Code civil wisse das jeder. Er lasse sich nicht erpressen. Mein Papa beruft sich auf den Code civil! Dass ich das noch erleben darf!«

»Recht hat er.«

»Vielleicht. Aber geht es im Leben darum? Recht zu behalten? Wozu?«

»Ich weiß es nicht, Fanny, aber ich finde, um Rückgrat geht es schon. Man kann nicht sofort seine Überzeugungen verkaufen, nur weil einem gerade der Wind ins Gesicht bläst.«

»Aber Papa ist doch gar nicht vom jüdischen Glauben überzeugt! Er ist eher Atheist – so wie ich. Wobei ich gar nicht mehr weiß, ob ich wirklich Atheistin bin. Ich spüre tatsächlich manchmal Wurzeln in der biblischen Geschichte. Wurzeln eher kultureller Art. Oder fast politischer Natur. Nächstenliebe, Hoffnung für die Geringsten meiner Brüder, Verantwortung der Starken für die Schwachen. Da finde ich mich schon wieder. Christen und Juden haben doch eh die gleiche Geschichte.«

»Muslime im Grunde auch«, setzte Gustav hinzu. »Nur die beiden Letzteren wollen und wollen einfach nicht einsehen, wer hier der wahre Messias ist. Nämlich unserer!« Gustav grinste. »Diese Sturköpfe!«

»Den Muslimen dreht man aber keinen Strick daraus – das ist der Unterschied. Oder hast du schon mal gehört, dass Muslime schief angesehen sind? Leo ist in jedem Fall Atheist.« Davon war ich überzeugt. »Wissenschaftler halt. Sachlich, präzise, leidenschaftslos. Niemandem verpflichtet außer seinem Schwur. Uns allen bläst der Wind auf einmal mächtig ins Gesicht, verstehst du?«

»Atheismus nützt gar nichts – auch die Nazis sind Atheisten.«

»Müsste uns das nicht mit ihnen verbinden?«

»So ähnlich, wie die Sache mit dem Geringsten aller Brüder Katholiken und Kommunisten verbindet ...« Gustav schmunzelte wieder und wurde dann ernst. »Juden sind nicht die Einzigen, die verfolgt werden. Ich habe es dir schon mal gesagt. Das ist kein exklusives Judenrecht.«

Ich sah ihn überrascht an. Irgendetwas an seinem Ton gefiel mir nicht. Wie meinte er denn das schon wieder? Nachfragen mochte ich aber nicht.

Den Rest seiner Quittungen musste er allein sortieren.

Im Juni 1934 wurde Reichspräsident Hindenburg krank, ein altes Blasenleiden. Gerüchte gingen um, dass er sterbenskrank sein könnte. Am 1. Juli beherrschten fette Schlagzeilen die Zeitungen: »Röhm verhaftet und abgesetzt! Sieben SA-Führer erschossen! Durchgreifende Aktion des Führers! Hindenburg dankt Hitler und Göring! Goebbels sagt: ›Der Führer ist groß in der Güte und groß in der Härte!‹«

Erst nach Tagen wurde klarer, was eigentlich vorgefallen war. Die Gerüchteküche kochte über. Es hieß, es hätte an die zweihundert Tote gegeben.

»Jetzt fangen sie also an, sich gegenseitig umzubringen«, sagte Gustav zufrieden. »Endlich mal ein guter Einfall! Braucht sich niemand anderes die Hände schmutzig zu machen.«

Offenbar hatte die SA nicht so gewollt wie der Führer. Man munkelte, der Herr Röhm wäre gern Chef einer neuen Armee geworden, in der die ganzen SA-Brigaden nach seiner Vorstellung aufgegangen wären. Von wegen Reichswehr – die SA marschierte! Vier Millionen Mitglieder hatten die inzwischen. Und gerade mal hunderttausend die Reichswehr.

»Da sind die Kräfte klar verteilt! Die haben schon Schleicher am Ende das Genick gebrochen. Und das weiß Herr Hitler sehr genau. Das kann ihm ja nicht recht sein, so ein mächtiger Gott neben ihm! Und dann auch noch ein schwuler Gott – meine Herrschaften, da hat sich unser Führer aber erschrocken! Hat ihn der dicke Röhm doch kackfrech getäuscht! Eine Schwuchtel an der Spitze der SA! Als ob Hitler das nicht gewusst hätte.« Gustav redete sich in Rage. Ich war überrascht, wie ätzend seine Stimme klingen konnte.

»Und am Ende war der Röhm nicht nur schwul, sondern im Grunde seines Herzens auch noch ein Sozi! Der hat die Sache mit dem Nationalsozialismus und der Arbeiterpartei vielleicht einfach zu wörtlich genommen. Der wollte am Ende wirklich, dass das Volk regiert! Da haben sie sie umgebracht. Alle, die bei der SA etwas zu melden hatten. Alle alten Kampfgenossen, denen man zutraute, dass sie selbst ans Ruder wollten. Um die ist es nicht schade. Aber ein paar andere haben sie gleich mit erledigt!«

Er erzählte, sie hätten von Schleicher und seine Frau auch ermordet, und die seien ja nun ganz unverdächtig, am SA-Putsch beteiligt gewesen zu sein. Aber so wär's halt ein Abwasch gewesen.

»Wenn irgendwer noch Zweifel hatte, dass dieser kleine Mann aus Braunau am Inn keinerlei Skrupel kennt, nach der Nacht der langen Messer sollte jeder Bescheid wissen. Und das Volk jubelt! Die Verräter sind tot! Jedes Volk hat den Chef, den es verdient.«

So zynisch gefiel mir Gustav gar nicht. Er klang beinahe, als hielte er eine der Hassreden, wie sie jetzt so oft im Radioapparat zu hören waren. Auch wenn er inhaltlich eine gegensätzliche Position bezog, sein Ton war genauso geifernd.

Er fuhr fort: »›Den Frommen schenkt's der Herr im Traum, weiß nicht, wie dir geschah! Du kriegst ein Kind und merkst es kaum, Jungfrau Germania. Es windet sich ein Bübelein von deiner Nabelschnur, es wird ein hübscher Schütze sein, als wie der Gott Amur.‹ Der alte Heine mal wieder. Und gut hundert Jahre später ist die gute alte Germania keinen Deut klüger geworden.«

Gustav gewann seine Ruhe nur langsam zurück.

»Zu viel Hass auf einem Haufen verursacht Übelkeit, Gustav! Und Falten. Sowie eine Glatze und einen dicken Bauch. Ein dicker, schwuler SA-Mann hat doch auch eine Menge Komisches, findest du etwa nicht?«

Ich wollte ihn aus seiner Schlechte-Laune-Ecke holen, aber das war heute schwierig. Natürlich bekam er durch seine Kundschaft im Laden eine Menge zu hören, und sagen durfte er da nichts. Vielleicht hatte er mal ein Ventil gebraucht.

Am 1. August besuchte Hitler Präsident Hindenburg am Krankenbett. Einen Tag später starb dieser, und Hitler war jetzt Präsident und Kanzler zugleich, durch ein Gesetz, dass er Hindenburg offenbar noch schnell abgeluchst hatte. Ein Schelm, wer Böses dabei dachte!

Ab jetzt nannten ihn alle den Führer, im Radio, in der Zeitung und auch sonst. Wohlan! Unser Führer rief seine Deutschen umgehend erneut zur Abstimmung. Am 19. August sollten wir entscheiden, ob wir ihn dauerhaft als Kanzler und Präsident in Personalunion, quasi als Oberchef haben wollten.

Am 18. August veröffentlichten die Kulturschaffenden des Reiches im »Völkischen Beobachter« folgenden Aufruf: »Wir glauben an diesen Führer, der unseren heißen Wunsch nach Eintracht erfüllt hat. Der Führer hat uns wiederum aufgefordert, in Vertrauen und Treue zu ihm zu stehen. Niemand von uns wird fehlen, wenn es gilt, das zu bekunden. Wir setzen unsere Hoffnung auf diesen Mann und gehören zu des Führers Gefolgschaft!«

»Ausgerechnet die Kultur«, brummte Gustav grimmig in meine Richtung und warf mir die Zeitung in den Schoß.

Einen Tag später, am Tag der Abstimmung selbst, las uns Papa aus der Zeitung vor, diesmal den Aufruf »Deutsche Wissenschaftler hinter Adolf Hitler«: »Am 19. August steht das deutsche Volk erneut vor einer Entscheidung, die über seine Zukunft bestimmen wird. Durch den Entschluss der Reichsregierung, das Amt des Reichskanzlers und Reichspräsidenten in der Person des Führers Adolf Hitler zu vereinigen, ist eine Sorge gebannt worden, die viele deutsche Männer an den Tagen bedrückt hat, in denen das deutsche Volk bangend am Krankenlager des verewigten Reichspräsidenten und Generalfeldmarschalls gestanden hat. Wir unterzeichneten Vertreter der deutschen Wissenschaft haben das Vertrauen zu Adolf Hitler als Staatsführer, dass er das deutsche Volk aus seiner Not und Bedrückung herausführen wird. Wir vertrauen auf ihn, dass auch die Wissenschaft unter seiner Führung die Förderung erfahren wird, derer sie in ihrer Gesamtheit bedarf, um die hohe Aufgabe zu erfüllen, die ihr beim Wiederaufbau der Nation zukommt. Um der Wirkung nach innen wie nach außen willen muss erneut die Einheit und Geschlossenheit des deutschen Volkes und seines Willens zu Freiheit und Ehre durch das Bekenntnis zur Führerschaft Adolf Hitlers zum Ausdruck gebracht werden.«

Leo bekam einen Lachkrampf und aß an diesem Abend nicht mit uns.

Auf den Stimmzetteln stellte sich die Frage so dar: »Das Amt des Reichspräsidenten wird mit dem des Reichskanzlers vereinigt. Infolgedessen gehen die bisherigen Befugnisse des Reichspräsidenten auf den Führer und Reichskanzler Adolf Hitler über. Er bestimmt seinen Stellvertreter. Stimmst Du, Deutscher Mann, und Du, Deutsche Frau, der in diesem Gesetz getroffenen Regelung zu?«

Fast neunzig Prozent aller Deutschen stimmten zu.

»Ich sage doch schon immer, dass diese ständigen Abstimmungen unser Untergang sind. Politik muss von Leuten gemacht und verantwortet werden, die etwas davon verstehen!« Papa fühlte sich erneut bestätigt.

»Man sieht doch, was dabei herauskommt, wenn jeder mitbestimmt! Lieschen Müller denkt nicht weiter als bis zu ihrem Tellerrand. Wenn einer dafür sorgt, dass in ihrem Teller immer Suppe ist, dann wählt sie den. Kann man ihr noch nicht mal verübeln. Aber in was für eine Welt führt das?«

»Ach, Papa, halte doch die Leute nicht für dümmer, als sie sind.«

»Das war der Pferdefuß der Demokratie von Anfang an! Leute wie Hitler oder der olle Dollfuß in Österreich können die Schwächen der Demokratie geschickt für ihre Zwecke ausnutzen. Der kleine Mann lässt sich nur zu leicht manipulieren. Darauf hat die Demokratie keine Antwort!«

Das konnte ich nicht unwidersprochen lassen. »Aber Papa. Du willst doch nicht sagen, dass der Kaiser die Monarchie nicht für seine Zwecke ausgenutzt hätte.«

»Da herrschte aber Ordnung!«

»Die herrscht unter Hitler auch. Ordnung allein ist kein wünschenswerter Zustand. Ordnung herrschte auch im Mittelalter. Oder in der Sklaverei. Ordnung für sich ist nichts Gutes!«

Jetzt hatte ich mich doch wieder bei Tisch mit dem Vater auf eine Debatte eingelassen. Leo stöhnte auf und verließ die Küche. Ich gab mich noch nicht geschlagen.

»Außerdem erklärt das nicht, wieso auch Wissenschaftler und Künstler, Wirtschaft und sogar Adel sich für Hitler aussprechen. Es ist doch gar nicht so, als ob auch nur einer von denen, die deiner Meinung nach etwas von Politik verstehen, sich gegen Hitler aussprechen würde! Jeder ist sich selbst der Nächste, das ist das Problem. Und eine Gesellschaft, in der jeder nur an sich denkt und seine Interessen auf Kosten aller anderen durchsetzt, ist dem Untergang geweiht. Ist den Römern nicht anders gegangen. Und den Babyloniern. Und wer weiß, wem noch! Menschen sind nur deshalb an die Spitze aller Lebewesen gelangt, weil sie gelernt haben, zusammenzuarbeiten, auch mal ohne direkten Eigennutz. Weil sie gelernt haben, Verantwortung zu übernehmen für alle, auch für die Schwächeren. Allerdings gibt es immer noch viel zu viele, die das nicht kapieren!« Jetzt sprang auch ich auf und verließ den Mittagstisch.

»Bist du etwa unter die Sozialdemokraten gegangen?«, rief mir Papa hinterher. »Oder noch schlimmer: Kommunisten?«

An der Tür drehte ich mich noch mal um. »Gleis eins an unserem Hauptbahnhof, das zu Kaiser Wilhelms Zeiten für den Kaiser reserviert war, ist jetzt für Adolf Hitler reserviert. Da siehst du doch, in wessen Fußstapfen er tritt. Es ist nicht die Demokratie, die daran schuld ist!«

Ich war wütend. Ich wusste auch nicht, wer hier woran schuld war. Ich wollte, dass es aufhörte. Sofort.

Ohne nachzudenken hatte ich mich angezogen und war in die Straßenbahn gestiegen. Erst als ich an Sankt Aposteln vorbeiging, registrierte ich bewusst, wohin ich eigentlich unterwegs war. Ich hatte mich automatisch zu Gustavs Laden aufgemacht und bog in die Gertrudenstraße ein. Aber auch den wollte ich jetzt nicht sehen. Der hatte schließlich auch gesagt, dass Volksabstimmungen nicht unbedingt für mehr Demokratie sorgen.

Ich setzte mich in den Schatten der mächtigen Kirche, musste daran denken, dass sie seit tausend Jahren hier stand, als Hüterin über den gefährlichen Weg nach Aachen, den Reisende aus der Stadt hinaus wagten. Sie flehten hier um Segen und Schutz für diese Reise, von der niemand wusste, ob sie gut ausgehen würde.

Der Mensch war klein neben diesem riesigen Bau, und die Macht des Gottes, zu dem er betete, wurde seit jeher für jeden spürbar, der zum mächtigen Kirchendach hinaufsah. Was war denn mit der Kirche? Warum schützte die uns nicht vor den Nationalsozialisten? Mächtig genug wäre sie sicher, dachte ich. Aber auch hier hatten längst die Pharisäer, Feiglinge und Lumpen das Ruder übernommen, und auch das nicht zum ersten Mal.

Hatte Jesus die Pharisäer nicht aus dem Tempel vertrieben, und es war ihm schlecht bekommen? Moment mal, die Pharisäer waren Juden ... Jetzt war ich selbst in die uralte Falle getappt und hatte die antike Bezeichnung für Juden im Sinne von Heuchler und Verräter gebraucht! So tiefe Wurzeln hatte also die Verachtung, dass wir den Weg mancher fleischfressenden Pflanze nicht mehr nachvollziehen konnten.

Die Arbeitslosigkeit ginge weiter zurück, schrieben die Zeitungen. Dazu waren ständig Fotos mit wichtigen Leuten aus der Wirtschaft zu sehen, denen Hitler die Hände schüttelte. Oder war es andersrum?

Dann kam der Brief von der Reichskulturkammer aus Berlin. Dass sie mich nicht aufnehmen könnten. Alle Künstler waren von den Nationalsozialisten verpflichtet worden, Mitglied in der Reichskulturkammer zu werden, und Juden hatten keine Chance auf Aufnahme. Schauspieler mit einem jüdischen Elternteil offenbar auch nicht, wie ich jetzt feststellen musste.

Ich beschloss, Frieda in der letzten Ferienwoche zu besuchen. Ich hatte es ihr schon so lange versprochen, und ich freute mich auf diese Ferienreise.

Mit einem kleinen Koffer stieg ich in den Zug und fuhr glücklich direkt am Rhein entlang nach Süden. Drachenfels, Siegfriedfelsen, Königswinter, prächtige Namen erzählten von alter Zeit. Burgen und Schlösschen wechselten sich bald draußen vor dem Fenster ab, weiße Schiffchen fuhren den Strom hinauf und hinunter. Der zunächst breite Fluss quetschte sich hier durch das enge felsige Mittelrheintal, und die Weinberge wurden steil und steiler. Katz und Maus, Burg Rheinfels, Loreley. Ich stellte mir vor, wie Siegfried, der Drachentöter, von Xanten hoch oben am Niederrhein diesen Weg entlanggeritten war. Wie lange er wohl unterwegs war, bis er unten am Hofe des Gunther von Worms ankam? Und wie unbequem er es hatte im Gegensatz zu mir, die sich entspannt ins Polster lehnte.

Ich musste für kurze Zeit eingenickt sein, nachdem ich in Wiesbaden umgestiegen war. Als ich aufwachte, hatte sich das Tal in eine Ebene geweitet, und die Landschaft wurde lieblicher. Im Osten erhob sich der Odenwald.

In Heppenheim stieg ich aus und trat aus dem kleinen Bahnhof. Für einen Augenblick war mir, als sei ich in Knollendorf ausgestiegen. Genau wie in unserem kleinen Kulissendorf im Puppentheater schmiegten sich lauter wunderschöne Fachwerkhäuser aneinander, satte grüne Hügel mit ordentlich in Reih und Glied aufgestellten Weinstöcken schlossen sich dahinter an. Eine dicke Tigerkatze lag faul im Schatten eines weiß gestrichenen Zaunes, und ein wunderhübsches Kutschpferdchen wartete unter der Dorflinde schon darauf, mich mit meinem Koffer zu Frieda zu kutschieren. Dass sie es hier aushalten konnte, verstand wohl ein jeder, hier war es ja wie im Bilderbuch!

Die Hufe klapperten glockenhell auf dem Kopfsteinpflaster, bis die Kutsche vor einem großzügigen Tor hielt. Im Hof dahinter rankten sich an einer großen Pergola unzählige Reben mit bereits ansehnlichen hellgrünen Trauben empor, die über unseren Köpfen schwebten wie im Schlaraffenland. Als ich das Weingeschäft betrat, rannte mir Frieda entgegen und nötigte mich sofort in die Küche, wo nicht nur ihr herziger kleiner Friedrich im Stubenwagen lag und schlummerte, sondern auch ein prächtiger Kaffeetisch gedeckt war.

Frieda sah wohl und gesund aus. Stolz und Freude leuchteten ihr aus dem Gesicht, und ich konnte nicht anders, als permanent zurückzulächeln. Alles war hier, wie es sein sollte, und Babys rochen ja so wunderbar! Friedrich passte noch in unser Maiglöckchen-Steckkissen – wie schön, es hatte offenbar Friedas Gefallen gefunden, das würde ich der Mama erzählen.

Nach einer Stärkung führte sie mich im ganzen Hof herum. Da war das wunderschön ausgestattete Geschäft mit einer Anrichte, auf der die Flaschen kunstvoll zu einer Pyramide aufgestapelt waren. Überall Weinkisten an den Wänden, mit kariertem Leinen ausgeschlagen, die die verschiedensten Weine feilboten. Man konnte auf den Schildern lesen, was einen bei den einzelnen Sorten erwartete. »Süffig«, stand da in Schönstschrift, »zuckersüße Auslese« oder »fruchtiger Tafelwein«. An den Wänden viele Gemälde, die die Arbeit des Winzers zeigten, alle Arbeitsschritte bis hin zum Verkosten des edlen Tröpfchens. Traubengelee wurde in kleinen Gläschen angeboten. »Habe ich selbst eingekocht!«, verkündete Frieda stolz.

Das Geschäft war ein richtiges Schmuckstück, Papa hätte seine helle Freude daran gehabt. Der Vorgänger von Frieda und Helmut besaß Geschmack. Einen winzigen Augenblick dachte ich an den unbekannten Auswanderer, der dies alles zurückgelassen hatte, doch dann hielt mich eine unscharfe Ahnung davon ab, weiter nachzudenken. Was ging es mich an? Das Glück ist mit dem Tüchtigen …

Über den Hof, in dem Geranien und Pelargonien um die Wette blühten, konnte man in eine Schankstube gehen, wo sich, so erzählte Frieda, viele Festgesellschaften, Wanderbrüder und Gesangsvereine einfanden. Bei schönem Wetter tafelte man draußen unter der Pergola. Gemeinsam mit dem braven Helmut und seinen Angestellten richteten sie so manche Feier und Weinprobe aus.

Außen am Haus waren in zwei kunstvoll geschmiedeten Fahnenhaltern die Hakenkreuze gehisst. Ein junger Mann mit wirrem Lockenkopf befestigte gerade ein großes Willkommensschild über der Toreinfahrt.

»Das ist Lothar«, stellte Frieda ihn mir vor. »Lothar, meine beste Freundin Fanny, ich habe dir schon viel von ihr erzählt, und da ist sie leibhaftig.«

Wir gaben uns freundlich die Hand, dann stieg er wieder auf die Leiter.

»Lothar kümmert sich um die Dekorationen, gestaltet unser Geschäft und die Feiern, repariert alles, was kaputt ist, er ist ein

Tausendsassa und der Grund, warum hier alles so schön aussieht. Ich bin froh, dass wir ihn haben! Dann haben wir noch Traute, die kümmert sich um Haushalt und Küche, um den Garten, und sie kocht, wenn wir Gesellschaften haben. Michel, den kennst du ja schon, der hat dich abgeholt und geht Helmut zur Hand. Er verlädt, liefert aus, holt ab und so weiter. Bei Gesellschaften beschäftigen wir natürlich auch noch zusätzlich Zugehfrau und Kellner. Ja, das sind alle!«

Man sah Frieda an, wie stolz sie auf alles war, was sie geschafft hatten. Sie war hier in ihrem Element, und jede Unsicherheit oder Ungelenkigkeit, die mir in Köln an ihr aufgefallen war, war verschwunden. Mir kam es sogar so vor, als hinke sie kaum noch. Man musste schon genau hinsehen, um die Unregelmäßigkeit in ihrem Gang wahrzunehmen und zu erkennen, dass das eine Bein ein wenig dicker war als das andere.

Helmut war nicht da. Er war zu einem entfernten Winzer gefahren, um seine Weinvorräte aufzufüllen und über die Aussichten des aktuellen Jahrgangs zu sprechen. Friedas Traute kochte uns Milchreis mit Zimt und Zucker, und das war wirklich eine Wucht! Ich konnte mich gar nicht mehr erinnern, wann ich zum letzten Mal Milchreis gegessen hatte.

Nach Feierabend ging ich mit Frieda und Lothar zwischen den Weinbergen spazieren, die sich bis zum Horizont zogen. So viel Leben zwitscherte an den sanften Hängen! Säuberlich geharkte Wege führten durch die Rebstöcke, die wie grüne Perlenketten die Hügel hinauf- und hinunterführten.

»Am Fuß einer jeden Rebenreihe steht seit jeher ein Rosenstock«, erklärte Frieda. »Nicht um der Schönheit willen, sondern sie zeigen dem Winzer an, ob Mehltaubefall droht. Wenn die Rosen Mehltau zeigen, muss man die Weinstöcke spritzen, denn eine Woche später erwischt er die Reben.«

Wie alles seine Ordnung und seinen Sinn hatte, wenn man mit der Natur zusammenarbeitete. Lothar kannte jede Pflanze am Wegesrand, hatte ein Skizzenbuch dabei, in dem er immer wieder mit kühnen Strichen kleine Studien festhielt.

»Er darf die neuen Etiketten gestalten«, erzählte mir Frieda, »und da sammelt er möglichst viele Eindrücke und Ideen. Helmut mag es übrigens nicht, wenn wir ohne Begleitung herumspazieren am Abend, darum habe ich Lothar gebeten, mit uns zu gehen. Man weiß ja nie, welches Gesindel unterwegs ist.«

Mir war es recht. Lothar machte einen freundlichen Eindruck und hatte ein gutes Händchen für schöne Dinge.

Tagsüber, wenn Frieda zu tun hatte, trieb ich mich gern im Stall herum und striegelte die beiden gutmütigen Braunen, die sich meine ungeübten Bürstenstriche geduldig gefallen ließen. Ich kraulte die Stallkatze und ihre beiden bildhübschen Katzenbabys, sah zu, wie sie über die Heuballen hinwegtobten, und war selig. Ich holte mit Traute Gemüse aus dem Garten und Eier aus dem Hühnerstall.

Die Zeit verflog, wenn man nur auf die Atembewegungen der Natur lauschte, das natürliche Auf und Ab. Wenn man aufstand, weil es hell wurde, und schlafen ging, weil die Sonne unterging. Ernten, kochen, essen. Das Baby schrie und wurde gestillt. Kein Wunder, dass der Bezug zur natürlichen Ordnung, den die Nazis immer betonten, so viel Anziehungskraft hatte. Es war ein gutes Gefühl, sich der natürlichen Ordnung zu fügen. Ich wurde ruhig und entspannt, und die Woche war leider viel zu schnell herum.

»Was soll ich denn machen?«, sagte ich zu Gustav nach meiner Rückkehr und zuckte mit den Achseln. »Es hilft ja nichts. Ich muss meine Mitgliedschaft nachweisen, wenn ich weiter im Hänneschen-Theater arbeiten will. Kann ich aber nicht, weil sie mich nicht aufgenommen haben! Also wird das Theater mich entlassen. Und es wird nicht daran liegen, dass ich einen jüdischen Vater habe, sondern daran, dass ich kein Mitglied in der Reichskulturkammer bin.«

Ich traute mich kaum, es den Eltern zu sagen. Ich verdiente jetzt zweihundertsiebzig Reichsmark, das war eine Stange Geld. »Aber bald ist sie futsch, und was mache ich dann? Gerade jetzt, wo es Vaters Geschäft auch nicht gut geht.«

»Was ist denn mit deinen Kollegen? Setzen die sich nicht für dich ein? Oder Leonore?«

Ich verdrehte die Augen. Leonore hatte ich schon lange nicht mehr gesehen. Sie hatte offenbar wenig Zeit. Für mich jedenfalls.

Sie feierte jede Menge Erfolge im Schauspielhaus, da konnte sie eine Freundin mit jüdischem Vater vielleicht auch nicht so gut gebrauchen.

Und meine Kollegen? Zwei waren bereits in der Partei. Die anderen hielten den Mund. Da sollte ich allen erzählen, dass mein Vater Jude ist? Na, schönen Dank auch! Wenn sie es nicht sowieso schon wussten!

Thematisch gab es im Puppentheater inzwischen nur noch eine Richtung: gegen die Juden. Alle Hänneschen-Figuren waren natürlich immer schon als Karikaturen gedacht gewesen, als ironische Zuspitzung der unterschiedlichen Schwächen, die die einzelnen Typen mitbrachten und in denen sich das Publikum wiedererkennen konnte. Jetzt hatte unser Hänneschen eine Uniform geschenkt bekommen und trat stolz in ihr auf.

Man musste froh sein, wenn es ausnahmsweise mal gegen die Engländer ging wie in »Die Wacht am Rhein« oder gegen die Polen, von denen man hoffte, »sie würden im Klingelpütz mal so richtig abgeschrubbt«. Was das bedeutete, hatte ich an Richard ja gesehen. Wer sollte da für mich eintreten? Außerdem würde es nichts nützen. Künstler mussten reichsweit Mitglied in der Reichskulturkammer sein, Ausnahmen wurden nicht gemacht.

Und dann machte sich noch ein anderer Gedanke in mir breit: Auch wenn es wirtschaftlich sicher vernünftig wäre, Stadtangestellte zu bleiben, ich verspürte immer weniger Lust, bei diesen Stücken mitzuspielen. Vielleicht sollte ich beim Millowitsch-Theater vorsprechen. Dort hatte ich ja mein erstes Engagement gehabt, und vielleicht ging es denen inzwischen etwas besser, sodass sie wieder Schauspieler beschäftigen konnten. Einem privaten Mundart-Theater ließ man vielleicht mehr Freiheiten als einem städtischen Puppentheater. Bei nächster Gelegenheit wollte ich in der Ehrenstraße vorbeigehen. Es wäre auch den Eltern gegenüber einfacher, die Kündigung zu präsentieren, wenn ich das neue Engagement bereits in den Händen hielt.

Doch bei diesem Vorhaben blieb es. Die Spielzeit hatte wieder begonnen, und jeder auf dem Theater kennt es: Man steigt hinab in eine andere Welt, die jede Faser des Menschen und all seine Aufmerksamkeit beansprucht. Innerhalb von Minuten wird sie zu der Welt, in der man täglich und in jedem Augenblick bestehen muss, während die reale Welt hinter einer Milchglasscheibe verschwindet. Nicht unsichtbar, aber verschwommen, unwirklich und vor allem: nicht so wichtig.

Normalerweise tauchte man erst im Frühsommer wieder auf, wenn die Ferien näher rückten, verwundert den Kopf schüttelnd, dass immer noch Sommer war. Ach so – schon wieder! Diesmal tauchte ich etwas früher als gewöhnlich auf, und das nicht ganz freiwillig.

1935

Papa und Mama hatten am 1. Februar den dreißigsten Hochzeitstag gefeiert. Festlich gekleidet waren wir zu viert essen gegangen. Ein größeres Fest wollten beide nicht. Schon ihre Hochzeit war bescheiden gewesen, und mit dieser Tradition wollten sie es halten – sie waren nicht die Menschen für rauschende Feste. Papa schenkte Mama einen neuen Ring für die linke Hand, geschmückt mit einem kleinen Rubin, und Mama hatte silberne Manschettenknöpfe gravieren lassen. Leo und ich freuten uns mit ihnen.

Als ich an einem schönen Frühlingsabend Ende März 1935 nach Hause kam, lag das Kündigungsschreiben des Hänneschen-Theaters auf dem Küchentisch, und Mama hatte rote Augen, obwohl der Umschlag noch fest verschlossen war. Sie ahnte also bereits, was ich darin vorfinden würde. Ab Anfang Juni würde ich arbeitslos sein.

Sofort am nächsten Tag ging ich widerwillig und nur auf Drängen Papas zum Jüdischen Kulturbund Rhein-Ruhr ins Dischhaus, der sich neu gegründet hatte. Was sollte ich denn hier? Ich hatte überhaupt keine Ahnung von jüdischer Kultur. Ich war Puppenspielerin und Schauspielerin, und ich konnte sehr gut Kölsch. Dass die mich hier brauchen konnten, wagte ich zu bezweifeln.

Aber natürlich wollte ich arbeiten, und Papa würde nicht lockerlassen, bis ich hier vorgesprochen hätte.

Die Flure waren voller Leidensgenossen, alle ein bisschen blass um die Nase, alle fast peinlich berührt, als seien sie bei etwas Illegalem ertappt worden, und alle sehr ernst. Wenn man aus dem Fenster sah, konnte man ein Stückchen vom Dom erhaschen, das hatte etwas Tröstliches.

Man versprach mir freundlich, sich um mich zu kümmern, erklärte aber gleichzeitig, dass es nicht leicht werden würde, nicht zuletzt, weil ich keine Jüdin sei. Na großartig! Die einen schmissen mich raus, weil ich Jüdin war. Die anderen ließen mich nicht rein, weil ich *keine* Jüdin war. Vielleicht sollte ich beim Affentheater vorsprechen!

Am 7. Juni 1935 war mein dreißigster Geburtstag. Doch die Lust zu feiern hielt sich in Grenzen. Gar nicht unbedingt wegen der Entlassung. Mehr als sechs Jahre im selben Theater war vielleicht ja lange genug gewesen. In einer Veränderung lag auch immer etwas Neues, Hoffnungsvolles. Ein Anfang. Eine neue Herausforderung.

Mich trieb eine ganz andere Frage um: Welche Freunde sollte ich zum Fest einladen? Viele waren gar nicht mehr da, und andere hatte ich völlig aus den Augen verloren, da unsere Treffpunkte sich in Luft aufgelöst hatten. Bei wieder anderen konnte ich nicht mehr sicher sein, ob sie noch Freunde waren.

Martha zum Beispiel konnte ich nicht mehr einladen, oder? Und Frieda? Was wäre, wenn sie mit ihrem Helmut käme? Der trug vielleicht Parteiabzeichen und begrüßte alle Gäste mit »Heil Hitler!«. Dann wiederum könnte ich Gustav nicht einladen, das würde der nicht unkommentiert hinnehmen, von Papa ganz zu schweigen. Zum Teufel mit der Politik!

Also nur ein Familienfest? Zum Dreißigsten? Ich war hin- und her gerissen. Vielleicht sollte ich einfach nach Heppenheim zu Frieda fahren und dort in ihrer wunderhübschen Weinstube Geburtstag feiern. Dort kannte mich niemand, es gäbe keinerlei Verpflichtungen oder Enttäuschungen. Am besten bliebe ich gleich dort wohnen und ginge Frieda zur Hand, dann hätte sich auch das Thema Arbeit erledigt. Ein unordentlicher Lockenkopf mogelte sich ungefragt in meine Gedanken, aber ich schob ihn rasch wieder fort.

Gustav nahm mir die schwierige Entscheidung aus der Hand. Er wolle eine Überraschung organisieren, und ich solle mich aus allem heraushalten, sagte er geheimnisvoll. Na, das kam mir sehr zupass! So brauchte ich mir keine Gedanken mehr zu machen.

Die letzten Wochen als Puppenspielerin im Hänneschen-Theater vergingen wie ein Wimpernschlag, und mein letzter Arbeitstag lag nun hinter mir. So traurig ich auf der einen Seite war, ein Abschied war ein Abschied, es hatte auch positive

Seiten. Die permanente Anspannung zum Beispiel fiel direkt von mir ab. Mir wurde erst jetzt klar, was es hieß, sieben Tage die Woche zu spielen, manchmal zwei Vorstellungen am Tag! Ein Stück nach dem anderen einzustudieren, alle zwei bis drei Wochen, und bis auf die Sommerpause praktisch niemals freizuhaben.

Außerdem war dies immer weniger mein Puppentheater! Sie hatten meine geliebte Bestemo, Hänneschens Großmutter, verkauft an Menschen, mit denen ich nichts zu tun haben wollte. Etwas Besseres würde ich überall finden. Zunehmend war ich im Theater auch das Gefühl nicht losgeworden, dass hinter meinem Rücken getuschelt wurde. Dass Gespräche erstarben, wenn ich hinzukam.

Ich hatte angefangen, Gespenster zu sehen. Zu glauben, dass es einen Grund gab, warum ich keine kölschen Rollen mehr spielen durfte, sondern nur noch hochdeutsche. Oder Rollen von Auswärtigen, von Fremden, über die man sich gern lustig machte im Hänneschen. Sicher, Judenwitze hatten wir schon immer gemacht. Warum auch nicht, in einem Puppentheater musste man über sich selbst lachen können, sonst war man fehl am Platz. Vom Oberbürgermeister bis zum Pastor zogen wir über alle her, natürlich auch über Juden.

In meinem allerersten Stück im Hänneschen-Theater beispielsweise, »D'r Römerschatz« vor über sechs Jahren, war dem jüdischen Alträucher »Tschimbo« bereits ein derber Streich gespielt worden, weil der so geldgierig war. Wenn Geizhälse am Ende ihr Fett wegkriegten, freute sich das ganze Publikum. Inzwischen ging es aber nur noch um das eine.

Unsere Stücke endeten seit diesem Jahr mit »Köllen Heil Alaaf«. Die Kinder in den Kinderstücken begrüßten wir mit »Heil Hitler«. Bösewichter und Diebe waren immer hässliche Juden mit langen, krummen Nasen, die jeder ungestraft beschimpfen oder verprügeln konnte. »Mister Stiefledder« oder »Jude Jeikeff is ne fiese Jüd, Pack un Geschmeiss«, so etwa ging das in unseren Stücken nur noch zu, von »Skandal in der Bechergasse« bis zu »Knollendorfer Spinksbrüder«.

Meine Freude daran konnte man nicht als überschwänglich

bezeichnen. Ich hatte immer schon den meisten Spaß an unseren Opernparodien gehabt. Den »Freischütz« gesungen, den »Bettelstudent« oder »Zigeunerbaron«. So etwas stand überhaupt nicht mehr auf dem Spielplan. Die künstlerische Seite des Puppenspiels, der besondere Charakter des »Hänneschen« als eine Art frecher Hofnarr, der ungestraft alles und jeden durch den Kakao zog, parodierte und kommentierte, war praktisch verschwunden.

Nach meinem letzten Arbeitstag ging ich wie immer mit den Kollegen zur Straßenbahn. Niemand verlor ein Wort darüber, dass wir einander wohl nicht wiedersehen würden. Niemand äußerte Bedauern. Niemand lud mich ein, sie mal zu besuchen.

Meine Nachfolgerin war schon eingestellt und ihre Abstammung sicherlich einwandfrei. Vermutlich hatte sie einen erstklassigen Stammbaum vorzuweisen, wie eine Holsteiner Stute. Auch sie hatte zuvor ein Engagement am Millowitsch-Theater gehabt, das hatte mir Hans erzählt.

Nicht einer verabschiedete sich richtig von mir. »Tschö!«, sagten sie, wie immer. Auch gut!, dachte ich. Das ersparte uns allen peinliche Momente und betretene Abschiede.

Ich stieg nicht mit den anderen in die Straßenbahn, sondern ging weiter Richtung Gürzenich und spülte den Theaterstaub mit einem »Kölsch«, wie das Bier dort neuerdings hieß, in der Stadtschänke herunter. Es schmeckte nicht viel anders als das Bier, das sonst in der Stadt ausgeschenkt wurde. Wahrscheinlich nur ein Reklametrick.

An meinem Geburtstag wartete ich herausgeputzt und gespannt, was passieren würde. Gustav trug seinen besten Anzug, als er mich zu Hause abholte. Die Eltern strahlten, sie hatten mir kein Sterbenswörtchen verraten, waren aber offensichtlich gut informiert. Gustav hakte mich unter. Vater, Mutter und sogar Leo schlossen sich in bester Stimmung an. Sie alle hatten offenbar Geheimnisse vor mir, aber dies waren gute Geheimnisse.

»Wo gehen wir denn hin?«

Gustav legte einen Finger auf seinen Mund. »Gnädigste sehen bezaubernd aus, wenn ich mir das erlauben darf! Das kirschrote

Sommerkleid, das dir die Frau Mama zum Geburtstag hat nähen lassen, die rote Gerbera im Haar, rote Stiefelchen, all das steht dir ausgezeichnet, kleidet es doch auf so angenehme wie eindeutige Weise für den Eingeweihten die revolutionäre Gesinnung des verehrten Fräulein Meyer!«

Alle mussten lachen, und sogar Papa lachte mit, obwohl ich mir sicher war, dass er unter dem Wort »revolutionär« innerlich zusammenzuckte wie unter einem Peitschenhieb.

Wir beschlossen als kleine Festgesellschaft, das letzte Stück durch den Stadtwald zu Fuß zu gehen. Langsam dämmerte mir, wo wir hingingen. Draußen am Stadtwald lag die »Kitschburg«, wie sie im Volksmund immer noch hieß, obwohl die alte »Villa Kitschburg« eigentlich längst in »Waldschenke« umbenannt worden war. Türmchen und Erker hatte sie wie ein kleines Schloss. Eine wunderschöne Sonnenterrasse mit Seeblick, eine kleine Vogelinsel mit Brücke und eine große Spielwiese machten das Lokal zu einem beliebten Ausflugsziel in der Stadt. Neunhundert Gäste fanden in der Kitschburg Platz, was von den Kölnern eifrig für Hochzeiten, Taufen und sonstige Familienfeste genutzt wurde. Was für eine wunderschöne Idee, bei diesem herrlichen Frühsommerwetter draußen auf der Terrasse ein sommerliches Essen zu genießen!

Als wir am Weiher um die Ecke bogen, spielte die Kapelle auf der Terrasse der Kitschburg ein Geburtstagsständchen für mich. Ich stieß einen spitzen Schrei aus, riss mich los und rannte auf die Musikerinnen zu, um ihnen um den Hals zu fallen. Gustav hatte die alte Damenkapelle aus dem »Decke Tommes« fast komplett zusammentrommeln können, wie wundervoll!

Jetzt stand die ganze Gesellschaft von ihren Plätzen auf, um mitzusingen. Da waren Kolleginnen aus dem Stadttheater gekommen, Onkel Rudolph und Tante Franziska, Onkel Salomon und Tante Sofie, Cousine Henny, Onkel Hermann, ja sogar Frieda stand da und strahlte mir entgegen. Sie alle sangen mit und applaudierten im Anschluss dem Geburtstagskind.

»Na, das nenne ich eine gelungene Überraschung!« Ich stieß Gustav begeistert in die Rippen. Das war alles, was ich herausbekam. Mir war etwas ins Auge geflogen.

»Liebe Fanny – wir alle gratulieren dir sehr herzlich zu deinem runden Geburtstag«, erwiderte er viel zu feierlich mit ganz kratziger Stimme. »Unser alter Dichterfreund hat dir auch ein paar Zeilen mitgebracht: ›Das Glück ist eine leichte Dirne und weilt nicht gern am selben Ort. Sie streicht das Haar dir von der Stirne und küsst dich rasch und flattert fort. Frau Unglück hat im Gegenteile dich liebefest ans Herz gedrückt. Sie sagt, sie habe keine Eile, setzt sich zu dir ans Bett und strickt.‹«

Die Kapelle spielte nach einer Schrecksekunde einen gewaltigen Tusch.

»In diesem Sinne: Genieß das Glück in vollen Zügen – in den Momenten, wo es sich niederlässt!«

Erleichtert klatschten alle.

Er hatte sich selbst übertroffen, als er die Terrasse für das Fest geschmückt hatte. Lampions wie große Halbmonde hingen in den Bäumen, und Hühnchen wurden über offenem Feuer gegrillt. Auf den Tischen standen kleine Sträußchen aus bunten Gartenrosen, und lange Efeuranken umkränzten mit zarten Gänseblümchenketten sowohl meinen Platz als auch die Stirnen der Musikantinnen, die mit ihren weißen Kleidern wie Waldfeen aussahen.

Im Westen bot die Abendsonne ein grandioses Schauspiel und tauchte die sommerliche Bühne wie bestellt in goldenes Licht. So feierlich war mir ja noch nie zumute gewesen! Wie sollte ich denn aus dieser Nummer heil und tränenlos herauskommen?

Zum Glück spielte die Kapelle auf, und Leonore Feynsinn sang.

»Frühling kommt, der Sperling piept, Duft aus Blütenkelchen!
Bin in einen Mann verliebt und weiß nicht, in welchen!
Ob er Geld hat, ist mir gleich, denn mich macht die Liebe reich!

Kinder, heute Abend, da such ich mir was aus,
einen Mann, einen richtigen Mann!
Kinder, die Jungs häng'n mir schon zum Halse raus,
einen Mann, einen richtigen Mann!

Einen Mann, dem das Herze noch in ›Liebäh‹ glüht,
einen Mann, dem das Feuer aus den Augen sprüht!
Kurz: einen Mann, der noch küssen will und kann:
einen Mann, einen richtigen Mann!

Männer gibt es dünn und dick, groß und klein und kräftig.
Andre wieder schön und stolz, schüchtern oder heftig.
Wie er aussieht, mir egal – irgendeinen trifft die Wahl!«

Das war der richtige Tonfall, um die Rührseligkeit wirksam zu vertreiben und einhellig guter Laune Platz zu machen. Und Nore bewies eine Menge Traute, für mich ein Lied von Friedrich Hollaender öffentlich zu singen! Sie konnte zwar sicher darauf setzen, dass kaum einer sein Werk so richtig kannte, sodass das Lied niemandem auffiel, aber dennoch: Es war für mich ein Zeichen von Verbundenheit, und ich freute mich darüber.

Inzwischen waren viele andere Gäste des Lokals im Garten rund um die Terrasse näher an meine Geburtstagsgesellschaft herangerückt und applaudierten heftig. Die Kapelle spielte anschließend Tanzmusik, und Nore tanzte mit Gustav eine Polka. Ich tanzte mit Papa und Mutter mit Leo. Sogar Onkel Rudolph tanzte mit Frieda und schwang sein Holzbein.

Gustav setzte ein paarmal an, mir etwas zu sagen. »Fanny, worüber wir auch einmal reden sollten ...« oder »... in einer anderen Zeit wäre jetzt ...«. Aber irgendetwas geschah immer und unterbrach ihn. Mir war das recht. Dies war kein Abend, an dem ernste Themen besprochen werden sollten.

In der Dämmerung brummten dicke schwarze Junikäfer träge heran, von den Lampions angelockt. Im weiteren Verlauf des nur langsam dunkler werdenden Abends wurden sie von Glühwürmchen abgelöst, die uns ebenfalls ihre Aufwartung machten und überall zwischen den Bäumen im Park kleine schwebende Lichter entzündeten. Es roch nach frisch gemähtem Gras.

Ich lehnte zwischen Gustav und Mama und ruhte einen Augenblick aus. Gäste von den Nachbartischen winkten uns zu. »Herzlichen Glückwunsch!«, riefen sie lachend herüber und prosteten uns zu. »Seit wir das Judenpack loswerden, geht es endlich wieder aufwärts mit Deutschland!«

Die Kölner Nationalsozialisten hatten im Sommer 1935 fünfhundertdreißig Millionen Reichsmark aus Berlin bekommen, um das Martinsviertel direkt unten am Rhein in den nächsten Jahren vollständig zu sanieren. Eine unvorstellbare Summe! Die Stadtoberen prahlten mächtig mit dem Geschenk des Führers. Bloß – wo hatte der das Geld eigentlich her? Noch vor zwei Jahren war Deutschland arm und elend gewesen.

»Das nehmen sie den Auswanderern ab! Jeder, der auswandern will, muss Reichsfluchtsteuer zahlen, und jeder, der sein Geld eintauschen oder abholen möchte, muss einen großen Teil davon an die Devisenbehörde zahlen. So dumm möchte ich sein, mein sauer erarbeitetes Geld den Nationalsozialisten in den Rachen zu werfen!« Papa schüttelte missbilligend den Kopf. Er hatte die vielen Anzeigen im Vereinsblatt des Jüdischen Kulturbundes Rhein-Ruhr gelesen, die preiswert Auswanderungen anboten inklusive Steuerberatung und Visa. Ob Palästina oder New York – alles war möglich.

Die baufälligen Häuser im ehemaligen Handwerkerviertel der Stadt, dem Martinsviertel, waren zugegeben teilweise entsetzlich heruntergekommen, die Ärmsten der Armen hatten hier Unterschlupf gefunden. Aber Dirnen, Diebe und Gesindel, wie die neuen Herren unmissverständlich klarstellten, sollten nun ausgemerzt werden und mit Blick auf den deutschesten aller Flüsse ein nagelneues Ausflugsziel entstehen.

Stolz stellte der Stadtrat seine Pläne im Westdeutschen Beobachter vor. Neue Häuser würden in mittelalterlicher Bauart errichtet und bei dieser Gelegenheit der Mob vertrieben. Waren die Nationalsozialisten nicht einst für den »kleinen Mann« angetreten? Den, der von den Eliten ausgeschlossen wurde? Ja, aber wohl nur für den anständigen, sauberen und gesunden kleinen deutschen Mann. Alle anderen waren Minderwertige, der Mob musste ausgemerzt werden!

Eine scheinbar urdeutsche Altstadt mit einer Reihe von Attraktionen entstand als Traditionsinsel und bildete das neue »alte«

Rheinpanorama Kölns. Eine Altstadt, die es so zu keiner Zeit gegeben hatte. Sie hatten sie sich einfach ausgedacht!

Willi Ostermann, der bekannte Autor vieler Volkslieder, so auch der »Fastelovendprinzessin«, die Frieda und ich so sehr mochten, sollte dort einen eigenen Brunnen bekommen. Ein neu geschaffener Platz bekäme den Namen Eisenmarkt, so als hätte er als alter Marktplatz dort schon immer existiert. Ihn würde bald eine hübsche Kulisse kleiner spitzgiebeliger Häuser säumen, in denen mein Hänneschen-Theater eine neue Heimat finden würde. Eine noch standesgemäßere.

Ein steinerner Siegfried im Kampf mit dem Drachen wurde an einem der niedlichen Häuschen in der Salzgasse befestigt, so als kämpfe der Urgermane dort seit Hunderten von Jahren gegen das Böse. Sie hatten an alles gedacht.

»Ein Potemkinsches Dorf ist ja keine neue Erfindung«, kommentierte Gustav, »die Frage ist nur, wer mit diesem neuzeitlichen Drachen gemeint ist. Ich für meinen Teil hätte da eine Idee ...«

Auf der großen Baustelle, die unten am Rhein entstand, waren eine Menge Männer vom Arbeitsdienst beschäftigt, die mit Hacke und Schaufel die Abrissarbeiten der heruntergekommenen Häuser vornahmen. Einigen konnte man deutlich ansehen, dass es eine ungewohnte Arbeit für sie war. Es waren teilweise schmale Gestalten, die ihr Werkzeug etwas ungelenk und den Blick immer gesenkt hielten. Einer von ihnen sah ein bisschen so aus wie Leos Kommilitone Karl Steinberg, aber das konnte doch nicht sein, oder? Der wollte doch Kinderarzt werden. Was sollte der hier auf der Baustelle? War er auch arbeitslos geworden? Ich wagte nicht, ihn anzusprechen.

Als ich runter zum Rheinufer ging, glaubte ich für einen Moment, den jungen Willi Millowitsch* gesehen zu haben. Ich winkte fröhlich hinüber, denn so ergab sich vielleicht glücklich und zufällig das Treffen, das ich schon so lange vor mir herschob. Doch er verschwand im nächsten Augenblick in der Lintgasse, als hätte er den Leibhaftigen gesehen. Unwillkürlich drehte ich mich um. Nein, da war niemand hinter mir. Hatte sein Blick mir gegolten? Unsinn, schalt ich mich, er hatte mich sicher gar nicht gesehen und war einfach seiner Wege gegangen.

Man hörte die Flöhe husten, wenn man erst einmal damit angefangen hatte, auf sie zu lauschen. Dennoch schob ich den Besuch im Millowitsch-Theater weiter auf. Ich hatte sowieso einen neuerlichen Termin beim Jüdischen Kulturbund Rhein-Ruhr und sollte dort einer Kollegin vorgestellt werden. Erst mal hören, was die von mir wollten.

»Gestatten, das ist Flora Jöhlinger*, sie hat die Jüdische Kunstgemeinschaft mitbegründet, die sich vorzugsweise für jüdische Künstler*innen* engagiert. Fanny Meyer!«, stellte die freundliche Dame uns einander vor. »Frau Jöhlinger ist bildende Künstlerin und möchte sehr gern mit Marionetten ein orientalisches Märchen in jüdischen Schulen und Gemeindezentren spielen. Fräulein Meyer ist Schauspielerin und sechs Jahre lang Puppenspielerin im Hänneschen-Theater gewesen, bis man sie entließ, weil ihr Vater Jude ist. Vielleicht wäre da eine Zusammenarbeit möglich, eher als über uns?« Sie nickte mir aufmunternd zu. »Sie sind doch vom Fach – und dann könnten Sie wieder arbeiten!«

Ich sah Flora Jöhlinger an. »Ich freue mich natürlich sehr, dass Sie an mich gedacht haben. Ich müsste mir die Handhabung von Marionetten allerdings erst noch aneignen, ich habe bislang nur Stockpuppen gespielt.«

»Das wird sich schon machen lassen, Sie müssen ja nicht ab morgen auf der Bühne stehen. Mit Ihnen wären wir aber fünf und könnten anfangen mit der Arbeit. Das Stück schreibt übrigens Hans Tobar*. *Der* Hans Tobar! Abgemacht?«

»Abgemacht!«

Auch wenn es vielleicht ein bisschen überraschend kam, ich war glücklich! Selbst wenn es noch Monate dauern würde, bis wir so weit wären, um spielen zu können, ein Anfang war gemacht. Etwas Neues wartete auf mich. Wie schön!

Hans Tobar war ein wunderbarer Kabarettist und auf allen Bühnen der Stadt zu Hause gewesen, im Theater wie im Karneval. Und eine Künstlerinnen-Vereinigung? Das klang nach Mädelsabend und Selbstbewusstsein! Genau das vermisste ich so. Dann würde ich wohl doch nicht nach Heppenheim ziehen.

Tut mir leid, Frieda, ich werde weiterhin nur zu Besuch zu dir kommen, dachte ich.

Orientalische Märchen versprachen prunkvolle Gewänder, geheimnisvolle Düfte und spannende Geschichten ganz ohne jüdische Bösewichter, Erbfeinde und Soldaten.

Als ich aus der Tür des Dischhauses trat, sah ich sehnsüchtig gegenüber in die Glockengasse zum einstigen »Decke Tommes«. Es war immer noch kaum zu glauben, dass es ihn einfach nicht mehr gab!

Köln, 26. Juni 1935
Liebe Frieda!
Ich finde es sehr schade, Dich diesen Sommer doch nicht besuchen zu können wie eigentlich geplant, aber ich habe eine neue Stelle angetreten. Und da kann ich ja nicht gleich mit Urlaub anfangen, das verstehst Du sicher. Zum Glück haben wir uns an meinem Geburtstag gesehen, das war ja wirklich eine gelungene Überraschung! Dass auch Du den weiten Weg extra auf Dich genommen und Deinen kleinen Spross für zwei ganze Tage allein gelassen hast! Dafür bedanke ich mich herzlich.
Es ist eine wunderbare Sache, dass Dein kleiner Schatz jetzt laufen kann, und ich hätte ihn so gern mit eigenen Augen gesehen, wie er mutig durch die Welt stapft. »Mama« sagt er bestimmt auch schon! Mutter und ich, wir haben einen Teddybären für ihn gemacht, den ich Dir nun mit Postpaket schicken werde, als kleine Entschädigung, dass er mir zuliebe zwei Tage auf seine liebe Mama verzichtet hat. Und Dir kann ich es ja verraten, der Bär brummt, wenn man ihn auf den Rücken dreht. Der wunderbare Papa hat für Deinen kleinen Fritz eine Brummdose beschaffen können, und die haben wir in seinem Bauch versteckt. Ich bin so gespannt, was der kleine Kerl für ein Gesicht macht, wenn er erst mal herausbekommt, wie er seinen Bärenfreund zum Brummen bringen kann.
Einen guten Sommer wünsche ich Dir und Deiner Familie, viel Sonne für einen guten Wein und viele Gäste!
Auf sehr bald
Deine Fanny

Es war ein kleines bisschen geschwindelt. Eine Stellung hatte ich nicht angetreten, sondern ich durfte als freie Schauspielerin im Marionettentheater mitmachen, und wann da die Premiere avisiert wurde, stand noch in den Sternen. Aber Frieda sollte sich keine Sorgen um mich machen, und so groß war der Unterschied sicher nicht.

***

Im Frühjahr war die allgemeine Wehrpflicht wieder eingeführt worden, und die Reichswehr hieß jetzt Wehrmacht. Leo befürchtete, eingezogen zu werden. Ein sechsmonatiger Arbeitsdienst ging der Wehrpflicht voraus, die schon im August auf zwei Jahre verlängert worden war, das hätte ihn also zweieinhalb Jahre aus dem Studium geworfen.

Doch jetzt im Oktober, als die ersten Wehrpflichtigen einrücken mussten, stellte sich heraus, dass Leo und auch Gustav zu den sogenannten »weißen Jahrgängen« gehörten. Sie waren weder zur Kaiserzeit in die Armee eingezogen worden, weil sie da zu jung waren, noch konnten sie jetzt einberufen werden, weil sie inzwischen zu alt waren. Für diese »weißen Jahrgänge« zwischen 1901 und 1913 wurde eine zweimonatige Kurzausbildung angesetzt, und es blieb unklar, wann man dazu eingezogen würde.

»Vermutlich fangen sie vorn an, mit 1901 – das dauert, bis sie bei uns angekommen sind«, witzelte Gustav. »Ich verstehe sowieso nicht, warum die damit durchkommen! In den Versailler Verträgen ist doch ganz klar geregelt, dass wir Deutschen weder eine Luftwaffe noch ein Heer haben dürfen – aber anscheinend gilt das für Herrn Hitler nicht mehr!«

»Leo werden sie wohl noch nicht mal zur Kurzausbildung einziehen, nach den neuen Rassegesetzen ist er ja gar kein vollwertiger Reichsbürger. Wir sind Mischlinge, wie das Hündchen nebenan. Eine Promenadenmischung! Und Papa ist sicher froh, dass er jetzt gar nicht mehr wählen darf, ihm ist die ständige Wählerei seit jeher auf die Nerven gegangen.« Ich grinste. »Mischlinge können doch das deutsche Volk nicht verteidigen, das ist dem Dümmsten klar. Vielen Dank auch – Leo verzichtet gern! Dein Führer hat mitunter gute Ideen, mein lieber Gustav.«

»Was heißt hier ›mein Führer‹, und was heißt ›verteidigen‹? Man muss doch eher befürchten, dass der Mensch zum Angriff blasen will! Für wen baut er denn die ganzen Straßen, wenn nicht für Panzer und Lkws, damit sie ungestört rollen?« Gustav sah für einen Moment besorgt aus.

»Ach nein, Gustav, du hörst nicht zu, wenn er im Radio seinem Volk erklärt, wo er hinwill. Deutschland ist eine Friedensinsel inmitten von Europa. Die Diktatoren und Bösewichter sitzen um uns herum. Der Friedensführer sagt, dass er lediglich Verteidigungsbereitschaft aufbaut. Seine Armee nutzt den Interessen der zivilisierten Welt als Bollwerk. Warum sollte der wen angreifen? Weil Angriff die beste Verteidigung ist? Nein! Für Deutschland läuft doch gerade alles prächtig.«

Ich wechselte das Thema. »Dennoch will Leo ins Ausland gehen. Er sagt, dass er hier keine Chance mehr bekommt zu promovieren. Mutter ist außer sich! Er will nach Südafrika, nach Springs. Da haben wir entfernte Verwandte, und da könnte er Unterschlupf finden. Er möchte Arzt sein, und das ist selbst für einen Halbjuden inzwischen ein Problem. Er will in keinem Land leben, in dem eine Ehe zwischen einem jüdischen Deutschen und einer christlichen Deutschen verbotene Rassenschande ist. Als ob Religion eine Sache der Gene oder der Rasse sei – das beleidige seine wissenschaftliche Intelligenz.«

Ich saß mit Gustav wie so oft nach Ladenschluss am Ofen und trank Kaffee. Draußen gab es die ersten Nachtfröste.

»Was für eine Vorstellung!«, sagte Gustav. »Dass Völker Rassen sind, die man voneinander trennen könne und sogar müsse, um ihre Eigenart zu bewahren. Als ob sie sich nicht die gesamte Menschheitsgeschichte hindurch permanent gemischt hätten! Als ob es keine Völkerwanderungen gegeben hätte! Wir haben doch in allen Kulturen uralte Gesetze, die dafür sorgen, dass immer frisches Blut von außen einfließt. Die Inzest unter Strafe stellen. Und wir lernen seit Jahrtausenden voneinander, aber das will jetzt keiner mehr wissen.«

Er putzte mit all seiner Leidenschaft meine Schuhe. Spuckte kräftig auf das schwarze Leder und bürstete, als hieße es, bis auf das Innenfutter hindurchzubürsten.

»Leo nimmt das alles so schrecklich wörtlich. Außerdem ist er empört, dass Juden in Buchhandlungen keine Bücher mehr kaufen dürfen. Sie wollen ein Gesetz erlassen, sagt er, das Juden den Kauf von Büchern nur noch über die jüdischen Kultureinrichtungen gestattet. Hast du so was schon gehört? Wie wollen die denn feststellen, wer Jude ist? Wenn ich in einen Laden gehe, wo mich keiner kennt, kann ich kaufen, was ich will! Aber Leo sagt, allein der Gedanke, dass man Juden den Zugang zum Wissen verweigern wolle, macht ihn krank. Der ist immer so grundsätzlich. Erst will er von Politik nix wissen, und dann nimmt er sie gleich persönlich.«

»Vielleicht solltet ihr alle mitgehen nach Südafrika, Fanny! Ich kenne so viele Leute, die auch keine Hasenfüße und inzwischen trotzdem an einen sicheren Ort gegangen sind. Man weiß nicht, was denen noch alles einfällt! Nach den Juden kommen vielleicht Frauen mit kurzen Haaren dran. Oder solche, die mit dreißig immer noch nicht verheiratet sind.«

Das klang jetzt nach Spott. Na warte!

»Vielleicht ziehen wir ja um, Gustav!«

»Im Ernst? Wohin?«

»An den Weichserhof.«

»An den Weichserhof? Hier in Köln – unten am Fluss?«

»Genau!«

»Aber warum denn?«

»Papa will das Haus in der Luxemburger Straße verkaufen. Es wird zu teuer, denn er überlegt, den Laden aufzugeben. Weder Leo noch ich wollen ihn übernehmen, und er ist inzwischen mehr Klotz am Bein als Lebensunterhalt. Papa ist nicht mehr der Jüngste. Na, und mein Gehalt fällt auch erst mal weg. Außerdem: Onkel Rudolph und Tante Franziska würden mit dorthin ziehen. Du weißt doch, der Jude hockt seit jeher gern in der ganzen Sippe zusammen. Der will das gar nicht anders, je mehr Leute auf je weniger Raum, desto lieber hat er es. Das ist jüdische Mentalität!«

»Ich meine es ernst, Fanny, ihr solltet aus Deutschland weggehen. Alle. Es wäre doch nur vorübergehend.«

»Für vier Leute Reichsfluchtsteuer zahlen – na, ich danke! Unser Geld dürfen wir nicht eintauschen in Devisen – das heißt, wir dürfen schon, aber inzwischen gehen siebzig Prozent davon an die Golddiskontbank. Und wer weiß, was man bezahlen muss, um einen Auslandspass zu bekommen. Ein Visum muss man auch erst mal haben. Es ist ja nicht so, dass alle anderen Länder Hurra schreien, ›Hurra – endlich kommen die deutschen Juden zu uns!‹. Kaufleute wie Papa brauchen die nicht und Künstler wie Mama und mich auch nicht unbedingt. Leo vielleicht, als Arzt hätte er sicher eine Chance.«

Ich schlüpfte in meine blitzblank gestriegelten Stiefelchen, an denen jeder Rittmeister seine helle Freude gehabt hätte.

»Und du als Schuhputzer vermutlich auch. Mal im Ernst – ich müsste so viele Leute zurücklassen. Von Tanten, Onkeln oder auch dir, mein bester Gustav, mal ganz zu schweigen. Nein, Papa hat recht. Die wollen nur, dass wir alle auswandern, um uns das bisschen Geld abzunehmen, das wir verdient haben.«

Überall in der Stadt sah man inzwischen die Schilder, die davon kündeten: »Hausrat aus nichtarischem Besitz zur Versteigerung!« Es fühlte sich an, als verschleuderten wir Juden leichtfertig unser Leben.

»Da mache ich nicht mit! Dann trägt mein schönes rotes Kleid ein anderes Mädchen, diese Aussicht gefällt mir nicht. Weißt du, was eine Schiffspassage nach Amerika kostet? Vierhundertfünfundsiebzig Reichsmark – nur die Passage. Pro Person! Wie soll das gehen? Kehren wir lieber zurück in die Realität. Machen wir wieder ein kleines Weihnachtsfest, Herr Schubert? Wie sagst du immer: Gute Gewohnheiten soll man nicht ändern.«

Ich zwinkerte ihm zu, doch Gustav zog die Augenbrauen hoch und antwortete mir nicht.

Im Dezember zog die Geheime Staatspolizei aus dem Polizeipräsidium am Neumarkt direkt gegenüber vom Gericht an den Appellhofplatz. Sie sollten dort im Hof eine Hinrichtungsstätte haben, genau wie im Klingelpütz-Gefängnis am Hansaring.

Man erzählte sich diese Dinge, wenn überhaupt, nur hinter vorgehaltener Hand. Manche wollten Schreie und Hilferufe aus den Kellern gehört haben. Es erschien mir manchmal so, als ob die Menschen sich daran ergötzten, immer schrecklichere Geschichten zu erfinden. Die wollten uns nur Angst machen. Dabei war die Lösung ganz einfach: Ich ging dort nicht mehr vorbei und stieg am Appellhofplatz nicht mehr aus. Dr. Apfel war sowieso schon lange fort, und in der Elisenstraße praktizierte ein anderer Arzt. Warum hätte ich dort entlanggehen sollen? Es gab überhaupt keinen Grund.

Zum ersten Mal feierte ich in diesem Jahr mit Gustav kein Vor-Weihnachten. Ich weiß gar nicht genau, wie das gekommen war. Es hatte sich nicht ergeben, und wir hatten auch nicht darüber geredet. Wir taten so, als sei alles wie immer.

1936

Leo blieb über Monate hart und setzte sich tatsächlich durch. Am Ende stimmten die Eltern zu, dass er sich mit den Verwandten in Südafrika in Verbindung setzte und sich an der Uni in Kapstadt für das Wintersemester einschrieb.

Im Kölner Karneval gab es 1936 dank der Nationalsozialisten einige Neuerungen. Eine feierliche Prinzenproklamation wurde in diesem Jahr ins Leben gerufen, denn so ein nationalsozialistischer Prinz hatte eine richtige Proklamation verdient, und ein Geisterzug würde am Karnevalssamstag abends durch die Straßen gehen, mit Fackeln und allem Drum und Dran.

Von einer guten Vorstellung verstanden sie etwas, das musste man ihnen lassen. Ob es gute oder böse Geister sein würden, die da herumzögen, blieb vorerst dahingestellt. Und ob wir die Geister, die sie riefen, je wieder loswürden, auch.

Die meisten der männlichen Funkemariechen wurden durch Frauen ersetzt. Ein deutscher Mann lief nicht in Frauenkleidern umher! Dass wir nicht selbst darauf gekommen waren! Da musste erst ein guter und großer Führer kommen und uns die Selbstverständlichkeiten sichtbar machen …

Ende März – Leos letztes Wintersemester in Köln war vorbei – lud die NSDAP mal wieder zu einer Feierstunde in den Gürzenich und ins Dom-Hotel ein. Man musste die Feste feiern, wie sie fallen. Sogar der Führer persönlich hatte sich angesagt!

Was es zu feiern gab, hatten die meisten Kölner bereits Anfang März mit einem gigantischen Umzug nach guter Kölner Sitte ausgiebig begangen. Jede Menge Soldaten waren nämlich über die Hohenzollernbrücke in die Stadt einmarschiert und auf der Straße frenetisch bejubelt worden. Die Rückkehr von Soldaten und Kasernen ins Rheinland war für unser neues Deutschland ein Grund zur Freude. Die abgeschlossenen Verträge mit den Alliierten bezüglich der entmilitarisierten Zone galten nicht mehr, sondern unser Führer bestimmte jetzt alles allein und besetzte das Rheinland einfach. So ging das! Gehörte schließlich uns!

Laut Hitler hatten die anderen die Verträge als Erste gebrochen, und er rückte die Sache jetzt nur wieder gerade. Eine ganze Titelseite lang hatte er uns direkt am nächsten Tag erklärt, alles sei eine Art Zufall gewesen, als am 7. März 1936 seine Friedenstruppen ins linksrheinische Köln vorrückten.

Die Sache war so immens zufällig gewesen, dass kleine Mädchen mit Blumensträußen überall am Wegesrand standen und sie den Soldaten in den Gewehrlauf steckten. Dass die gesamte Parteiprominenz – zufällig – teilweise aus Berlin angerückt war, um vor dem Excelsior Hotel Ernst Position zu beziehen und mitzujubeln. Genau wie Zehntausende von Kölnern, die auch eher zufällig gerade auf der Straße gewesen waren ... Wir Kölner standen halt meist in Jubelbereitschaft auf der Straße herum, wenn gerade nichts anderes anstand. Einige waren vielleicht noch vom Karneval übrig geblieben ...

Wie das Leben so spielte, hatten sogar eine Menge Fotografen nichts anderes zu tun gehabt, als von diesem stillen Einmarsch, wie es unser Führer nannte, zufällig jede Menge schöner Fotografien zu schießen und sie im Westdeutschen Beobachter abdrucken zu lassen. Dem Jubel nach zu urteilen, fanden alle Leute diesen Handstreich erste Klasse.

Nach Einschätzung der meisten Menschen war die Demütigung der Entwaffnung nach dem Weltkrieg endlich wieder wettgemacht worden, und man konnte tatsächlich den Eindruck bekommen: Dieser Mann kann alles! Er ist ein Glücksfall fürs Vaterland!

Und nun, nachdem klar war, dass die Alliierten das Vorgehen kommentarlos hinnahmen, wagte sich der mutige Führer sogar persönlich zu uns in die remilitarisierte Zone und ließ sich feiern. Er freute sich über »die Treue, Anhänglichkeit und den Opfersinn« der Rheinländer und beschwor einen Tag vor seiner erneuten – nachträglichen – Volksabstimmung über die Rheinlandbesetzung, dass es jetzt darum gehe, »ob du, Volksgenosse, glaubst, dass ich fleißig genug war«.

Die Hindenburg zeigte sich auf ihrer Deutschlandreise zeitgleich am Kölner Himmel und wurde ausgiebig bestaunt. Die Botschaft des beeindruckenden Luftschiffs ergänzte hervorragend das Gesamtbild: »Seht nur her, was ihr mit mir alles schaffen könnt! Ich beherrsche sogar den Himmel!«

Neunundneunzig Prozent der Kölner glaubten am 29. März wunschgemäß, dass der Führer fleißig genug gewesen sei, und nach der Abstimmung, die zusammen mit der Reichstagswahl stattfand, wurden am Dom Hakenkreuzfahnen gehisst. Auch die Domherren glaubten also, dass der Führer fleißig war, und honorierten es. Vielleicht waren sie auch nur nicht mehr sicher, wer da oben im Himmel das Sagen hatte.

Ich hatte den Zeppelin leider nicht gesehen, denn ich hatte schon frühmorgens Probe gehabt und konnte nicht draußen herumlaufen. Seine Ankunft war seit Tagen im Radioapparat und in der Zeitung angekündigt worden, und ich hätte ihn mir sehr gern angesehen.

Die vielen Soldaten in den Straßen beeindruckten mich weniger: Hunde, die bellen, beißen nicht. Allen Menschen steckte die Erinnerung an den Krieg noch in den Knochen, und auch wenn er jetzt mehr als fünfzehn Jahre her war, sah man überall nach wie vor seine Narben. Wie viele Leute, die man kannte, hatten ihren Vater, Bruder, Mann oder Onkel verloren! Holzbeine, Augenklappen, eingesteckte leere Jackenärmel begegneten einem ständig. Onkel Rudolph, Papa – keiner war heil zurückgekommen. Den allgegenwärtigen Hunger in den Gesichtern der Kriegsversehrten vergaß man nicht. Ein solches Volk bekam niemand so schnell aufs nächste Schlachtfeld getrommelt.

Diese blitzsauber gescheitelten Schreihälse, die allerorten aufmarschierten, waren nicht gefährlich, sie spielten sich bloß ein bisschen auf. Und die Wehrmacht im Rheinland vermittelte paradoxerweise sogar mir eine gewisse Art von Sicherheit, dass nichts passieren konnte.

Außerdem hatte es im Februar die Olympischen Winterspiele gegeben! Die Welt war zu Gast in Deutschland gewesen, um sich mit deutschem Sportsgeist zu messen. Wir schotteten uns ja nicht ab mit Hilfe unserer Soldaten, im Gegenteil: Wir luden die Welt ein. Ein friedlicher Wettbewerb statt Kriegsgesang! Wer konnte schneller eislaufen, wer geschickter Ski fahren, wer am weitesten springen? Sogar der Schnee war in Garmisch gerade noch rechtzeitig zu den Winterspielen gefallen nach wochenlang frühlingshaften Temperaturen, damit unser starkes Deutschland sich nicht etwa mit Tauwetter blamierte. Die dort gehissten Hakenkreuzfahnen hatten Petrus wohl umgestimmt. Für mich hatte das alles etwas Naives, fast Kindliches, es interessierte mich nicht übermäßig.

Ich hatte wenig Zeit. Viele Proben im Marionettentheater waren zu leisten, und der Umgang mit den ungewohnten Puppen fiel mir schwer. Viel schwerer, als ich gedacht hatte. Vieles musste wieder ganz von vorn gelernt werden, denn Marionetten reagierten ganz anders als Stockpuppen und hatten ganz andere Möglichkeiten. Die Kollegin Flora hatte eine Engelsgeduld mit mir.

Gleichzeitig waren so viele Vorbereitungen für Leos Abreise notwendig! Die Eltern verkauften das Haus in der Luxemburger Straße und kauften das kleinere und preiswertere Haus im Weicherhof unten am Hafen, nicht zuletzt, um das nötige Geld für Leos Auswanderung zusammenzubekommen. Sie wollten ihm eine ordentliche Ausstattung mitgeben und ein kleines finanzielles Polster, mit dem er die erste Zeit überstehen konnte.

Wir wollten natürlich nicht, dass Leo der entfernten Cousine zur Last fiel. Wir kannten sie ja gar nicht persönlich. Dazu all die Gebühren und Steuern und das Bangen, ob der zuständige Beamte die erforderlichen Papiere auch wirklich herausrückte. Der ganze Papierkram nahm Mama und Leo wochenlang in Anspruch, doch im Schatten der Olympischen Sommerspiele, mit denen scheinbar das ganze Land befasst war, gelang die Beschaffung aller erforderlichen Unterlagen tatsächlich fast reibungslos. Sogar die Kölner Nazis hatten zurzeit Wichtigeres zu tun, als Ärger zu machen.

Viele Luftpostbriefe mussten anschließend mit Südafrika ausgetauscht werden, viele Telegramme hin- und hergekabelt. Da Elsbeth, unsere Verwandte in Springs, keine eigenen Kinder hatte, freute sie sich darauf, Leo zu bemuttern. Ihn stimmte das eher misstrauisch.

So war wieder einmal Sommer geworden, ehe man sich's versah. In diesem Sommer zogen nicht nur wir um, sondern auch das Millowitsch-Theater, das zum wiederholten Mal eine neue Wirkungsstätte eröffnete. Diesmal allerdings nicht aus Not, las ich in der Zeitung auf der Ankündigungsseite, wie die vielen Male zuvor, wo es von einem Ort zum nächsten gezogen war. Nein, jetzt wurden ihnen mit Unterstützung der Stadt Köln die Colonia-Säle auf der Aachener Straße zur Verfügung gestellt, um ihr Millowitsch-Heimattheater neu und schöner zu eröffnen.

Mundarttheater sei etwas Urdeutsches, das gepflegt und geachtet werden solle, fanden die Nationalsozialisten und griffen den darbenden Millowitschs offenbar hilfreich unter die Arme. Gut, dass ich mich dort nicht um ein Engagement gekümmert hatte, das hätte mich jetzt schon wieder in eine ungemütliche Situation gebracht. Gut, dass ich auf mein jüdisches Blut gehört hatte! Mein jüdisches Blut hatte naturgemäß die Befassung mit orientalischem Marionettentheater, mit Muselmanen und Kalifen in seltsamen Kaftanen verlangt. Mit dem Fremden, das nicht hierhergehörte. Der Führer wäre sicher stolz auf mich, wüsste er, wie sehr ich seinem Weltbild gehorchte!

»Ein bisschen Bildung ziert halt den ganzen Menschen!« Heine wieder und diesmal ganz ohne Gustav, den ich schon sehr lange nicht gesehen hatte. Ich hatte einfach zu viel zu tun.

Ich hätte auch Frieda längst schreiben müssen. Und wollen natürlich. Mein Blick fiel auf ihren jüngsten Brief.

Heppenheim, 2. August 1936
Liebe Fanny!
Ich hoffe, es geht Dir gut. Ich habe ja nun schon lange nichts mehr von Dir gehört. Die Hitze in diesem Sommer ist bei uns manchmal unerträglich, und mein Helmut weilt zurzeit in Berlin. Er hilft bei den Vorbereitungen für die Eröffnung der Olympischen Sommerspiele und darf den einen oder anderen kleinen Empfang ausrichten. Er war ganz aufgeregt und hat nur die besten Weine verladen lassen.
Die Hausfrau sitzt derweil im Schatten und hofft auf ein bisschen Regen. Es ist alles so trocken hier bei uns und die Luft schwül. Ich

verspüre seit Tagen ein gewisses Unwohlsein und habe den leisen
Verdacht, dass unser kleiner Fritz nicht mehr allzu lange allein
sein wird … Die Zeit wird es bringen. Wenn Du Zeit findest,
schick mir doch ein paar Zeilen, nur dass ich weiß, dass Ihr alle
wohlauf seid.
Herzlich
Deine Frieda

Ich schrieb ihr eine Grußkarte mit knallrotem Klatschmohn
darauf und dem Hinweis, dass ich viel arbeiten müsse, mich
aber immer über ihre Post freue.

Am 6. August brachten wir Leo zum nagelneu ausgebauten
Flughafen Butzweilerhof. Vor zwei Wochen erst war das neue
Flughafengebäude eröffnet worden und präsentierte sich beein-
druckend mit Adler und Fahnenmasten als Tor zur Welt. Zwei
Tage zuvor hatte ein Neger unseren deutschen Weitspringer im
Olympiastadion Berlin besiegt. Wie konnte das passieren? Nach
Max Schmelings K.-o.-Sieg über den schwarzen Boxer im Juni
war doch für alle Mal der Beweis erbracht gewesen, welche
Rasse die überlegene war. Wahrscheinlich hatten die Neger wieder gepfuscht! Am Ende war's ein jüdischer Neger! Die betrügen
immer, das wusste doch jedes Kind … Das Schlimmste war vermutlich für unseren Führer, dass das deutsche Olympiapublikum
dem schwarzen Jesse Owens arglos zujubelte. Dahinter steckte
doch bestimmt wieder die jüdische Weltverschwörung! Und der
naive deutsche Zuschauer merkte nichts!
Diese verrückten Gedanken rauschten durch meinen Kopf,
während die Welt draußen vorbeirauschte. »Wildgänse rauschen
durch die Nacht« hatten die marschierenden Soldaten auf der
Brücke gesungen, als sie das Rheinland besetzten.
Papa hatte extra ein Automobil mit Chauffeur bestellt, einen
Ford Taunus, um über die Flughafenstraße in nur zwanzig Minuten
von Köln zum Flugplatz zu fahren. Ich war noch nie in einem
Automobil gefahren und fand es großartig! Ich hätte nie mehr
aussteigen mögen. Es fühlte sich an wie »Leinen los!«, und schon
pflügten die Gedanken in meinem Kopf munter durch die Welt.

Für einen Augenblick war ich ein bisschen neidisch auf das große Abenteuer, das Leo erwartete. Allein der Flug, was würde er alles erleben? Er würde die Welt von oben sehen! Und erst Afrika! Löwen, Elefanten, Giraffen. Ich spielte im Puppentheater nur von der großen Welt, aber Leo bereiste sie in Wirklichkeit. Die kölsche Afrika-Expedition, das hatten wir vor ein paar Jahren im Hänneschen-Theater gespielt. Ich konnte mir kaum vorstellen, dass das für Leo jetzt wahr werden sollte.

Er selbst spielte die Aufregung eher herunter. »Ich melde mich, wenn ich angekommen bin«, versprach er knapp und umarmte Mutter. Vater klopfte er gemessen auf die Schulter. Dann entschwand mein blasser, kleiner großer Bruder am Himmel in Richtung Amsterdam. Von dort sollte es nach Rotterdam gehen, wo er sich einschiffte. Mit dem Überseedampfer »Stuttgart« würde er nach Kapstadt fahren.

Am nächsten Tag las ich in der Zeitung, dass am 6. August Willi Ostermann gestorben war, der Autor unserer viel geliebten Volkslieder. Was in der Welt alles zeitgleich geschah! Während wir uns von Leo verabschiedeten oder über die Autobahn brausten, hatte Willi Ostermann seinen letzten Atemzug getan, unbeachtet von der Welt und unbeachtet von uns. Die Vorstellung berührte mich. Jeder Mensch fühlte sich in jedem Augenblick seines Lebens im Zentrum des Geschehens, und dabei war er es nie.

***

»Ihr hättet mitgehen sollen«, sagte Gustav, als ich ihn nach längerer Zeit besuchte und froh vom Telegramm berichtete, das uns nach fast zwei Monaten Reise endlich Leos glückliche Ankunft mitgeteilt hatte. Er war aufgeregt.

»Stell dir vor, Fanny, sie haben einen kleinen Jungen im Park erschlagen. Hitlerjungen haben ihm aufgelauert und den kleinen Hans★ einfach totgeschlagen, nur weil sein Vater Jude war. Der Kleine war acht Jahre alt und sein Vater längst verstorben! Es ist nicht auf die leichte Schulter zu nehmen. Die Gefahr wird jeden Tag größer. Auch für dich, Fanny, so glaube mir doch! Die machen Ernst.«

»Kommst du zu meiner Premiere, Gustav? Am 12. Oktober, ›Krach im Morgenland‹ im Gemeindehaus in der Cäcilienstraße – ich denke, es wird großartig, wenn ich es bis dahin schaffe, meinen Aladin weniger herumzappeln zu lassen! Es ist wirklich ein witziges Stück.«

Gustav antwortete mir nicht, und eine Ader an seiner Schläfe pulsierte zornig.

Eine Woche nach der Premiere, am 19. Oktober 1936, hielt das Militär unserer »Friedensgarnison« mitten in der Stadt eine Luftschutzübung ab. So etwas hatte ich noch nicht erlebt! Im ersten Moment glaubte ich, dass es eine Katastrophe gegeben hätte.

Erschrocken betrachtete ich das Szenario auf dem Weg zur Arbeit. Flugzeuge kreisten ganz tief über unseren Dächern und warfen Leuchtkugeln ab. Es knatterte, knallte und pfiff wie bei einem Feuerwerk. Wasser schoss über die Cäcilienstraße, als sei eine Leitung gebrochen, und das Gemeindehaus hatte keinen Strom. Sie hatten riesige schwarze Papierfolien an einigen Häusern befestigt, die schwere Beschädigungen simulierten, und überall qualmte es. Sirenen heulten durch die Straßen, es war gleichzeitig grotesk und gespenstisch.

Dann sah ich geschminkte Laiendarsteller als Opfer in den Straßen liegen, und mir wurde klar, dass dies ein inszeniertes Spektakel war. Was sollte das? Wollten sie uns demonstrieren, dass sie niemals einen Krieg vom Zaun brechen würden, da seine Folgen schließlich unübersehbar wären? Oder wollten sie im Gegenteil die Abläufe üben und die Menschen an die Prozeduren gewöhnen? Vielleicht wollten sie auch nur ihr Können unter Beweis stellen: »Seht her, wir werden mit jeder Situation fertig. Ihr braucht keine Angst zu haben, bei uns seid ihr sicher!«

Ich schüttelte den Kopf. Es gab wahrhaft Wichtigeres zu tun, als Krieg zu spielen. Männer! Mir lag schwer im Magen, dass ich mit Gustav so ernst gestritten hatte. Er war richtig wütend geworden, als ich beim letzten Besuch nicht glauben wollte, dass der kleine Hans Abraham Ochs tatsächlich totgeschlagen wurde, bloß weil sein Vater Jude war. Ich hielt es für eine sehr gewagte

Spekulation. Er war vielleicht einer Bande älterer Straßenjungs in die Hände gefallen, und die hätten vor niemandem haltgemacht.

Das war schlimm und tragisch, und es tat mir auch leid für seine Mutter, aber man konnte doch jetzt nicht alles zur Judenhatz erklären. Das war Hysterie. Niemand war dabei gewesen. Niemand wusste, wer angefangen hatte. Oder ob er einfach unglücklich gefallen war. Woher wollten denn die Hitlerjungen gewusst haben, dass der Kleine einen Juden zum Vater hatte? Es konnte genauso gut eines dieser Gerüchte sein, diese Räuberpistolen, die von Tag zu Tag größer und schrecklicher gemacht wurden, um Unsicherheit zu verbreiten. Ich war empört, dass Gustav darauf hereinfiel. Wo hatte er bloß seinen Verstand gelassen!

Er hatte nicht lockergelassen. Er habe einen Kunden, der neben Frau Ochs wohne, und der wisse es nun ganz genau und habe es im Vertrauen erzählt. Er lenkte auch nicht ein, als ich ihm die Todesanzeige aus den jüdischen Nachrichten mitbrachte, die Onkel Rudolph abonnierte. In der stand eindeutig, dass der kleine Mann erkrankt war und schließlich im Krankenhaus gestorben sei. Von wegen Überfall! So schlimm es war, Kinder starben manchmal.

»Alles gelogen! Die Frau hat bloß Angst!«, schrie Gustav und schalt mich einen »jüdischen Dummkopf«. Seitdem hatten wir einander nicht mehr gesehen. Fragte sich nur, wer hier der Dummkopf war! Der Kommunistenbruder oder die Judentochter. Lächerlich!

Köln, 27. November 1936
Liebe Frieda!
Endlich ein bisschen mehr Zeit. Wir sind umgezogen, mein neues Engagement hat mir im ersten Jahr sehr viel Arbeit eingebracht, und Leo studiert in Südafrika. Ja, Du hast richtig gelesen. Du kannst Dir vorstellen, dass diese Umbrüche uns erst einmal ganz schön durchgeschüttelt haben! Das Leben nimmt mitunter sehr abrupte Wendungen, aber das macht die Sache ja auch interessant. In meinem Schlafzimmer stehen rundum riesige Gummibäume an den Fenstern, sodass ich mir morgens immer vorstelle, im Urwald

aufzuwachen vom Gekreisch der Affen und Papageien. Das führt dazu, dass ich jeden Morgen mit einem Lächeln auf dem Gesicht aufwache und mich Leo ein bisschen näher fühle! Hier im Weichserhof bewohnen Papa und Mama die untere Etage, ich wohne in der zweiten, in einer eigenen kleinen Wohnung, nebenan in der zweiten Etage sind Onkel Rudolph und Tante Franziska eingezogen, und ganz oben haben wir einen Dachboden. Unsere alte Wohnung war ja auch viel zu groß, jetzt, wo Leo weg ist. Wenn ich mich aus dem Fenster meines Zimmers lehne, kann ich den Malakoffturm an der Hafeneinfahrt sehen. Er hält Wacht und hat eine überaus beruhigende Wirkung auf mich. Er steht schon so lange da!

Wir essen oft alle zusammen, das ist sehr unterhaltsam, denn Mama und Tante Franziska haben sich viel zu erzählen. Manchmal machen sie sogar zusammen Musik. Mama auf ihrem Cello, und Tante Franziska spielt leidlich Klavier. Obwohl Mama manches Mal hinter ihrem Rücken die Augen verdreht, sie meint es nicht bös, aber Tante Franziska ist Hobbyistin, das ist natürlich ein Unterschied. Auch Leo hat uns geschrieben, dass alles gut sei und er sein Studium wiederaufgenommen habe, er will ja promovieren, der Herr Doktor.

Hier im Weichserhof ist bei den Eltern unten die Küche groß genug, dass alle zusammen dort essen können. Ich liebe es, in der Küche zu essen, das war ja schon immer so, Du weißt es. Und der Fluss ist so nah. Man hört die Schiffsmotoren, wenn sie gegen den Strom ankämpfen. Und es gibt ein Fernsprechtelefon! Wir wollen an Weihnachten versuchen, mit Leo zu telefonieren. Was für eine Vorstellung, quer über den halben Globus mit jemandem sprechen zu können!

Ich finde, dass es eine besonders glückliche Idee ist mit unserer Familienzusammenführung, denn so ist Mama nicht so allein mit der Trennung von Leo, die ihr sicher schwerfällt. Und ich brauche kein schlechtes Gewissen zu haben, im nächsten Frühjahr für circa acht Wochen zu Dir zu kommen. Ja, ganz recht! Ich kann Deinem Wunsch nachkommen und sogar noch länger bleiben, wenn Du magst. Wenn Du Dein zweites Baby bekommst, kann ich Dir beistehen, Dir den kleinen Friedrich ein bisschen abnehmen

oder im Geschäft aushelfen, wenn es Dir zu beschwerlich wird.
Mutter und Vater waren sofort einverstanden. Ich bin nicht sicher,
ob das auch so gewesen wäre, wenn wir nicht mit Onkel und
Tante zusammenwohnten. Für mich ist es eine wunderschöne
Aussicht. Acht Wochen an Eurer schönen Weinstraße mit ganz
neuen Aufgaben. Herrlich! Vom Marionettentheater schreibe ich
Dir das nächste Mal.
Herzlich
Deine Fanny
P.S. Grüße auch an Deine freundlichen Angestellten Lothar,
Traute und Michel.

Ein wenig konfus las sich mein Brief, als ich ihn vor dem Abschi-
cken noch einmal durchlas, ich war zwischen vielen Gedanken
hin und her gesprungen, aber genau so fühlte sich dieses Jahr
auch für mich an. Ein wenig konfus.

Ich hatte regelrechte Lücken in der Erinnerung, so sehr hatten mich die neue Arbeit und die neuen Kollegen in Anspruch
genommen. Vieles war improvisiert in unserem Marionettentheater. Vieles nicht so perfekt, wie ich es gern gehabt hätte, aber
wir mussten unter den Bedingungen arbeiten, die wir vorfanden.
Da wir nach unserer Premiere hauptsächlich in jüdischen Schulen
und in Gemeindezentren, nicht nur in Köln, sondern auch in
Düsseldorf oder Krefeld spielen sollten, musste alles transportabel
sein. Leicht auf- und abzubauen. Das erforderte viele Kompro-
misse. Flora hatte so phantastische Bühnenbilder gemalt und
Kostüme entworfen. Hier kamen mein Geschick und meine
Erfahrung in der Kostümwerkstatt des Hänneschen-Theaters so
richtig zur Geltung!

Die Kollegen Hans und Julius waren sehr nett und richtige
Rampensäue, sodass es ein großer Spaß war, mit ihnen zu arbeiten. Gerade Julius Rutkowski★ war der prächtigste Inspizient, den
ich je erlebt hatte. Er war schon im Schauspielhaus Hilfsinspizient gewesen und stand im Jüdischen Kulturbund Rhein-Ruhr
auf der Bühne. Jetzt war er, genau wie Hans Tobar, auch noch
Marionettenspieler geworden, im Marionettentheater unserer
Jüdischen Kunstgemeinschaft.

Auch wenn wir ein Frauenverein waren, hervorgegangen aus der ehemaligen GEDOK, der Gemeinschaft der Künstlerinnen, durften bei uns auch Männer mitmachen. Auf der Bühne jedenfalls. Mir gefiel das, denn wenn man wie ich für Religion nicht viel übrighat, hält man automatisch auch nicht so viel vom Dogmatismus mancher Frauenvereinigung.

Wir tranken in unseren Pausen Kaffee im Gemeindehaus, manchmal aßen wir sogar dort zusammen Mittag, lachten und alberten herum. Ich war so froh wie lange nicht mehr. Dabei hatte mir Julius erzählt, dass er im nächsten Jahr bei Oscar Wildes Komödie »Bunbury« im Kulturverein mitspielen dürfe. Das wäre auch für mich eine großartige Sache. Wie gern stünde ich da mit auf der Bühne, und war sie noch so klein! Aber Flora hatte mir schon durch die Blume zu verstehen gegeben, dass der Kulturbund den jüdischen Mitgliedern des Bundes, die ihren letzten Pfennig für jüdische Künstler hergaben, eine Nichtjüdin auf der Bühne nicht zumuten konnte. Dafür müsse ich Verständnis haben.

Die Jüdische Kunstgemeinschaft konnte da etwas großzügiger sein, da hier den Frauen ein großes Gewicht zukam.

Hans Tobar, der wundervolle kölsche Kabarettist und Komiker, hatte natürlich auf alles einen passenden Reim. Er liebte es, mit Hitlergruß hereinzukommen, mit erhobener rechter Hand und mit weit aufgerissenen Augen zu schreien: »›So hoch liegt bei uns der Dreck im Keller. So hoch!‹ Sagt der Kollege Küpper. Ich würde mich das natürlich nie trauen!« Und griente unschuldig.

Netterweise verkaufte die Buchhandlung Wolfsohn★ am Habsburgerring, gegenüber der Oper, für uns die Karten. Allein durch die Mitglieder des Kulturbundes und der Kunstgemeinschaft waren alle Vorstellungen ausverkauft gewesen. Jetzt war das Stück erst einmal abgespielt, und ich hatte Zeit.

Papa war ungewöhnlich still geworden in den letzten Monaten, am liebsten verzog er sich zu Onkel Rudolph und besprach mit ihm, was ihn bewegte. Er kommentierte kaum noch die Ereignisse in Berlin oder im Rathaus. Es sah fast so aus, als interessiere ihn Politik nicht mehr, selbst mit der Zeitung sah ich ihn nur noch selten. Ich hatte den Eindruck, dass er sein Geschäft jetzt wirklich aufgeben wollte. Vater wirkte auf mich, als würde ihm alles zu viel und als brauche er die Erfahrungen und den Beistand des Bruders, um die Sache bestmöglich abzuwickeln. Er war oft müde und schlief im Sitzen ein.

Ich fragte mich, wovon wir leben würden. Da ich nur manchmal arbeiten konnte und auch nur durch Spenden und Mitgliedsbeiträge bezahlt wurde, war es erwartungsgemäß nicht viel, was ich heimbrachte. Auch Mama fiel es manchmal schwer, die Sorgen zu verbergen.

Dann entdeckte ich, dass wir nicht freiwillig umgezogen waren. Ich schnappte zufällig auf, wie Mama mit Tante Franziska darüber sprach, dass die Weber-Schwestern ihr das Leben zur Hölle gemacht hatten. Sie könnten den Judengeruch nicht mehr ertragen, hatten sie geschrien und meine Mutter eine »Judenschlampe« genannt. Seit beinah zehn Jahren kannten sie uns und hatten mit uns in unserem Haus gewohnt, das Papa mit Hilfe seiner Abfindung vom Militär gekauft hatte. Kein Wunder, dass diese Schandmäuler nie einen Mann gefunden hatten! Ich hatte sie nie gemocht, wenn ich es bei Licht betrachtete. Wir waren ihre Art halt nur gewohnt gewesen und hatten es als Schrulligkeit hingenommen, dass sie an niemandem ein gutes Haar ließen. Für einen »Appel und ein Ei« hätten sie am Ende verkaufen müssen, sagte Mama, glaube ich, noch. Sie sprach so leise, dass ich den Rest leider nicht mehr verstehen konnte.

Weihnachten rückte näher, und ich schlich seit Tagen um Gustavs Tabaklädchen herum, achtete aber sorgfältig darauf, dass er mich nicht sah. Er hatte sich nicht bei mir entschuldigt. Es wäre ein Leichtes für ihn gewesen, mich zu treffen und Abbitte zu leisten, aber er wollte offensichtlich nicht. Dieser Sturkopf! Wie konnte ich es anfangen, mich mit ihm zu vertragen, ohne nachzugeben? Er war schließlich derjenige, der frech geworden war!

Am 23. Dezember ging ich gegen halb sieben, als niemand mehr im Geschäft zu sehen war, kurz entschlossen in den kleinen Tabak- und Pfeifenladen und herrschte den Menschen hinterm Tresen an, direkt nach dem Verstummen der Türglocke: »Was denn, Herr Schubert? Sie haben keinen Weihnachtsbaum in der

Stube? Was sind denn das für neue Sitten? Dies ist das deutscheste aller Feste! Auf die Krippe verzichten, schön und gut, das versteht sich von selbst. Aber der heidnische Baum, geschmückt mit den heiligen Symbolen unserer Vorfahren, Sonnenrad und Hakenkreuz ist doch das Mindeste, was man erwarten kann! Schließlich ist dies urgermanische Brauchtum einst gegen den Widerstand der Christen eingeführt worden. Die haben es unserer germanischen Seele gestohlen, das Weihnachtsfest. Aber das holen wir uns jetzt zurück! Und Sie wollen nicht teilhaben? Was sind Sie bloß für ein Mensch, Schubert?«

»Pscht – bist du verrückt?« Gustav wetterte zurück, aber er grinste mich glücklich an. »Wenn dich jemand hört! Geschäfte dürfen keine Weihnachtsbäume mehr aufstellen – *ein* öffentlicher Weihebaum genügt, damit jeder von dort das heilige deutsche Licht in die heimische Wohnstube trage, und zwar erst am Weihnachtsabend und keinen Tag früher. Der neue Erlass gibt bis ins Detail ganz genau vor, wie eine deutsche Weihnacht vonstattenzugehen hat. Damit wir nicht etwa dem bigotten christlichen Lotterleben frönen!«

Danach feixten wir uns eine ganze Weile einfach nur stumm an.

»›Weit impertinenter noch als durch Worte offenbart sich durch das Lächeln eines Menschen seiner Seele tiefste Frechheit‹«, sagte Gustav schließlich, immer noch breit grinsend.

»Heine muss auch immer seinen Senf dazugeben«, antwortete ich.

Er nickte froh. Mein Freund Gustav holte ein verpacktes Geschenk unter dem Tresen hervor, also hatte er auch an mich gedacht. Wir setzten uns gemeinsam an den Ofen, zündeten eine Kerze an und aßen den Kartoffelsalat, den ich mitgebracht hatte. Ich wusste zuerst nicht, was ich sagen sollte.

Kein Wunder, dachte ich. Wir haben uns noch nie so gestritten, das kann nicht sofort wieder gut sein. Dinge ändern sich und Menschen auch. Er war mir fast ein wenig fremd geworden.

Ich hätte ihm so gern erzählt, dass ich jetzt Unmengen Juden kannte, denn sie waren mit großem Interesse in unser Marionettentheater im jüdischen Gemeindezentrum gekommen. Dass ich sogar schon ein paar orthodoxe Juden leibhaftig gesehen hatte, mit Schläfenlocken, Hüten, schwarzen Mänteln und allem Drum und Dran. Und sogar solche, die Jiddisch sprechen konnten, nur krumme Nasen hatten sie nicht.

Wenn man antiken Statuen glauben wollte, waren die mit den exorbitanten Nasen eher die Römer und Griechen, schoss es mir durch den Kopf. Aber das konnte ja nicht sein, denn die Nazis hatten ein Faible für die Antike. Da hatten sie die Nasen wohl kurzerhand übers Mittelmeer zum Juden rübergeschoben!

Ich mochte Jiddisch, wenn ich es auch nicht sprechen konnte, aber es war wie Kölsch eine Sprache mit ungeheurer Farbigkeit, mit Worten wie Zores und Schlamassel, Ische und Chuzpe, die auszusprechen schon phonetisch eine Freude war. Ich war so vielen hilfsbereiten, netten Leuten begegnet mit großem Interesse für Kunst und Kultur, die viel Solidarität zeigten mit Menschen, die sie gar nicht kannten.

Ich hätte Gustav so gern erzählt von den Aufrufen im Jüdischen Kulturblatt, eine Herberge für gastspielende Künstler bereitzustellen, eine Sonderabgabe für jüdische Autoren zu leisten, deren Tantiemen niemand mehr bezahlte, oder auch nur für die jüdische Winterhilfe zu sammeln, aber es fühlte sich so an, als plaudere ich Geheimnisse aus. Oder noch schlimmer: als verriete ich jemanden.

»Den Kulturbund fördern heißt, sich selbst Freude und anderen Arbeit zu beschaffen« war der Slogan der Jüdischen Kunstgemeinschaft. Man warb dafür, die Mitgliedschaft als Weihnachtsgeschenk zu vergeben, um die Idee der Gemeinschaft der Freunde des Theaters und der Musik finanziell abzusichern. So viele phantastische Frauen hatte ich kennengelernt, selbstbewusst, mutig und witzig. Manche waren mir natürlich auch unsympathisch gewesen, ja, richtig unangenehm und engstirnig, und ich fragte mich, ob ich mir das noch erlauben durfte. Jemanden unsympathisch oder unangenehm zu finden, wenn ich wusste, dass er oder sie Jude war. Durfte ich etwas Kritisches über Juden sagen, die mir Brot und Arbeit gaben, obwohl ich gar nicht richtig zu ihnen gehörte? Darüber konnte ich nicht mit Gustav sprechen.

Ich machte stattdessen ein paar Witze, plauderte schließlich über Tante Franziskas Vorliebe für Kirschlikör. »Wer Sorgen hat, hat auch Likör«, pflegte sie stets zu sagen und direkt danach: »Prösterchen!« Ich sah dabei ständig auf Gustavs messerscharfe Bügelfalte.

Etwas war anders. Die Manschetten seines Hemdes waren ein bisschen nachlässig gebügelt, und ich hatte ständig Angst, dass es zwischen uns still werden könnte. Also redete ich zu schnell und vermied es, nach Richard zu fragen. Ich erzählte ihm auch nicht, warum wir umgezogen waren. Da fühlte sich etwas an wie Fieber, das sich auf Kopf und Gemüt legte. Nein, wie Watte. Wie diese Watte, die ich schon einmal gefühlt hatte, damals, als ich bei Dr. Apfel war. Pelzig fühlte es sich an, wie der Pelz, der auf einem schimmelnden Brot wächst, als lebten Gustav und ich nicht mehr in genau derselben Welt. Der Schimmelpelz war dazwischen, und man bekam nicht mehr alles mit aus der Welt des jeweils anderen.

War das möglich? Ich kannte doch so genau diese kleine steile Falte vor seiner linken Augenbraue, wenn er sich konzentrierte, und das Zucken seiner Mundwinkel, kurz bevor er sich ein Grinsen nicht mehr verkneifen konnte. Ich wusste so genau, wann etwas sein Herz berührte und dass er sich für mich hätte vierteilen lassen so wie ich mich für ihn. Er war mir so vertraut, und jetzt traute ich meinem Vertrauen nicht mehr? Das konnte nicht sein! Er war derselbe Gustav und ich dieselbe Fanny – vermutlich war ich nur überspannt.

Ich verabschiedete mich früh. Erst zu Hause fiel mir auf, dass ich sein Geschenk gar nicht ausgepackt und er auch nicht darauf bestanden hatte.

Es war ein kleiner Kölner Dom aus dem Souvenirladen am Bahnhof. Seltsam.

Leider konnten wir noch immer kein neues Marionettenstück einstudieren. Es gab irgendwelche bürokratischen Probleme. Das fehlende Geld schmerzte, und ich hatte Langeweile.

Ende April 1937 fuhr ich für runde zwei Monate nach Heppenheim. Ich hatte der Mutter versprechen müssen, einmal in der Woche ein Kärtchen zu schreiben, damit sie beruhigt war.

Meine Koffer waren diesmal größer. Ich nahm nur praktische Kleidung mit. Bequeme Schuhe und leicht zu waschende Röcke und Blusen. Meine Marlenehose ließ ich nach kurzem Zögern lieber daheim und packte stattdessen ein Dirndl ein, das ich noch rasch bei der Verkaufsstelle der Jüdischen Kunstgemeinschaft in der Domstraße erstanden hatte. Es erschien mir passender. Schließlich wollte ich Frieda nicht verärgern, und ich wusste auch nicht genau, ob Helmut zu Hause sein würde oder mal wieder auf Reisen. Der fände Hosen an Frauen vermutlich unerhört.

Die Verkaufsstelle war eine wunderbare Sache, man konnte dort preiswert Dinge kaufen und eigene, die man nicht mehr brauchte, verkaufen. Für das Dirndl hatte ich mein graues Samtkleid verkauft. So viele elegante Kleider wie in der Zeit der Kölner Puppenspiele brauchte ich nicht mehr.

Wieder ging meine Reise am Rhein entlang. Und wieder berührte der Strom mein Herz. Wen ließe er unberührt? Stark und mächtig pulste sein Blut viele Lasten bis zur Nordsee hinauf. Er hatte einst die Römer heraufgebracht bis in die Wälder, die ihnen dunkel und gefährlich vorgekommen sein mussten und in denen das wilde Volk hauste, das sie Germanen nannten.

Dieser ruhig, stark und unaufhaltsam fließende Fluss barg viele Gefahren. Man denke nur an die Untiefen der Loreley oder an das Binger Loch, an seine Strudel und Kehrwasser, die manch leichtsinnigen Schwimmer das Leben kosteten, ganz zu schweigen vom gewaltigen Rheinfall noch weiter im Süden in der Schweiz. Wie er dort in seiner ganzen Breite die Felsenkante herunterstürzte mit ohrenbetäubendem Getöse!

Als wir Kinder waren, hatten die Eltern mit uns eine kleine Reise nach Schaffhausen unternommen. Wen das nicht beeindruckte, der musste erst noch geboren werden! Und mitten im Sturz die Rheinfelsen aufrecht in der Brandung seit Tausenden von Jahren!

Sein Hochwasser überschwemmte regelmäßig die ufernahen Häuser quer durchs ganze Land, und wenn ich die Augen schloss, konnte ich sein Krachen bei Eisgang im Winter hören. Er war immer schon da gewesen und würde es auch in tausend Jahren noch sein, wenn das »Tausendjährige Reich« zu Ende ging. Ich war nicht nur Kölnerin, ich war Rheinländerin.

Michel holte mich wie beim letzten Mal am Bahnhof ab, und obwohl ich das kleine Städtchen jetzt schon kannte, war ich wieder von seiner Ordnung und Lieblichkeit angerührt. Es wirkte auch diesmal wie eine Wunschvorstellung vom Leben. Wie eine Urzelle, aus der alles Gute und Ursprüngliche erwächst.

Das Erste, was ich an Friedas Weinladen sah, war das Schild »Juden nicht erwünscht«. Immerhin besser als »Wir müssen draußen bleiben« mit einem angebundenen Juden vor nahezu jedem Metzgerladen. Ich grinste bei der Vorstellung unwillkürlich. Helmut hatte darauf verzichtet, sein Schild mit einer bösartigen Karikatur zu versehen, wie man sie an vielen Geschäften sah. Er begnügte sich mit dem geschriebenen Wort.

Frieda hatte einen gewaltigen, kugelrunden Bauch zu schleppen, den sie geschickt unter weiten Gewändern verbarg. Und der kleine Fritz rannte blitzgescheit in der Welt herum; man brauchte zwei Zirkusdompteure, um ihn in Schach zu halten! Wie ein kleiner Wirbelwind war er bald hier, etwas herunterzureißen, und bald dort, irgendwo hinaufzusteigen. Man konnte ihn keinen Augenblick unbeaufsichtigt lassen, außer in seinem Ställchen, was er stets laut jammernd quittierte. Dicke Tränen kullerten dann über seine Babybäckchen angesichts der Ungerechtigkeit der Welt, schuldlos eingesperrt zu werden, und sein Wehgeschrei war bestimmt im ganzen Ort zu hören.

Nach wenigen Tagen hatte sich zwischen Frieda und mir die Aufgabenverteilung eingespielt. Ich nahm ihr vormittags das

Fritzchen ab, ging mit ihm spazieren, auf jeden Fall fort, sodass sie und Traute die notwendigen Dinge im Haus erledigen konnten. Ich erzählte ihm Geschichten aus Tausendundeiner Nacht und hatte eine kleine Handpuppe mitgebracht, die er sehr liebte und die ihn immer zum Lachen brachte. Zum Mittagessen waren wir zurück, und danach ging der kleine Mann schlafen. Nach seinem Mittagsschlaf kümmerte sich Traute um ihn, und ich ging zwei Stunden ins Geschäft, um Frieda dort zu helfen. Gesellschaften hatte sie in diesen Wochen zum Glück nur wenige angenommen. In drei Wochen etwa wurde ihre Niederkunft erwartet.

Helmut war die ersten beiden Tage noch da. Er trug tatsächlich das Parteiabzeichen in Gold am Revers. Er hatte ja nie viel gesprochen, doch er zeigte sich höflich und dankbar. Dann fuhr er zu Kunden und Winzern oder möglicherweise auch zu Parteiveranstaltungen, ich fragte nicht genauer. Er wusste Frieda ja nun in guten Händen.

Hin und wieder gesellte sich Lothar am Vormittag zu mir, wenn es seine Zeit erlaubte, und zeigte mir etwas von der Umgebung. So gingen wir an der kleinen Synagoge Heppenheims vorbei – »Juda verregge!«, hatte dort jemand an die Mauer gemalt, mit zwei »g« –, stiegen zur Starkenburg hinauf, und er erzählte mir ihre Geschichte.

Da er selbst ursprünglich aus Hagen stammte, wo es ebenfalls eine Burg hoch über der Stadt gibt, war es für ihn ein kleines Stück Heimat, wenn er hier zu den mächtigen Mauern hinaufsah. Mir gefiel aber auch das Hinunterblicken ausgesprochen gut. Diese Weite! Man konnte kilometerweit übers Land gucken. Den Rhein allerdings konnte man von hier oben nur erahnen.

Als Klein Fritzchen eines Tages zum Gotterbarmen weinte, während wir oben auf der Burg waren, und sich durch nichts beruhigen ließ, begann ich zu singen, nachdem ich ihn in den Bollerwagen gesetzt hatte, um ihn beruhigend hin und her zu rollen.

»Ich weiß nicht, was soll es bedeuten,
Dass ich so traurig bin;
Ein Märchen aus uralten Zeiten,

Das kommt mir nicht aus dem Sinn.
Die Luft ist kühl und es dunkelt,
Und ruhig fließt der Rhein;
Der Gipfel des Berges funkelt
Im Abendsonnenschein.

Die schönste Jungfrau sitzet
Dort oben wunderbar,
Ihr goldnes Geschmeide blitzet,
Sie kämmt ihr goldenes Haar.
Sie kämmt es mit goldenem Kamme
Und singt ein Lied dabei;
Das hat eine wundersame,
Gewaltige Melodei.

Den Schiffer im kleinen Schiffe
Ergreift es mit wildem Weh;
Er schaut nicht die Felsenriffe,
Er schaut nur hinauf in die Höh.
Ich glaube, die Wellen verschlingen
Am Ende Schiffer und Kahn.
Und das hat mit ihrem Singen
Die Loreley getan.«

Fritzchens Tränen versiegten, und Lothar applaudierte begeistert. Von da an rief der kleine Friedrich immer »Lolei-Lolei«, wenn ich ihm sein Lied vorsingen sollte. Heine kam auch bei den Kleinsten gut an.

Wenige Tage nach meiner Ankunft berichtete Frieda aufgeregt: »Es hat ein Unglück gegeben, stell dir vor: Die Hindenburg ist abgestürzt!« Sie wies auf die Zeitung, die das prächtige Luftschiff brennend und abstürzend zeigte.

In Amerika hatte sie landen sollen, und dann habe der Blitz eingeschlagen. Die Zeitung berichtete von einem weinenden amerikanischen Reporter, der den Absturz direkt miterlebt habe, während er im Radio übertragen wurde und er von der Landung berichten sollte. »Das ist das Schrecklichste, was ich je gesehen habe!«, soll er gerufen haben.

»Die Hindenburg, kaum zu glauben«, sagte Frieda immer wieder. Dieses mächtige Luftschiff, dieser alles beherrschende Himmelskoloss, eindrucksvoller Nachweis deutscher Ingenieurskunst und deutschen Wagemuts, in dreißig Sekunden in einem einzigen Feuerball aufgegangen! Schon bald machten Gerüchte die Runde, die von Sabotage sprachen, von Feinden und Vergeltung. Die Zeppelinfahrten wurden eingestellt.

Etwa eineinhalb Wochen später war es bei Frieda so weit. Traute weckte mich eines Nachts und lief dann zur Hebamme. In der Zwischenzeit blieb ich bei Frieda, damit sie sich sicher fühlte. Ich war heilfroh, als die Hebamme und Traute da waren, denn ich fühlte mich bei jeder Wehe alles andere als sicher, eher machtlos.

Es dauerte noch die restliche Nacht und den ganzen darauffolgenden Tag, bis es die kleine Cilli geschafft hatte, das Licht der Welt zu erblicken, und Frieda erlöst war. Cilli hieß sie nach Helmuts Mutter, die schon verstorben war, und eigentlich auch nach meiner Mutter, die ja Cäcilie hieß, wofür Cilli doch die Abkürzung war. Ich war heilfroh, als ich endlich den ersehnten Schrei des Winzlings hörte.

Welches Leid war erforderlich, um neues Leben auf die Welt zu bringen! Es kam mir vor wie eine schier endlose Katharsis, die jeder von uns erst durchleiden musste, bevor etwas Neues anfangen durfte. Der Schmerz, der Blutgeruch, die Todesnähe, die sogar für mich spürbar wurde. Das Gefühl für Zeit und Raum ging völlig verloren – all das erinnerte mich unwillkürlich an die Kreuzigungsgeschichte und schließlich: die Auferstehung.

Frieda war hinterher erschöpft, aber glücklich, und beide waren wohlauf. Ich schämte mich schon kurz nach Cillis Geburt für das ungeheure Pathos, das ich empfunden hatte, aber es ließ sich nicht mehr aus der Welt schaffen, es war da gewesen und nicht zu leugnen. Ich war beeindruckt und dankbar, dass es beiden gut ging.

Möglicherweise ist das Wunder des Lebens die Keimzelle für die Religion, dachte ich. Wahrheiten konnten sehr banal sein, und mit der Wucht des Geburtsvorgangs hatte ich genauso wenig gerechnet wie mit dem starken Gefühl der Unausweichlichkeit. Dem Gefühl, dass es keinen Weg zurück gab, nicht einmal die Möglichkeit, kurz innezuhalten. Zu verschnaufen. Man musste immer weiter. Ein überwältigendes Gefühl.

War es mit dem Sterben genauso wie mit dem Geborenwerden? Spürte man die übergeordnete Macht, der sich jeder fügen muss? Als Städterin verlor man den Kontakt zu den Vorgängen des Lebens. War das ganze Leben ein mächtiger Strom, der kein Zurück kannte? Nicht mal Innehalten? Was für Gedanken die Geburt eines winzigen Säuglings auslöste! Ich musste an Mama denken. »Nur wer gegen den Strom schwimmt, kommt zur Quelle«, sagte sie immer, treffsicher, wie sie war. Sie liebte Hermann Hesse.

Von jetzt an durfte ich den Kinderwagen durchs Dorf schieben, hatte den kleinen Fritz an der Hand, und mir hätte nur noch ein weißes Schürzchen gefehlt, um mich wie ein englisches Kindermädchen zu fühlen. Ich grüßte alle unmittelbaren Nachbarn Friedas, denn inzwischen kannte man mich – zumindest vom Sehen. Bei den meisten war ich froh, dass es dabei blieb. So wunderschön es hier war, so deutlich war die Enge zu spüren, und Hakenkreuzfahnen gab es auch genug.

»Steht dir gut!«, witzelte eine bekannte Stimme eines Morgens hinter mir, und ein ebenfalls bekannter Lockenkopf schob sich in mein Sichtfeld. »Darf ich euch begleiten?«

»Du kannst den Korb tragen, ich bin auf dem Weg zum Bäcker«, antwortete ich trocken und überhörte die Anspielung.

Lothars Bescheidenheit passte gut hierher. Er bot keine Angriffsfläche, sodass ihm noch nicht mal der »weibische« Beruf krummgenommen wurde. Dekorateur. Wo gab's denn so was? Das war ja fast so schlimm wie ein Mann als Funkemariechen. Ich stellte mir Lothar als Funkemariechen vor und musste lachen. Er lachte zurück, ohne zu wissen, warum. Es war ein herzliches, offenes Lachen. Frieda hielt große Stücke auf ihn, und Helmut ließ ihm freie Hand. Er wirkte immer zufrieden, nie überlastet, er war hilfsbereit, wohlgelaunt und schien unermüdlich.

Ich dagegen war abends rechtschaffen müde. Fast zwei Monate war ich jetzt schon hier. Die kleine Cilli lächelte bereits, wenn man sie ansprach, sie gedieh prächtig. Aber mich strengte das enge, immer gleiche Korsett der Tage ganz schön an, wie schaffte Frieda das? Allein die viele frische Luft war ungewohnt für mich. Und man konnte nur selten die Gedanken auf Reisen gehen lassen, die Muße dazu fehlte völlig. Alles war so sauber, so nützlich, so pflichterfüllt, und es gab nur sehr wenige Lücken für Abwegiges.

Mir fehlten auch die anderen Frauen und das Gespräch mit ihnen. Schriftstellerinnen, Bildhauerinnen und ganz sicher auch Gustav.

Ich hatte einige wenige kostbare Zigaretten mit nach Heppenheim genommen und verzog mich manchmal spätabends – Frieda und die Kinder schliefen bereits – in den Hof unter die Pergola, um unter funkelndem Sternenhimmel heimlich zu rauchen. Nur eine einzige. Und eine Flasche Bier. Lothar hatte mir netterweise unauffällig ein paar Flaschen besorgt und in den kühlen Keller gestellt.

Ich wusste, dass es besser niemand sah, denn hier war es sicherlich ungehörig, als Kindermädchen Zigaretten zu rauchen und Bier aus der Flasche zu trinken, noch dazu in einem Weingeschäft. Das würde Frieda am nächsten Morgen brühwarm im Laden erzählt bekommen, wenn ich mich dabei erwischen ließ. Aus diesem Grund verkroch ich mich in ein geschütztes Eckchen, das nicht einsehbar war. Ich hatte natürlich nicht an die Rauchwölkchen gedacht, die wie Hinweisschilder meinen Standort verrieten, wenn im rechten Augenblick jemand vorbeikam.

»Sieh an, wen haben wir denn da?«

Hastig ließ ich die Zigarette hinter meinem Rücken verschwinden, um dann entspannt zu lachen. »Lothar, was hast denn du noch hier verloren? Gönn doch dem armen Kindermädchen die wohlverdiente Portion Laster! Sie ist eh klein genug. Du verrätst mich nicht, oder?«

Statt einer Antwort warf sich Lothar in Positur und begann unvermittelt zu singen: »Ich steh im Regen und warte – auf dich!«

Da musste ich noch mehr lachen, ich hatte das Lied noch nie gehört. Er sang es mit tiefer Stimme und übertrieben gerolltem »R«, was in mir gleich den Verdacht weckte, er zöge unseren Führer durch den Kakao. Da schlummerten ja noch völlig unentdeckte Talente!

Aber nein, erzählte er, dies war der letzte Schrei aus einem neuen UFA-Film mit einer gewissen Zarah Leander, die wunderschön sei. Eine bemerkenswert tiefe Stimme habe sie. Er war am Vorabend im Lichtspieltheater Saalbau gewesen, um den Film anzuschauen. Wie schade, da wäre ich sehr gern mitgegangen!

»Die wird die neue Dietrich«, prophezeite er, und seine Augen leuchteten.

Brauchten wir eine neue Dietrich? Wer sollte denn da noch ins leibhaftige Theater gehen, wenn die Leute im Lichtspieltheater alles hautnah serviert bekamen?, dachte ich. Ein Film konnte Tausenden von Menschen immer wieder gezeigt werden, ohne dass ein zweites Mal Schauspieler engagiert werden mussten. Man konnte sich an fünf Fingern ausrechnen, dass die Tage des Theaters gezählt waren. Vielleicht musste ich zum Film gehen. Wie stellte man das eigentlich an?

Lothar gesellte sich für ein paar Minuten zu mir und erzählte mir von Worms, von Gunther und Giselher, von Hagen von Tronje und von Treue. Er fragte mich, ob ich schon auf der Wormser Burg gewesen sei, was ich zu meinem Bedauern verneinen musste. Ich hörte ihm gern zu. Bei seinen Geschichten war die Welt so klar. Die Geschichten stellten keine Fragen, sie gaben Antworten. Es war sehr wohltuend, wenn sich jemand so sicher war.

Das Leben in Heppenheim erschien mir ohnehin übersichtlich und die Regeln bekannt. Man konnte keine Fehler machen, wenn man einigermaßen die Augen offen hielt und die Dorfbewohner auf Abstand. Dennoch musste ich so langsam an die Heimreise denken, nicht nur, weil ich Heimweh bekam. Helmut kam bald zurück. Ein großes Parteifest in Friedas Weinstube stand an, mit Schuldirektor, Bürgermeister, allen Honoratioren der Stadt, und sie alle waren in der Partei, daran bestand kein Zweifel. Ihnen musste ich nicht unbedingt hautnah begegnen.

Außerdem sollte es im Marionettentheater doch ein neues Märchen geben, die Proben würden bald anfangen, wenn alles wunschgemäß verlief.

Am vorletzten Abend beschloss ich, mit Lothar einen langen Abendspaziergang zu unternehmen. Ich hatte Frieda Bescheid gegeben, sie gefragt, ob sie Lust hätte, mitzukommen, aber sie lehnte ab, das schicke sich nun wahrhaft nicht. Ich könne ruhig gehen, sagte sie und wies Traute an, uns eine Brotzeit und eine Flasche Wein einzupacken. Sie zwinkerte mir zu, oder hatte ich mir das eingebildet?

Wir wanderten also am Abend hinter die Weinberge auf einem verlasseneren Pfad als gewöhnlich. Er war teilweise von wilden Brombeeren überwuchert, und man musste achtgeben, sich nicht die Kleider zu zerreißen oder tiefe Schrammen an Armen und Beinen davonzutragen.

Lothar erzählte seine Geschichte von neulich weiter. Von Attila, dem Hunnenkönig, der in der mittelalterlichen Sage der Nibelungen zu König Etzel wurde, und von der burgundischen Prinzessin Krimhild, die Etzel nur deshalb ehelichte, um Rache zu nehmen an ihren Brüdern. Die wiederum hatten nämlich Krimhilds Mann Siegfried, den Drachentöter, auf dem schändlichen Gewissen. Ich konnte Lothar stundenlang zuhören, wenn er erzählte, alle Figuren wurden so lebendig.

Ich musste kurz an Leonore denken, wie oft hatte die die rachsüchtige, blutbesudelte Krimhild in Hebbels Drama gespielt! Und sie war großartig! Sie fehlte mir auch. Nach einem kurzen Augenblick folgte ich Lothars Geschichte wieder mit einem zufriedenen Grinsen auf dem Gesicht.

Wie die Nibelungen ihren eigenen Schwager verrieten und wie grausam die Schwester Rache nahm an ihren Brüdern und ihrem Vater, weil diese treu zum Henker ihres Mannes hielten! Weh dir, wenn sich dein Treueschwur gegen die eigene Familie wendet, wie grausam musst du für Nibelungentreue büßen. Aber war es nicht so, dass die die Treuen sind, die ihre Schwüre hielten, auch wenn sie sich gegen die eigene Familie richteten? Konnte nicht Hagen der Fels im Strom der Ereignisse sein? Lothar war sich sicher, dass der der Verräter war, selbst wenn er Treue hielt.

Er führte mich heute auf sehr verschlungene Pfade, der Lothar. Wir gelangten schließlich durch eine dichte Brombeerhecke und wilde Rosenbüsche auf einen verlassenen kleinen Weinberg. Er hatte eine etwas ungünstige, der Sonne abgewandte Lage, sodass der Winzer ihn offenbar nicht mehr bearbeitete, sondern sich selbst überließ. Eine kleine Lichtung war oben auf dem Berg gemäht und mit Tisch und Bänken versehen. Hier ließ sich ganz herrlich Pause machen, die Brotzeit auspacken und die Aussicht genießen. Ein hübscheres Plätzchen konnte man sich nicht vorstellen. Vom Weg aus war es nicht einsehbar, hier konnte ich sogar wagen, meine letzte Eckstein anzustecken, es war wunderschön!

Lothar zeigte mir seine jüngsten Skizzen, darunter auch einige von Friedrich und Cilli, er hatte wirklich Talent! Als er sich aufmachte, die ersten reifen Brombeeren in meine Brotdose zu pflücken, sah ich heimlich den ganzen Skizzenblock durch und entdeckte hinten ein paar Zeichnungen von einer Frau mit Bubikopf. Guck an! Zum Glück hatte er die Schwesternschürze weggelassen!

Wir verabschiedeten uns mit dem Gefühl, dass es nicht für lange sein würde. Ich jedenfalls hatte dieses Gefühl.

★★★

Nur einige Wochen nach meiner Rückkehr nach Köln verkaufte Vater sein Weißwäschegeschäft. Er wirkte seit Langem endlich wieder etwas zufriedener, fast aufgeräumt. Er hatte einen einigermaßen angemessenen Preis aushandeln können, sagte er, fast die Hälfte von dem, was sein Geschäft wert war, habe er erzielt, und er eröffnete uns, was er mit dem Geld zu tun gedenke.

»Nach reiflicher Überlegung«, sagte er, »will ich mit euch ebenfalls nach Südafrika auswandern. Das ist doch keine Lösung, für Jahre eine geteilte Familie zu haben! Onkel Rudolph und Tante Franziska gehen mit, Hermann und Margarethe wahrscheinlich auch, mit Onkel Salomon, Tante Sofie und Henny müssen wir noch verhandeln. Für Onkel Salomon mit seinen sechsundsiebzig Jahren ist eine so weite Reise natürlich gründlich zu überlegen. Wir bauen uns dort ein neues Leben auf. Dieses Warten auf bessere Zeiten hier hat doch keinen Sinn. Wir vertun unser Leben dabei! Wenn wir alle Papiere beisammenhaben, verkaufen wir das Haus, und dann reicht das Geld für die Reise von uns allen.«

Was? Mama war offenbar bereits eingeweiht, nur mir hatten sie es noch nicht gesagt. Wir saßen alle fünf in der Küche, und ich war wie vor den Kopf geschlagen. Wir würden weggehen? Und was war mit mir? Wer fragte mich?

Die Auslandspässe hatte Papa schon beantragt und erwartete jetzt weitere Papiere wie Visa und so weiter. Ich sagte gar nichts und lief erst einmal nach draußen.

Im Hafen wurde gerade vor den Speicherhäuschen, die wir »Siebengebirge« nannten, ein neuer Ladekran montiert. Ein großer moderner Kran, dessen hölzernes Kranhäuschen auf langen grün lackierten Beinen stand wie ein unbeholfenes Insekt, das man gepackt und einfach ganz woandershin versetzt hatte. Weg? Südafrika?

Natürlich hatte ich Sehnsucht nach Leo! Er war schon fast ein ganzes Jahr fort. Aber für immer? Meine Gedanken waren gar nicht so leicht zu ordnen. Was war mit meiner Arbeit? Was war mit Gustav? Mit Frieda? Oder Leonore, auch wenn wir uns lange nicht gesehen hatten?

Ich hatte mir für den nächsten Tag Besuch eingeladen. Besuch aus Heppenheim, wenn auch nur auf der Durchreise. Lothar besuchte seine Eltern, die inzwischen in Düsseldorf wohnten, und hatte versprochen, einen Tag in Köln Station zu machen, um den Ort kennenzulernen, an dem ich zu Hause war. Wenn auch nur noch für kurze Zeit, wie es jetzt aussah. Denn ich ging offenbar in Kürze nach Südafrika. Rückkehr ungewiss!

Ich überlegte, Lothar Gustav vorzustellen. Die beiden würden sich bestimmt gut verstehen. Und ich könnte Gustav von den neuen Plänen erzählen. Er redete ja schon lange auf mich ein, auszuwandern. Dass dem Gedanken nun die »That« folgte, würde ihm sicher gefallen.

Wobei, wusste der überhaupt, was das bedeutete? Er hatte sich nur um seinen Bruder zu kümmern, und der war in Sicherheit. Meine Familie war groß. Was, wenn Onkel Salomon nicht mitkonnte? Tante Sofie, Henny. Sollten wir die etwa zurücklassen? Meine neuen Kollegen. Flora zum Beispiel. Südafrika war sehr weit. Viel weiter als Schweden. Ich würde Gustav vielleicht nie wiedersehen. Und Lothar auch nicht. Wollte ich das?

In dieser Nacht hörte ich den Donner wieder und konnte nicht schlafen.

Am nächsten Tag ging ich zum Hauptbahnhof, um Lothar abzuholen. Ich hatte mich entschieden, ihm nichts von Papas Plänen zu erzählen.

Auf dem Weg zum Bahnhof sah ich in einer Zeitungsauslage, dass Hitler im Münchener Hofgarten eine Ausstellung eröffnet hatte: »Entartete Kunst«. Hier sollte uns Deutschen gezeigt werden, was *keine* Kunst war! Ich las im Vorübergehen, dass auch Bilder von Max Ernst ausgestellt wurden und dass die Ausstellung als Wanderausstellung durchs ganze Land reisen würde. Wie mochte es wohl Lou gehen? Ich hatte nichts mehr von ihr gehört. Ob sie noch in Frankreich wohnte?

Ich sah Lothar von Weitem. Er hatte wie immer versucht, seine Locken mit Hilfe einer schwarzen Baskenmütze zu bändigen, was aber nicht gelang. An allen Ecken und Enden der Mütze quollen sie widerspenstig hervor und ringelten sich frech in sein Gesicht. Er trug Hosenträger und eine dunkelgrüne Lodenjoppe darüber und unter dem Arm eine abgeschabte Aktentasche. Sehr lange Wimpern senkten sich über seinen ganz leichten Silberblick, und er hatte einen Tupfen silberner Farbe an der Schläfe. Vermutlich hatte er ihn gar nicht bemerkt und vor seiner Abreise noch rasch ein Schild für eine silberne Hochzeit fertiggestellt. Er rückte seine kreisrunde Brille gerade und freute sich.

»Wollen wir nach einem kleinen Rundgang mit Dom und Rhein ins Agrippina-Theater gehen? Sie zeigen heute den ›Schimmelreiter‹ in der Nachmittagsvorstellung. Hast du Lust? Du magst doch Lichtspieltheater?« Ich hatte es ohne nachzudenken einfach hervorgesprudelt. Im nächsten Augenblick wurde ich rot. Wieso Kino? Eigentlich wollte ich doch einen Stadtrundgang mit Lothar machen.

»Na klar, gern!« Er lächelte erfreut.

Wir wanderten bis hinunter zum Rhein, dann wieder herauf bis zur Hohe Straße und gingen über den Wallrafplatz in die Glockengasse bis hin zur Breite Straße ins Agrippina-Lichtspieltheater. So hatte er eine Menge Großstadtgetümmel erlebt, den Dom und die schöne Synagoge gesehen, die einst der Dombaumeister errichtet hatte, und unser Weg führte auf diese Weise nicht an Gustavs Laden vorbei. Ich fühlte mich ein bisschen schäbig, als ich realisierte, dass dies nicht ohne Absicht geschah. Wieso eigentlich?

Als Nächstes realisierte ich, diesmal erleichtert, dass Vater sein Geschäft in der Breite Straße ja nicht mehr hatte, sonst hätte auch dort eine Hürde gewartet. Er hätte uns auf jeden Fall gesehen. Was war denn los heute? Wieso schien es mir plötzlich schwierig, mit Lothar am helllichten Tag über die Straße zu gehen? Was war dabei? Warum wollte ich von niemandem mit ihm gesehen werden, der mich kannte? Ich war doch nicht plötzlich kleinlich geworden?

Meine Gefühle verknoteten sich kreuz und quer und richteten immer komplexeres Chaos in meinem Inneren an. Ich war nicht in der Lage, auch nur einem Gedanken von Anfang bis Ende zu folgen. Ich kicherte zu laut über Lothars kleine Scherze, was in meinen eigenen Ohren unerträglich nachgellte, und sagte dann lieber gar nichts mehr, was sich auch grauenhaft anfühlte.

Im Agrippinahaus stieß ich mit ihm an und zertrümmerte dabei sein Glas, sodass seine ganze Jacke begossen wurde und streng nach Alkohol roch. Beim Versuch, ihm bei der Reinigung zu helfen, stießen unsere Köpfe immer wieder schmerzhaft zusammen. Linkisch rieb ich mir die Beule und kicherte wieder wie ein Backfisch. Mein Mund schien dabei seltsam verzerrt, als bleckte ich mehr die Zähne, denn zu lachen. Die Füße fühlten sich riesig an und die Arme wie Schaufelräder, die überall anstießen und alles herunterwarfen. Was ging hier vor? Ich wäre am liebsten weggerannt und stand doch da wie angewurzelt.

Ich hatte das Gefühl, zur falschen Zeit am falschen Ort zu sein, und wusste gleichzeitig genau, dass ich gerade auf keinen Fall irgendwo anders sein wollte. Der Film fing an, und ich sah rein gar nichts, obwohl ich unentwegt auf die Leinwand starrte. Ich hatte immer noch nicht die geringste Ahnung, wovon er handelte, als ich mich mit Lothar längst auf dem Heimweg befand.

Wir gingen zu Fuß aus der Innenstadt Richtung Fluss bis zum Weichserhof. Lothar bestand darauf, mich nach Hause zu bringen. Als er sah, in welchem Viertel wir wohnten, direkt gegenüber vom Hafen, ein bisschen heruntergekommen und dunkel, lachte er mich an und wirkte eine Spur erleichtert. »Eine Prinzessin auf der Erbse bist du also schon mal nicht!«

Ich war gleichzeitig froh und kreuzunglücklich, als ich an diesem Abend endlich im Bett lag.

Wenige Tage später erfuhr Papa bei der jüdischen Auswanderungsstelle in der Rubensstraße, dass es so ohne Weiteres keine Auslandspässe mehr für uns gab. Südafrika nahm gar keine Juden mehr auf. Ausnahmen gab es schon, aber man konnte nicht einschätzen, wann eine solche vorlag. Und ganze Familien, das sei fast unmöglich.

Unsere Südafrika-Reise war also geplatzt, und ich wusste nicht genau, ob ich erleichtert oder unglücklich darüber sein sollte.

Dafür stand wenige Tage später ein Zollbeamter vor der Tür und verlangte, Vater zu sprechen. Da dieser nicht da war, musste er mit Mutter und mir vorliebnehmen. Er wies uns knapp und markig darauf hin, dass Vaters gesamtes Geld auf einem Sperrkonto liege und dieser nicht mehr darüber verfügen könne, laut Sicherungsanordnung des Finanzamts Köln-Mitte. Sohn Leo sei schließlich ausgewandert, das habe eine gewisse Frau Weber aus der Luxemburger Straße der Finanzbehörde gemeldet. Deshalb sei Gefahr im Verzug, dass deutsches Vermögen illegal ins Ausland verbracht würde. Devisenschieberei also, und dem müsse ein Riegel vorgeschoben werden. Ob eine Strafe zu erwarten sei, obliege nicht seiner Feststellung. Er hinterließ einen Beleg und verschwand.

Na, wenn das Geld von der Oberfinanzdirektion persönlich bewacht wurde, konnte es zumindest auf keinen Fall verloren gehen!

Ich wollte ganz sicher nicht dabei sein, wenn Mutter diesen Umstand Papa berichten musste. Dessen Reaktion konnte ich mir lebhaft vorstellen.

Mich beschäftigten derweil ganz andere Dinge. Denn ich erwartete erneut Besuch. In drei Tagen wollte Lothar uns ein weiteres Mal besuchen – bei uns zu Hause! Diesmal kam er von seinen Eltern und wollte zurück nach Heppenheim. Onkel Rudolph und Tante Franziska würden ihm freundlicherweise für eine Nacht Quartier bieten. Wie praktisch, dass Köln auf seiner Wegstrecke zwischen den Eltern in Düsseldorf und Heppenheim lag! Bei dieser Gelegenheit wollte ich ihm ein kleines Geschenk für Friedas Kinder mitgeben.

Am Tag seines Besuchs probierte ich das schwarze Kleid an. Nein, das war zu streng! Hier zu Hause sah ich damit aus wie eine Gouvernante. Vielleicht besser das rote. Nee, viel zu aufgedonnert! Herrgott, wie wäre das grüne? Auch damit war ich alles andere als zufrieden und ging erst mal in die Küche, um eine Abgerührte zu backen. Ein einfacher Rührteig. Das war nicht übertrieben und trotzdem lecker.

Ich schrubbte die Stiege und meine kleine Diele und schmierte dann eine dicke Creme auf meine Hände, weil die ganz schrumpelig geworden waren. Als Lothar kam, hatte ich immer noch die Schürze an und nicht mal meine Haare gekämmt. Er kam zwei Stunden früher als verabredet, und während ich die flammende Röte in meinem Gesicht zu bezwingen versuchte und die Creme von meinen Händen wischte, lud er mich für den Abend zum Laubhüttenfest in die jüdische Gemeinde auf der Roonstraße ein, wo er offenbar jemanden kannte.

»Du warst noch nie auf einem Laubhüttenfest? Das musst du miterleben! Viele junge Leute werden da sein. Es ist so eine Art Erntedankfest. Lecker essen, lecker trinken, Musik und Tanz. Komm doch mit! Ganz zwanglos.«

Woher wusste er, dass er mich zwanglos zu einem jüdischen Fest einladen konnte? Wir hatten nie über Religion gesprochen. Auch nicht über Politik. Sah man mir gleich an, aus welchem Stall ich kam? In der Kittelschürze bestimmt.

Frieda hatte mit Sicherheit kein Interesse daran gehabt, jemandem etwas über die Religion meines Vaters zu erzählen. Allein schon wegen Helmut. Ob sie überhaupt wusste, dass Lothar Jude war? Ich hatte es bis eben auch nicht gewusst. Sahen wir jüdisch aus? Wohnten wir jüdisch?

Er wartete auf meine Antwort. Ich überlegte, dass ich ihn wieder nicht Gustav vorstellen konnte, wenn wir zum Laubhüttenfest gingen, obwohl ich einigen Druck verspürte, das endlich zu tun. Mama und Tante Franziska nickten mir aufmunternd zu. Vielleicht etwas zu aufmunternd …? Tante Franziska zwickte mich verschwörerisch in den Arm.

»Warum nicht?«, sagte ich nach einigem Zögern. »Sie werden schon nicht beißen.« Ich hatte noch kein jüdisches Fest miterlebt.

Die Großeltern, Vaters Mutter und Vater, hatten es etwas genauer mit dem jüdischen Glauben und den Traditionen genommen, aber ich erinnerte mich an wenig. Dieser Großvater war ja schon gestorben, als ich zwei Jahre alt war. Woran ich mich erinnerte, war der Geruch in der Wohnung der Großmutter. Ja, ich hatte sogar immer schon in der Diele gerochen, wenn sie bei uns zu Besuch war. Wenn ich aus der Schule heimkam und am Geruch erkannte, dass die Großmutter da sein musste, schaute ich auf die Garderobe. Richtig, da hing Großmutters Persianer, und ich war voller Vorfreude in die Küche gerannt, denn sie hatte mir bestimmt etwas mitgebracht! Einen Perlmuttknopf, ein Weidenpfeifchen, das der Opa früher für seine Kinder geschnitzt hatte, ein neues Läppchen für meine Stoffresteschachtel, in der ich lauter verschiedene, gleich große Stoffläppchen aufbewahrte, oder ein Glanzbild. Es war kein unangenehmer Geruch, im Gegenteil, aber ein sehr typischer. Judengeruch sicher, musste ich plötzlich denken. Niemand war mehr sicher vor solchen Gedanken! Sie tröpfelten unmerklich in jedes Gehirn. Unheimlich, unaufhaltsam, unsichtbar.

Judengene. Kommunistengene. Pharisäer. Entartet.

Ich schüttelte energisch den Kopf, und dann gingen wir los. Nein, stimmt nicht. Vorher zog ich meine Schürze aus, wusch mein Gesicht, kämmte die Haare und zog meine Marlenehose an. Lothar sollte ruhig wissen, dass ich Hosen trug.

Ohne dass es mir bewusst geworden war, hatte ich erwartet,

dass es beim Laubhüttenfest nach Opa und Oma riechen würde, doch das war nicht der Fall. Es roch nach Herbst, nach Blättern und Zweigen, nach Zitronen, lecker gegrilltem Fleisch und Holzfeuer.

Nach Kölnisch Wasser hatte die Omama bis ganz zum Schluss gerochen. Aber diesen Geruch meinte ich nicht. Da war noch etwas anderes, Vertrautes. Stallgeruch. So wie Tiere ihre Jungen erkennen. Es war das Gegenteil von fremd. Mir fiel ein, dass ich bis heute schon in der Diele roch, wenn jemand zu Besuch da war. Ein fremder Geruch in der Wohnung war immer das Erste, was ich wahrnahm, wenn ich nach Hause kam. Und Stimmen. Stimmen, die nicht zur Familie gehörten.

Zum Glück holte mich die Kapelle aus diesen absurden Gedanken, denn sie spielte zum Tanz auf. Mit Hackbrett, Fiedel und Klarinette ließ sie eine hypnotische Melodie erklingen, die alle sofort von den Stühlen riss. Sie pendelte zwischen orientalischen Einschlägen und Swingelementen, perlte mal wie modernster Jazz und drehte die verrücktesten Pirouetten. Eng aneinandergeschmiegt tanzten wir wild und ausgelassen, und ich dachte, wie vertraut Lothar roch. Und wie schön es war, zu tanzen.

Als mich jemand ansprach, wie begeistert er von der letzten Vorstellung gewesen sei, wurde es mir klar. Richtig, das Marionettentheater! Davon hatte ich Lothar erzählt, ohne darüber nachzudenken. Deshalb wusste er über mich Bescheid. Das war ganz schön unvorsichtig gewesen!

Am nächsten Tag am Bahnhof sagte er es einfach. Kurz bevor er in den Zug nach Heppenheim stieg. Ganz pragmatisch. So wie man sagt: Wir sollten neue Milch kaufen.

»Worauf warten wir? Lass uns heiraten, Fanny.« Und er lächelte. Schüchtern und sicher zugleich. »Wir mögen uns doch! Das ist ein großes Glück.«

Ich war völlig perplex. Keine Sekunde hatte ich zuvor daran gedacht. Wir hatten uns noch nicht mal geküsst.

Nicht ganz ernst antwortete ich: »Und wann? Ich dachte schon, du fragst nie! Ich will ein traumhaftes Kleid. Und Myrte im Brautkranz. Das ist ein uralter Brauch. Und Blumenkinder. Wo werden wir wohnen, Lothar? Oben auf der Starkenburg?«

Der Pfiff ertönte.

»Du musst erst noch Ja sagen, Fanny!« Jetzt wurde es doch ernst.

Wieso eigentlich nicht? Heiraten. »Das Alter ist ja da«, hatte Friedas Mutter gesagt. Das war vor viereinhalb Jahren gewesen. Ich musste es Gustav sagen. Er würde sich bestimmt für mich freuen, wobei etwas in mir ahnte, dass dem nicht so war. Freute ich mich denn überhaupt? Ein altes Mädchen wollte ich nicht werden! Worüber hatte Gustav damals an meinem Geburtstag mit mir reden wollen?

Warum musste ich ausgerechnet jetzt daran denken? Lothars Zug fuhr ab, und meine Antwort flatterte davon, falls ich überhaupt eine gegeben hatte, aber das änderte nichts mehr.

Du kennst ihn doch kaum! Wieso jetzt mit einem Mal? Das ist doch wieder einer deiner verrückten Einfälle. Aber mit der Ehe treibt man keine Scherze!

Gustav war tatsächlich genauso erregt, enttäuscht und wütend, wie ich es mir vorgestellt hatte, nur dass er nicht schimpfte, sondern gar nichts sagte. Die Worte, die ich schon im Voraus quasi »gehört« hatte, standen lediglich in seinen Blick geschrieben. Mit hochrotem Gesicht und einem weißen Dreieck um Mund und Nase stand er da und schwieg einfach. Ein äußerst knappes »Glückwunsch« war über die blutleer gewordenen Lippen geschrammt.

Die Bitterkeit überragte seine schmale Gestalt. Verstockt sah er woandershin. Die Hände zuckten. Dann räumte er sinnlos Schachteln in das Regal hinter ihm ein und wieder aus.

Wie hätte ich ihm erklären können, was mich mit Lothar verband? Etwas, das rein gar nichts mit dem zu tun hatte, was mich mit Gustav verband. Gar nichts. Es war schwer zu erklären. Ich konnte es selbst kaum begreifen.

Lothar kannte weder Heine noch andere Dichter. Ich hatte viele Geschichten um Burgen und Schlösser, Fürsten und Könige aus dem Mittelalter, die er so liebte und mir erzählte, noch nie gehört. Ich kannte ihn keine drei Monate. Ich wusste die Namen der Pflanzen am Wegesrand nicht, dafür verstand er rein gar nichts von Politik oder Philosophie, er interessierte sich nicht für sie. Er wollte nur leben. Das war es, was mich beeindruckte.

Darum ging es, oder? Vielleicht noch darum, hässlichen Dingen schöne entgegenzusetzen. Lothar liebte schöne Dinge. Außerdem konnte ich ihn heiraten. Gustav nicht mehr. Rassenschande nannte man so was. Die Sache zwischen Lothar und mir berührte meine Freundschaft mit Gustav in keiner Weise, doch das sah dieser offenbar anders.

Ich liebte beide, und wir waren doch keine Spießbürger, oder? Meine Eltern liebte ich auch, und wahrscheinlich sogar Frieda. Oder Leo. Liebe war nichts, wofür man sich zu rechtfertigen hatte! Ich wusste, dass ich mir selbst nicht ganz glaubte, und verließ wortlos Gustavs Laden.

Auch in diesem Jahr gab es kein Weihnachtsfest für Gustav und mich. Wir sahen uns nicht mehr seit jenem Tag. Ich wachte nachts oft schweißgebadet auf.

Lieber Dr. Apfel, was hatten Sie mir noch mal geraten? Weniger arbeiten? Und wenn das nicht hilft?

Ich arbeitete gar nicht viel im Augenblick, ich half nur manchmal in der Verkaufsstelle des Kulturvereins. Und an Weihnachten würden wir zwei Vorstellungen spielen. Lothar war gekommen. Über Weihnachten besuchte er seine Eltern, und einen Tag vorher war er zu uns gekommen, um sich das »Wintermärchen« im Marionettentheater anzusehen. Er war sehr beeindruckt.

Die Bewegungen meiner Marionette gingen mir inzwischen leicht von der Hand.

1938

Köln, 19. Januar 1938
Liebe Frieda!
Der heilige Stand der Ehe ruft nach mir, und Du errätst nie, wer
der Glückliche sein wird! Es ist Lothar. Oder hast Du Kluge es
Dir schon längst gedacht? Vielleicht ziehe ich jetzt nach Hep-
penheim, wer weiß, wir haben noch nicht darüber gesprochen, wo
wir leben werden. Na, wenn ich ehrlich sein soll, ich würde am
liebsten in Köln bleiben. Ich kann mir gar nicht vorstellen, hier
nicht mehr zu Hause zu sein.
Ja, ich weiß, es geht immer anders, als man denkt!
Unser Telefonat mit Leo hat wirklich geklappt an Weihnachten,
und es war schrecklich aufregend. Seine Stimme klang sehr weit
weg, und Mama hat die ganze Zeit geheult. »Vor Freude«, hat
sie immer gesagt, »nur vor Freude.«
Ich hoffe, Deinen Kleinen geht es bestens und Ihr habt alles, so
wie es sein soll – ein gutes neues Jahr wünscht
Deine Fanny

Der Kölner Karneval erfuhr unter den Nationalsozialisten eine
weitere Neuerung – die Jungfrau im Dreigestirn wurde jetzt auch
von einer wirklichen Frau dargestellt. Die Sache mit dem Mann
in Frauenkleidern lag den Übermenschen immer noch schwer
im Magen. Dass die Funkemariechen schon »echte« Frauen waren, genügte nicht. Das Weibische musste ganz heraus aus dem
deutschen Karneval! Und wenn die gute Mutter Colonia, die
römische Kaiserin Agrippina, auch noch so sehr mit männlichen
Eigenschaften gesegnet gewesen war, ein Mann in Frauenkleidern ging nicht …

Papa gab nicht auf. Er verfolgte jetzt die Idee, zuerst nach Österreich zu gehen – dafür gebe es mitunter noch Möglichkeiten,
hatte er gehört – und dann von da aus weiterzureisen. Es sollte
in Wien Fluchthelfer geben, die einen über die Balkanroute

bis nach Griechenland brachten, und dann konnte man dort versuchen, eine Schiffspassage hinüber auf den afrikanischen Kontinent zu bekommen. Da würde man weitersehen. Nach Palästina war es dann nicht mehr weit. Vielleicht kam man sogar von dort bis nach Kapstadt.

Ich hielt die Idee für verrückt, zumal er zuallererst einen Weg finden musste, an sein Geld heranzukommen. Ohne Geld kamen wir nirgendwohin, und wir wussten nicht einmal, ob der »eigenmächtige« Verkauf des Geschäfts eine Strafanzeige nach sich ziehen würde, wie der Zollbeamte angedeutet hatte. Aber sollte er doch Pläne schmieden, dann war er wenigstens beschäftigt. Für mich war klar, dass ich ohne Lothar nirgendwo mehr hingehen würde, auch wenn wir uns zunächst nur selten sahen.

Am 13. März 1938 wurden Papas Pläne jäh vereitelt, denn der Führer gab im Radio überglücklich bekannt, dass seine Heimat jetzt endlich auch zum Deutschen Reich gehöre. Er war einfach einmarschiert, und die Österreicher jubelten, irgendwie blieb ja alles in der Familie. Natürlich gab es nach dem »Anschluss« eine Volksbefragung, ob seine Landsleute die Heimkehr ins Reich auch wirklich gut fänden. Sie fanden es, welche Überraschung!

Ich erinnere mich deshalb so genau, weil es der Tag war, an dem wir meinen Eltern sagten, dass wir heiraten wollten. Sie waren froh, denn sie mochten Lothar inzwischen sehr. Er hatte uns geholfen, im ganzen Haus neue Vorhänge aus doppeltem Stoff anzubringen, um im Winter die Kälte besser draußen zu halten. Das war ein großes Problem. Im Winter war das Haus im Weichserhof sehr schwer zu heizen, und vom Fluss wehte ein eisiger Wind bis an die Fensterfront herauf.

Wir bestellten das Aufgebot für den 30. Mai. Das würde unser Hochzeitstag sein. Unsere Trauzeugen würden Papa und Lothars Vater Karl sein. Zunächst wollten wir in Köln wohnen, in meiner kleinen Wohnung, denn Helmut hatte herausgefunden, dass Lothar Jude war, und ihn fristlos entlassen. Er hatte kein großes Theater gemacht, ihn auch nicht beleidigt oder sonst irgendwie schlecht behandelt. Er hatte ihm nur gesagt, dass er seine Sachen packen und bis zum nächsten Tag verschwunden sein solle, bevor seine Frau und die Kinder aufwachten. So hatte es Lothar berichtet. Das war mehr an Anständigkeit, als ein Jude erwarten konnte.

Heppenheim, 2. April 1938
Liebe Fanny,
ich freue mich, dass es Euch gut geht – recht herzliche Grüße auch an Deine Eltern. Mein Fritzchen wird jetzt schon vier Jahre alt, die Zeit rennt. Er will immerzu das Lolei-Lied hören, das Tante Fanny gesungen hat, aber ich weiß leider nicht, wie es geht. Du musst es mir beizeiten einmal vorsingen.
Unser Geschäft geht sehr gut, Helmut hat viel zu tun und ist oft unterwegs. Da bleibt die ganze Arbeit daheim an mir hängen, aber ich will mich nicht beklagen. Schließlich hat es auch schon andere Zeiten gegeben, wo wir froh gewesen wären, Arbeit zu haben. Ich werde sicher in diesem Jahr noch die Mutter besuchen, damit sie ihre Enkel zu Gesicht bekommt – vielleicht klappt es ja, dass wir uns sehen, ich würde mich sehr freuen!
Herzliche Grüße und herzlichen Glückwunsch natürlich
Deine Frieda

Mehr sagte sie nicht bezüglich Lothar, und ich war froh darüber.

Papa und Mama freuten sich auf ihren Schwiegersohn und darauf, dass er ihnen die Tochter nicht wegnahm, sondern unsere Familie bereichern würde. Zurzeit wohnte er bei seinen Eltern in Düsseldorf, ab 30. Mai dann bei uns in Köln.

Ich hatte Flora Jöhlinger gefragt. Im Marionettentheater konnten wir vielleicht einen Dekorateur brauchen, einen Bühnen- und Kostümbildner, und all das konnte ja Lothar. Er war dort herzlich willkommen, hieß es, falls mal wieder etwas zu tun wäre. So fügte sich eines zum anderen, und wir konnten in Köln bleiben. Das hatte ich mir doch gewünscht!

In diesem Jahr kam Hitler erneut in die Stadt. Ich hatte die Plakate hängen sehen, mir das Datum aber nicht gemerkt. Er sprach vom Aufbau eines wirklich besseren Friedens, der gute Mann. Einige Wochen später wurden alle Juden aufgefordert, ihr Vermögen bei den Behörden abzugeben. Jeglicher Barbestand,

Goldmünzen und Ähnliches musste umgehend gemeldet oder abgegeben werden, man erhielt im Gegenzug einen Scheck in selbiger Höhe. Von irgendwas musste der bessere Friede ja schließlich bezahlt werden.

Die Verordnung hing im jüdischen Gemeindezentrum aus, das für uns inzwischen die relevante Behörde geworden war. Hier erhielt man Informationen, und fast jeder war in irgendeinem Verein organisiert.

Da sie Papas Konto sowieso schon in Sicherungsverwahrung hatten, berührte uns das neue Gesetz wenig, dachten wir. An mein Geld und Mamas kamen sie nicht heran, aber das schmolz auch ganz ohne Naziintervention dahin. Dennoch, unseren Unterhalt sicherte es vorerst. Das Haus gehörte uns, also waren auch Mietzahlungen kein Problem. Onkel Rudolph und Tante Franziska traf es härter – sie sorgten sich, wie es weitergehen könnte, wenn sie ihren Notgroschen jetzt hergeben mussten.

»Wir halten zusammen!« Papa war froh, dass wir helfen konnten.

Mama und ich befassten uns in großer Vorfreude mit meiner Hochzeitskleidung. Ich wollte mein gutes schwarzes Samtkostüm tragen, das ich mir zur silbernen Hochzeit der Eltern gekauft hatte, denn dafür hatte es bislang viel zu wenige Gelegenheiten gegeben. Außerdem dachte ich, es sei ein gutes Omen, das gleiche Kleid zu meiner Hochzeit zu tragen. Das implizierte eine lange und glückliche Ehe.

Mutter hatte ein Stück cremefarbene Spitze aus Papas Geschäft behalten, und so nähten wir einen wundervollen Spitzenschleier mit seidenem Stirnband und Perlenstickerei, an dem mein Myrtenkranz befestigt werden sollte. Passende cremefarbene Spitzenhandschuhe vervollständigten das Bild, und den Brautstrauß wollte Lothar machen. Wie süß von ihm! Ich sollte mir Blumen wünschen, und er würde sich um alles Weitere kümmern.

Ich wünschte mir weiße Rosen, wenn es denn welche gab, Maiglöckchen, Schleierkraut und drei winzige Myrtenkränzchen, die an weißen Seidenbändern vom Strauß herunterbaumelten, für die drei guten Dinge im Leben.

Unsere Ringe waren schlichte Goldreifen, Papa hatte sie aus

den Trauringen der Großeltern machen lassen und unsere Namen eingraviert.

Am Tag unserer Hochzeit kochte Tante Franziska und richtete daheim die Festtafel. Sie sang den ganzen Tag »Eine Frau wird erst schön durch die Liebe«, den neuesten Schlager von Zarah Leander, den sie im Radio gehört hatte.

Ich hoffte inständig, dass Zarah Leander besser singen konnte als Tante Franziska. Leider hatte ich sie noch immer nicht gehört. Man konnte ihre Schallplatten kaufen, aber wir besaßen kein Grammophon mehr. Es war eines Tages verschwunden, und ich hegte den Verdacht, dass es jetzt den Goldschmied unterhielt, der unsere Ringe gemacht hatte. Dafür sang die Tante mit aller Verve, die sie zu bieten hatte. Alles an ihr geriet in Vibration, und sogar Papa wurde angesteckt von ihrer glänzenden Laune und zwinkerte mir zu.

Vom Standesamt aus gingen wir direkt ins Café Silberbach in der Glockengasse zum Sektfrühstück. Das Café hatte erst vor ein oder zwei Jahren eröffnet, und Leo Silberbach★ war ein reizender Gastgeber.

Anschließend feierten wir zu Hause weiter. Es wurde ein schönes kleines Fest, auch Onkel Salomon kam mit Familie. Papas Onkel war zerbrechlich geworden und konnte gar nicht mehr gut laufen. Wie wollten wir mit ihm bis Palästina kommen?

Henny, Papas Cousine, schaute mich melancholisch an. Sie würde wohl unverheiratet bleiben. In der Familie existierte die Geschichte, dass ihr heimlicher Verlobter im Feld geblieben war, damals. Im Frankreichfeldzug wie Friedas Vater? Ich hatte sie nie gefragt.

Sogar Onkel Hermann und Tante Margarethe kamen. Papa hatte zu diesem Bruder immer ein schwieriges Verhältnis gehabt, dabei waren sie eigentlich wie Zwillinge. Onkel Hermann war genau neun Monate jünger als Papa, und vielleicht lag da der Grund. Sie hatten immer um die Aufmerksamkeit der Mutter konkurrieren müssen.

Lothars Eltern trugen mit Fassung, dass es nur eine zivile Trauung gab. Sie wussten schon lange, dass ihr Sohn es mit den

Glaubensdingen nicht so ernst nahm und seine frischgebackene Ehefrau auch nicht. Lothars Bruder Gerd war ein stiller junger Mann, er hätte sich sicher mit Leo blendend verstanden, schade, dass die beiden sich vorerst nicht kennenlernen konnten! Er fehlte mir, der störrische Leo.

Mama hätte vielleicht gern gehabt, dass wir katholisch getraut werden, aber das sagte sie nicht – es war ohnehin nicht möglich. Ich war ganz froh, dass ich der Auseinandersetzung um einen kirchlichen Segen, welcher Art auch immer, auf diese Weise entkommen konnte, und ich dachte, Lothar ging es genauso.

Seit wir von Hitler regiert wurden, kannte ich so viele Juden wie nie zuvor, und jetzt hieß ich Fanny Heineberg. Auch daran musste ich mich gewöhnen. Mein Künstlername würde Fanny Meyer bleiben, in Greven's Adressbuch ließ ich meinen Eintrag, wie er war. Am Ende suchte die UFA nach der berühmten Schauspielerin Fanny Meyer, und dann musste sie doch zu finden sein!

Mama und Tante Franziska musizierten, und wir sangen alle Lieder, die wir kannten.

»Warum hast du denn Gustav nicht eingeladen?«, fragte Mama. Lothar sah mich fragend an.

»Wenn man einen Kommunisten als Bruder hat, ist es nicht so klug, in einem Judenhaus ein und aus zu gehen«, antwortete ich schlagfertig, weil es damit so aussah, als sei er eingeladen gewesen, aber nicht gekommen. »Ich gehe schließlich auch nicht mehr in sein Geschäft, seine Nachbarn wissen doch, wer ich bin. Da bekommt er am Ende noch Schwierigkeiten.«

Es stimmte nicht, dass das der Grund war, aber es klang plausibel. Sogar für mich. Juden durften keine Fremdenführer mehr sein, keine Heiratsvermittler und keine Grundstücksmakler. Jüdische Ärzte waren keine Ärzte mehr, sondern »Krankenbehandler« und durften nur noch Juden behandeln. Als ob noch jemand anderes zu ihnen gekommen wäre! Dr. Apfel hatte uns an einen Kollegen weiterempfohlen, als er fortging. Dr. Feldheim★ praktizierte am Neumarkt und sah häufig besorgt aus.

»Viele Juden werden zum Arbeitsdienst verpflichtet«, hatte er Papa erzählt, der wegen seiner ständigen Müdigkeit bei ihm war. »Drüben in Deutz, wo das alte Deutzer Rheinviertel abgerissen wird und die neue nationalsozialistische Vorstadt errichtet werden soll, da schaufeln sie, wegen irgendwelcher vermeintlicher Vergehen zur Zwangsarbeit verdonnert.«

Es sah nicht gut aus für unser neues Marionettenstück, die Jüdische Kunstgemeinschaft bekam immer mehr Probleme. Sogar der Jüdische Kulturbund spürte inzwischen Gegenwind. Er war im Januar aus dem Dischhaus ausgezogen, da die Stadtverwaltung seine Räume beanspruchte, und hatte in der Ehrenstraße 80–82 ein bescheideneres Domizil gefunden.

Jedes unserer Stücke benötigte eine Genehmigung aus Berlin und musste dann noch beim Kölner Polizeipräsidium eingereicht werden, wo man ständig neue Gründe fand, uns die Erlaubnis zu verweigern. Zurzeit gab es für Lothar und mich also keine Arbeit, was uns beide unzufrieden machte. Wir sorgten uns darum, wovon wir leben sollten.

Als willkommene Abwechslung gingen wir am nächsten Sonntagnachmittag am Fluss spazieren, denn ich wollte Lothar unbedingt in die Bastei auf eine Tasse Kaffee einladen. Diesen Blick, schwebend über dem Fluss, musste er kennenlernen!

Wir betraten das gut besuchte Lokal und bestellten ein Kännchen Kaffee. Dass wir frisch vermählt waren, fiel offenbar dem Kellner auf, denn er lächelte uns mit Blick auf unsere blitzenden Ringe wohlwollend zu, während er den Kaffee auf den Tisch stellte.

Ich trug Lothar genau wie einst Frieda das Ringelnatz-Gedicht über die Bastei vor und wartete gespannt auf seine Reaktion, als mein Blick auf eine kleine Gesellschaft hinter ihm fiel. Dort saßen Martha und ihr Mann Franz, vielleicht mit Eltern und Schwiegereltern. Ein blondes Mädchen mit Zöpfen von vier oder fünf Jahren saß mit am Tisch. Die Männer trugen alle Parteiabzeichen und Franz sogar eine SS-Uniform. Sie sahen gut aus, zufrieden.

In diesem Augenblick sah Martha mich auch. Wir zögerten beide, einander zu grüßen. Dann sah sie weg, um nach einer winzigen Pause lautstark und mit schriller Stimme den Kellner zu rufen.

»Herr Ober! Entschuldigung! Seit wann haben hier Juden

Zutritt? Dort drüben am Tisch sitzen Juden. Also von einer weiß ich es ganz genau. Und wer anderes als Juden sollte wohl mit Juden Kaffee trinken? Ich erwarte eine umgehende Entfernung, das ist ja eine Zumutung!«

Ehe wir uns fassen konnten, wurden wir am Kragen gepackt und hinausbefördert. Der Kellner fragte gar nicht erst.

Mir blieb eine ganze Weile die Luft weg, und Lothar schwieg. Wir gingen am Fluss auf und ab und wussten nicht, wohin. Zumutung! Ich sehnte mich plötzlich nach Gustav.

Auf das Schild an der Tür zur Bastei hatten wir beide nicht geachtet, jetzt sah ich es auch. »Juden kein Zutritt.« Das »J« war durchgestrichen.

Natürlich. Ich ging nicht mehr oft in ein Lokal, sodass ich die Hausverbote, die in fast allen Gaststätten galten, noch gar nicht realisiert hatte. Ganz abgesehen davon, dass ich diese Einschränkung nie auf mich bezogen hatte. Natürlich, wir durften jetzt nirgendwo mehr hinein!

Ich nahm Lothar an der Hand und ging mit ihm zu Gustavs Laden. Er würde da sein und wie immer am Sonntag über seiner Buchhaltung brüten. Es wurde Zeit. Ich wollte endlich einen Streit begraben, den wir nie geführt hatten.

Ich war sehr froh, Gustav zu sehen, und erzählte kurz, was vorgefallen war. Es entstand eine kleine Pause.

»Die Wahrheit schwindet von der Erde. Auch mit der Treu ist es vorbei. Die Hunde wedeln noch und stinken – wie sonst, doch sind sie nicht mehr treu««, rezitierte Gustav trocken, holte tief Luft und reichte Lothar die Hand. »Willkommen. Ich freue mich, dich kennenzulernen. Das war übrigens Heine, und er hat wie immer recht.«

Die beiden lächelten einander offen ins Gesicht.

Das Hänneschen-Theater zog in diesem Sommer an seinen neuen, extra für das Puppentheater geschaffenen Platz um, den Eisenmarkt. Wie in einem kleinen Märchenland sah es dort aus! Ein richtiges kleines Theaterchen hatten sie gebaut mit einem vierzehn Meter hohen Bühnenturm für die Schnürböden und Soffitten, mit Werkstätten und allem, was dazugehörte.

In einem großen farbigen Umzug mit Musik zogen die Helden des kölnischen Puppentheaters nach kölscher Gepflogenheit in ihr neues Zuhause ein. »Et kölsche Hännesche treck öm«, stand auf dem Schild, das vorweggetragen wurde, dahinter folgten Reiter, der Requisitenwagen, Fußgruppen und Musikcorps der SA. Unter dem Motto »Hölzche un Stöckche es op de Bein« folgte am Eisenmarkt ein Volksfest. Ich las es in der Zeitung, hingegangen war ich nicht.

»Die Kreppchesmächer« hieß das erste Stück im neuen Haus, und es erzählte die Geschichte vom bösen Juden Schmul, der beinahe das schöne Puppentheater der Stadt vereitelt und dafür gesorgt hätte, dass unser Hänneschen ins Gefängnis muss. Zum Glück wurde er entlarvt und unter Beifall hart bestraft. Soso.

Auf dem Maifeld am Aachener Weiher wurde ein riesiger, fünfzehn mal zwanzig Meter großer Adler aufgestellt, als passende Kulisse für den gigantischen Veranstaltungsort, der zweihunderttausend Menschen Platz bieten sollte. Kundgebungen, Aufmärsche, Fackelzüge, eine Menge beeindruckender Großereignisse begeisterten die Kölner, schrieb der Westdeutsche Beobachter. Selbst wenn er übertrieb, es war ein richtig großes Ding!

Ich überlegte, ob ich ihn mir angucken wollte, den eisernen Vogel. Den stolzen Räuber, König der Lüfte. Nein, so festgeschmiedet auf dem Boden des Nationalsozialismus wollte ich ihn nicht sehen.

In Onkel Rudolphs und Tante Franziskas Ausweis wurde ein »J« gestempelt. In Lothars und meinen auch. Die sogenannten »privilegierten« Juden wie Papa und Onkel Hermann, die in einer »Mischehe« lebten, wurden verschont, genau wie deren Kinder. Ich gehörte allerdings nicht mehr dazu, denn ich hatte ja einen Volljuden geheiratet. Selbst schuld. Jetzt war ich also mindestens Dreivierteljüdin, wenn man Adam Riese Glauben schenken konnte. Die Arithmetik der Nationalsozialisten war mitunter etwas speziell.

In der Augustausgabe seiner Vereinszeitung hatte der Jüdische Kulturbund Rhein-Ruhr neue Schauspieler gesucht. Händeringend, weil ja so viele ausgewandert waren. Ob ich mich jetzt noch mal bewerben sollte? Ich war mit einem jüdischen

Ehemann doch jüdischer als je zuvor. Aber wusste man, wie bei denen gerechnet wurde? Am Ende bliebe von mir nur ein halber Mensch übrig, das wollte ich nicht riskieren.

***

Im Oktober besetzten Hitlers Friedensgarnisonen das Sudetenland. Es lebten schließlich überwiegend Deutsche dort, und auch die wollten unbedingt wieder nach Hause, »heim ins Reich«. Da war es nur recht und billig, sie dem Tschechen zu entreißen. Der Radiosprecher war begeistert.

Rheinland, Österreich, Sudetenland. Wir holten uns alles zurück, was jemals zum Deutschen Reich dazugehört hatte. Die Frage war nur, zu welchem Deutschen Reich? Zum Heiligen Römischen Reich Deutscher Nation? Dann mussten wir bis Konstantinopel. Ich war gespannt, wer der Nächste sein würde, der nach Hause geholt wurde.

»Polen«, sagte Gustav.

»Oder Belgien«, wandte ich ein. Dort sprach man schließlich auch Deutsch.

Mama hatte mir erzählt, dass Papa jetzt öfter ins Café Silberbach ging, weil man dort angeblich Kontakte für eine Flucht nach Belgien knüpfen konnte. Und Belgien sei attraktiv, weil eine Menge Leute Deutsch konnten.

Bei Onkel Rudolph und Tante Franziska waren inzwischen der kleinste Bruder Hermann und seine Frau Margarethe eingezogen. Ich erfuhr nichts Genaues. Man hatte ihnen gekündigt, und sie brauchten rasch eine Lösung. Da hatte sich der große Bruder angeboten und Papa offenbar nichts dagegen. »Fürs Erste«, sagten alle und dass sie sich freuten, zusammen zu sein.

Onkel Hermann war ein schweigsamer Typ, ich wusste nie genau, welche Art Handel er betrieb. Ich glaube, Papa und Onkel Rudolph wussten es auch nicht.

Inzwischen wohnten wir also zu acht im Haus.

Jetzt war es Samstagabend nach Geschäftsschluss, und Lothar dekorierte Gustavs Schaufenster neu. Wir hatten eine möglichst unauffällige Tageszeit gewählt, damit seine Nachbarn nicht unnötig aufmerksam wurden, denn schräg gegenüber, wo vorher die Rheinische Rückversicherung ihre Büros gehabt hatte, war vor einiger Zeit die HJ eingezogen. Da musste man ein wenig vorsichtiger werden.

»Ihr und die Politik. Dass ihr es nicht müde werdet!« Lothar lächelte uns über die Schulter zu.

Das neu dekorierte Schaufensterchen sah großartig aus! Lothar hatte ein phantastisches Schild für die neu eingetroffenen Fehlfarben gemalt und auf dunkelgrünem Samt am Boden Baumrinde drapiert, Kastanien und Eicheln. Gustav holte eine Flasche Bärenfang aus seinem Schrank, und wir tranken auf sein gelungenes Werk.

Köln, 14. Oktober 1938
Liebe Frieda!
Es wird Zeit für ein paar Zeilen an Dich, ich hoffe, es geht Euch gut und die Kleinen wachsen und gedeihen. Ganz herzlich soll ich Dich von den Eltern grüßen.
Wie schade, dass es nicht geklappt hat, uns zu treffen, als Du Deine Mutter besucht hast, aber ich verstehe natürlich, dass Deine Zeit knapp ist! Ich wusste ja gar nicht, dass Du in der Stadt warst. Mama hat Deine Mutter auf dem Neumarkt getroffen, und da hat sie freudestrahlend von ihren Enkeln erzählt. Dann beim nächsten Mal!
Mein Mann und ich, wir haben im Moment Ferien, weil die Genehmigung für das neue Marionettenstück noch nicht vorliegt. Die Bürokratie ist manchmal langsam. So nutzen wir die Zeit, bei diesem herrlichen Herbstwetter spazieren zu gehen und ein paar notwendige Reparaturen an Haus und Wohnung zu erledigen.
Herzliche Grüße aus der Heimat
Deine Fanny

Ich schrieb »mein Mann«, um Frieda nicht zu kompromittieren. Ob sie mir wegen Lothar nichts von ihrem Köln-Aufenthalt geschrieben hatte? Nein, das konnte ich mir nicht vorstellen.

Am 28. Oktober wachten wir frühmorgens von Geschrei und Gepolter auf. Als wir wenig später aufstanden und hinuntergingen, um zu sehen, was vorgefallen war, standen die Türen im Nachbarhaus von Familie Laschki sperrangelweit offen. Frau Laschki war völlig aufgelöst.

»Was ist denn hier vorgefallen?«

Sie erzählte uns, dass sie bis Mittag ihre Kinder aus der Schule abholen müsse und ihre Sachen packen und sich mit der ganzen Familie am Bahnhof einzufinden habe. Sie würden nach Polen gebracht.

Wir wussten nicht, was wir sagen sollten, und zogen leise die Tür hinter uns zu, als wir uns verdrückten. Wieso denn Polen? Was hatten die Laschkis angestellt?

Gegen Mittag sahen wir sie mit Gepäck losgehen. Frau Laschki weinte, und die Kinder weinten auch. Was hätten wir tun können? Mama steckte ihnen ein Paket Butterbrote für die Kinder zu und ein Kartenspiel gegen die Langeweile auf der langen Zugfahrt. Hilflos sagten wir auf Wiedersehen.

Im Laufe des Tages kamen immer wieder irgendwelche Leute und trugen Gegenstände aus unserem Nachbarhaus fort. Möbel, Hausrat, Kleidung. Unsere Männer beobachteten es irritiert, und Unbehagen breitete sich übelriechend im ganzen Haus aus, ohne dass jemand darüber sprach.

Wir hörten abends im Radio, dass fast siebzehntausend sogenannte »staatenlose« Juden aus ganz Deutschland nach Polen abgeschoben worden waren, wo sie nämlich hingehörten. Ach so! Unser Führer holte nicht nur nach Hause, was zu uns gehörte, er sortierte auch aus, was es nicht tat. Nicht nur Kunst konnte entartet sein, auch Menschen waren artfremd. Das war konsequent. Rassegesundheit nannte man das.

Man hatte sie im ganzen Reich frühmorgens aus dem Bett geklingelt, die staatenlosen polnischstämmigen Juden. Jeder durfte mitnehmen, was er tragen konnte. Direkt an der Grenze zu Polen mussten sie aussteigen. Polen waren in den Augen der Nazis noch schlimmer als Juden. Am allerschlimmsten mussten ergo polnischstämmige Juden sein.

Frau Laschki hatte mir zur Hochzeit zwei bauchige blaue

Keramiktassen mit einem eigenartigen Punktemuster geschenkt, die ich sehr mochte. »Sie sind aus Bunzlau«, hatte sie gesagt, »der Heimat meiner Großeltern.«

»Die Laschkis haben in Polen überhaupt niemanden mehr«, sagte Onkel Rudolph verblüfft. »Ihre Familie lebt ja bald hundert Jahre hier. Was sollen die dort? Die können nicht mal Polnisch. Und wo sollen sie hin?«

Es stellte sich heraus, dass Polens Regierung von der »Polenaktion« wenig begeistert war, denn in deren Augen waren die Laschkis und all die anderen Deutsche.

In Paris gab es wenige Tage später ein Revolverattentat auf unseren Botschafter. Der Sohn eines bei der »Polenaktion« verschleppten Schneidermeisters aus Hannover sollte aus Protest gegen die Abschiebung seiner Eltern auf den deutschen Botschafter geschossen haben.

Als Folge würden nun überall in Deutschland Juden angegriffen, schrieb der Westdeutsche Beobachter. »Der deutsche Volkszorn macht sich auf der Straße Luft«, hieß es. »Wenn die Juden unseren Botschafter einfach abknallen, müssen sie sich nicht wundern, dass sich der Volksdeutsche das nicht gefallen lässt. Wütende Bürger greifen allerorten Juden an, weil sie die Diktatur des internationalen Judentums nicht mehr hinnehmen wollen, die Fremdbestimmung durch jüdische Eliten ist unerträglich!«

Ich hatte das Gefühl, irgendeine entscheidende Begebenheit verpasst zu haben. Was war wann warum genau passiert? Wer hatte hier wen angegriffen? Ein Jude den Botschafter in Paris und Deutsche Juden im ganzen Land? Und warum? Was hatten wir bei allem Respekt denn mit den Polen zu tun? Seit wann waren wir von ihnen fremdbestimmt? Hier passte irgendwas nicht zusammen. Irgendwo war die öffentliche Darstellung anscheinend scharf abgebogen, und ich hatte weder mitbekommen, wieso, noch, an welcher Stelle. Ich brauchte frische Luft.

»Bleibt bloß zu Hause«, bat Papa inständig.

Eigentlich wollten Lothar und ich, wie inzwischen fast jeden Nachmittag, einen Spaziergang machen.

»Nicht jetzt! Bitte, Lothar. Wartet, bis es wieder ein bisschen ruhiger wird. Man weiß nicht, wem man da draußen in die Hände fällt. Es brodelt wie damals 32/33, und niemand weiß, wie viele braune Hemden sich unter dem Deckmäntelchen des ›normalen‹ wütenden Bürgers verstecken. Wir wissen noch nicht, was sie vorhaben. Vielleicht steckt etwas ganz anderes hinter dieser ganzen Sache!«

Lothar gab nach. Ich war überrascht. Papa trieb seine Ängste vor Straßenschlachten manchmal auf die Spitze. Ihm saß die wilde Weimarer Zeit, als Linke auf Rechte losgingen und Kaisertreue auf beide, noch in den Knochen, obwohl uns persönlich da gar nichts widerfahren war. Und es war Jahre her!

Am 9. November lasen wir in der Zeitung, dass der deutsche Botschafter nach dem Attentat in Paris gestorben war. Wir beschlossen deshalb, auch an diesem Tag zu Hause zu bleiben, nicht rauszugehen und lieber abzuwarten.

Im Radio löste eine aufgeregte Meldung die nächste ab, ich schaltete schließlich aus, denn auch mich erfasste langsam eine nicht zu erklärende Unruhe. Die Stimmung wurde immer angespannter, wir liefen wie die Tiger im Haus herum und wiegelten gleichzeitig innerlich ab. Ich war froh, als Lothar vorschlug, Karten zu spielen.

Den ganzen Abend und die ganze Nacht saßen wir alle acht um den Küchentisch unten bei den Eltern und spielten Rommé. Ins Bett wollte keiner, man hätte doch nicht schlafen können. Ich erklärte Lothar, wie Mau-Mau geht, denn er kannte das Spiel nicht, und wir probierten ein paar Runden. Inzwischen hatte ich nicht mehr nur das Gefühl, dass Unheil aufzog, es war offensichtlich, dass etwas vorging auf der Straße. In allen Himmelsrichtungen konnte man Feuerschein über der Stadt sehen. Lärm und Geschrei drangen immer wieder aus der Ferne zu uns, und ich war froh, hier unten am Fluss abseits des Geschehens zu wohnen. Niemand von uns erwähnte es, aber wir alle wussten, dass es die anderen auch wussten. Etwas geschah dort draußen, und man wollte nicht dabei sein.

Der Rauch lag noch am nächsten Morgen beißend in der Luft. Papa versuchte immer wieder, Onkel Salomon anzurufen, aber dessen Anschluss war tot. Nicht mal ein Tuten war zu hören. Er machte sich Sorgen. Im Rundfunk brachten sie nichts. Auch in der Zeitung, die uns der Bote wie immer brachte, gab es keine Meldung.

Gegen Mittag läutete es an der Tür. Wir schraken zusammen, und Papa ging schließlich hin, um zu öffnen. Es war Gustav, der leichenblass hereinkam, nachdem er sich vergewissert hatte, dass ihn niemand sah.

»Gott sei Dank – ihr seid wohlauf! Ich wollte nur nach euch sehen, ihr könnt euch nicht vorstellen, was geschehen ist. Sie haben alle jüdischen Geschäfte zerschlagen, sind mit Lkws in die Schaufenster gefahren, alle sieben Synagogen der Stadt brennen, und die Feuerwehr hat die Straßen abgesperrt und lässt sie brennen, teilweise helfen sie mit Sprengsätzen nach. Die in der Sankt-Apern-Straße an der jüdischen Schule ist ja schon vor langer Zeit verwüstet worden, aber jetzt haben sie alle angezündet.«

Gustav fuhr sich immer wieder mit den Händen über das Gesicht, als wollte er feststellen, dass er wach und tatsächlich an diesem Ort war.

»Es soll Tote gegeben haben, die SS marodiert durch die Stadt und verhaftet alle jüdischen Männer, derer sie habhaft werden kann. Ihre Nachbarn zeigen der SS, wo Juden wohnen! Überall sieht man Lkws vor den Häusern, auf deren Ladeflächen verängstigte Männer verprügelt werden. Alles ist voller Scherben! Bleibt bloß zu Hause und verhaltet euch ruhig.«

Auch am nächsten Tag stand nichts in der Zeitung. Die Räume des Jüdischen Kulturbunds Rhein-Ruhr waren völlig verwüstet, Café Silberbach, Schuhhaus Fischel, Kaufhaus Landauer. Alle. Wir hatten es gesehen, als Lothar und ich uns auf den Weg zu Onkel Salomon gemacht hatten. Wir hatten immer noch nichts von ihm gehört und mussten nach ihm sehen. Papa sollte zu Hause bleiben, den regte das viel zu sehr auf. Onkel Hermann kam mit.

Onkel Sallys Wohnung war ein einziger Trümmerhaufen. Kein einziges Fenster war heil geblieben, und sie hatten ihn geschlagen. Ein Brillenglas war zerbrochen und ein Auge dick geschwollen. Alles, was schön oder wertvoll aussah, hatten sie mitgenommen und den Rest kurz und klein geschlagen. Unsere drei Verwandten hockten apathisch im hintersten der drei Zimmer, die Wohnungstür stand offen.

Als Erstes hatten die Schlägertrupps die Telefonleitung gekappt, erzählten sie, damit niemand Hilfe holen konnte. Sie hatten eindeutig wie die SS ausgesehen. Sie hatten nicht einmal versucht, sich zu tarnen, sie waren einfach in Uniform gekommen, berichtete Tante Sofie. Wir nahmen alle drei sofort mit zum Weichserhof, bei den Eltern war Platz genug.

Die Stadt feierte derweil den Sessionsauftakt, Elfter im Elften, das war immer eine Sause wert.

Eine Woche später wurde ein Gesetz veröffentlicht, nach dem Juden keine Waffen mehr besitzen durften. Man habe bei Überprüfungen massenhaft Waffen in Judenwohnungen gefunden, die auf weitere Attentate schließen ließen. »Überprüfung« nannte man das also, was Onkel Salomon passiert war.

Einen weiteren Tag später wurde die Sühneleistung aller Juden des Reiches auf eine Milliarde Reichsmark festgelegt. Denn die waren schließlich schuld, dass man ihre Geschäfte und Wohnungen demoliert hatte. Zusätzlich mussten alle betroffenen Juden ihre Schäden natürlich auf eigene Kosten beseitigen. Wie das überall aussah im ganzen Land! Zustände wie in der Judenschule, hieß es, unzumutbar für das deutsche Volk der Ordnungsliebenden!

Lothar, Papa, Henny und ich räumten an einem Abend im Schutz der Dunkelheit die Trümmer in Onkel Salomons Wohnung beiseite und nagelten Fenster und Türen der zerschlagenen Wohnung rasch mit Brettern zu. Mit dem Hausbesitzer handelte Papa eine Abstandszahlung aus, über deren Höhe er sich ausschwieg, ebenso darüber, wie er sie beglich.

Wir waren heilfroh, als wir unversehrt wieder zu Hause waren. Papas goldene Uhr und die kleine Münzsammlung, die im Wohnzimmer meiner Eltern an der Wand gehangen hatte, waren seither verschwunden. Ich war sicher, dass der Geier von Vermieter auch das durchgeschnittene Haustelefon auf die Rechnung gesetzt hatte, obwohl vielleicht er selbst der SS gesteckt hatte, dass Onkel Sally und seine Familie Juden waren.

Jetzt wohnten nicht nur alle drei Brüder mit ihren Familien unter einem Dach, sondern auch ihr Onkel Salomon. Wo ein Jude ist, sind in kurzer Zeit ganze Sippen – so ging das mit allen Schädlingen, von der Küchenschabe bis zum Nagetier! Wie sagte der Führer im Rundfunk? – »Es ist ja wohl recht und billig, die Welt von einer minderwertigen Rasse zu befreien, die sich wie Ungeziefer vermehrt.«

Der Kulturbund Rhein-Ruhr durfte im Zuge der »Überprüfungen« vorerst keine Theatervorstellungen mehr veranstalten. Die Jüdische Kunstgemeinschaft wurde verboten, unsere Verkaufsstelle geschlossen. Wir lebten jetzt zwar alle zusammen, aber niemand von uns verdiente noch Geld. Wir hatten genug Kohlen im Keller, doch der Winter fing gerade erst an.

Alle jüdischen Geschäfte und Handwerksbetriebe mussten schließen. Niemand durfte seinen Laden wiederaufbauen. Sie wurden von arischen Geschäftsleuten übernommen oder blieben geschlossen. Kein Jude durfte mehr Theater, Lichtspielhäuser, Konzerte oder Ausstellungen besuchen. Alle jüdischen Kinder mussten die volksdeutschen Schulen verlassen und in Judenschulen wie die Jawne in der Sankt-Apern-Straße gehen. Es gab Sperrbezirke, die Juden nicht mehr betreten durften, und Sperrzeiten, in denen wir das Haus nicht mehr verlassen durften.

Abends nach Geschäftsschluss in Gustavs Laden zu gehen, das kam von nun an leider nicht mehr in Frage. Wir gingen praktisch gar nicht nach draußen. Führerscheine wurden eingezogen. Wertpapiere und Schmuck sollten abgegeben werden. Ständig neue Bekanntmachungen! Wer dabei erwischt wurde, dass er Wertpapiere oder Schmuck oder Bargeld zu Hause hortete, hatte mit hohen Strafen zu rechnen.

Nach dem dritten Tag mit dickem Bohneneintopf fragte ich mich, wie das weitergehen sollte. Irgendwie mussten wir Essen beschaffen. Elf Personen wollten jeden Tag satt werden, jedenfalls einigermaßen. Wir hatten seit Tagen kein Brot mehr. Onkel Sally brauchte neue Herztabletten. Es war schwierig, einzukaufen, denn es gab schlicht keine jüdischen Geschäfte mehr, die offen hatten, und in »normale« Geschäfte trauten wir uns nicht rein, selbst Mama oder Tante Gretel nicht mehr. Das Gute daran war: Viel schlimmer konnte es wahrhaftig nicht werden!

Ich überlegte, ob ich es wagen sollte, ins Gemeindehaus zu gehen, vielleicht konnte uns dort jemand helfen. Sie mussten doch alle das gleiche Problem haben wie wir – wie lösten es die anderen?

Am nächsten Morgen stand ein Proviantkorb im Hinterhof, unauffällig neben einem Holzstapel. Äpfel, Brot, Milch, Eier – sogar Kaffee, Butter und Zucker. Und ein Zettel: »Schreibt auf, was ihr braucht, und legt den Zettel in den Korb. Ich besorge es euch und versuche, alles ungesehen hierherzustellen. Nur bis sich die Lage wieder beruhigt.« Statt einer Unterschrift war etwas unbeholfen eine Pfeife aufgemalt.

Da war es, das Licht am Ende des Tunnels! Ich war so froh. Wenn Gustav uns half, würde es gehen. Wenn wir uns an alles hielten, was sie wollten, würden die da draußen wieder zur Vernunft kommen. 1933 war es schon einmal eng für uns geworden und hatte sich dann doch wieder relativiert. Man brauchte einen längeren Atem und musste sich auf die Dinge konzentrieren, die funktionierten. Ideen waren gefragt und Einfallsreichtum, beides hatten wir. Und einen Freund.

Nach einer Weile gingen wir wieder auf die Straße. Wir waren vorsichtig und bemühten uns, nicht aufzufallen, sicher, aber man konnte wieder raus.

Papa, Onkel Rudolph, Onkel Hermann und Lothar mussten sich zum Arbeitsdienst melden, Onkel Salomon war zu alt. Die vier halfen jetzt beim Abriss des Rheinviertels auf der Deutzer Seite.

»Das ist gar nicht schlimm«, sagte Lothar. »Arbeit schändet nicht. Nutzlos herumzusitzen finde ich viel schlimmer. Da fühlt man sich am Ende wirklich wie ein Volksschädling. Wir haben keinen weiten Weg, wir gehen jeden Tag über die Brücke mit dem wunderschönen Blick auf das Rheinpanorama, was wollen wir mehr!«

Sie bekamen erst Blasen, dann offene Wunden und schließlich dicke Schwielen an den Händen.

»Siehst du, auch die Hände gewöhnen sich an die ungewohnte Arbeit. Wir kommen schon zurecht. Mach dir keine Sorgen.« Lothar lächelte mich an, als wünschte er sich nichts sehnlicher, als die Hacke zu schwingen.

Er hatte in den verlassenen Gewerbeschuppen rings um uns herum erfolgreich nach Holzresten gesucht und sie als Brennholz passend gesägt, damit wir Kohlen sparten. Er hatte das alte Fahrrad repariert und wieder fahrtüchtig gemacht. Das erwies sich in vielen Dingen als sehr praktisch. Samstags fuhr Lothar oft am frühen Abend mit einem kleinen Handwagen hinter dem Fahrrad in den Königsforst und sammelte Holz. Mir war nicht wohl dabei. Wenn ihn jemand dabei erwischte! Das war sicher nicht erlaubt.

Am 23. Dezember feierten wir Weihnachten – einen Tag zu früh, alle zusammen. Denn am Vorabend des Vorabends würde hoffentlich niemand bemerken, dass Gustav bei den Juden schlief. Er war dabei und übernachtete bei uns auf dem Sofa. Er hatte zwei Flaschen Rum mitgebracht für den Punsch, und wir hatten alle ganz schön einen sitzen, sodass wir für die restlichen Feiertage unseren Rausch auskurieren mussten.

1939

Anfang des neuen Jahres, am 17. Januar, zog Lothars Mutter zu uns. Jetzt war das Dutzend voll. Papa und Lothar hatten die Dachstube hergerichtet und gestrichen, Onkel Hermann einen kleinen Ofen besorgt, der Himmel weiß, woher! So hatte meine Schwiegermutter ein Zimmerchen mit winziger Kochnische ganz für sich allein.

Jetzt fehlten nur noch Lothars Bruder Gerd und natürlich Leo, den wir aber Gott sei Dank in Sicherheit und wohlauf wussten. Karl, Lothars Vater, war überraschend verstorben, das Herz.

Ich mochte Mama Else sehr, sie hatte so ein wunderbar heiseres Lachen, in das man sich nur verlieben konnte. Leider gab es für sie im Augenblick keinen Grund, viel zu lachen. Sie vermisste ihren Mann sehr und fühlte sich bei uns ein wenig verloren und fremd, obwohl wir uns alle schreckliche Mühe gaben. In ihre schwarzen Locken hatten sich eine Menge silbriger Strähnen gestohlen.

Lothars Mutter hieß seit Kurzem Else Sara. So wie ich seit dem 5. Mai Fanny Sara hieß. Alle Frauen hießen nun zusätzlich Sara und alle Männer zusätzlich Israel. Lothar Israel Heineberg. Es klang komisch. Diese Nazis hatten Ideen, darauf musste man erst mal kommen! Da konnte man auch alle arischen Deutschen mit dem Zusatznamen Siegfried ausstatten und ihre Frauen mit Krimhild. Adolf Siegfried Hitler. Das würde ihm sicher gefallen. Ach nein, das ging nicht, dann wäre er ja am Ende tot. Ermordet von den eigenen Leuten.

Wir bekamen Kennkarten, die wir immer bei uns tragen mussten, unsere Ausweise wurden eingezogen. In alle amtlichen Unterlagen wurde unser neuer »Zusatzname« eingetragen.

Ich lernte derweil, Gerste zu rösten und zu mahlen und daraus Gerstenkaffee zu kochen. Denn Gerstenkaffee half gegen das Hungergefühl.

»Flora und Hans sind ausgewandert, das heißt nun sicher, dass aus unserem Marionettentheater vorerst nichts mehr wird. Wir haben uns nicht mal verabschiedet. Gute Reise!«

Im Gemeindezentrum hatte Julius es mir erzählt. Er sah schlecht aus und schilderte mir seine vergeblichen Versuche, auch ein Ausreisevisum zu bekommen. Vielleicht sollte ich doch noch einmal mit Lothar und Papa darüber sprechen, auszuwandern.

Im März 1939 hatten wir die »Rest-Tschechei« besetzt, damit sie irgendwie wieder mit ihrem abhandengekommenen Sudetenland vereint wurde. Deutsche Soldaten zogen in Prag ein. Litauen musste uns das Memelland ganz im Osten zurückgeben. Hatte schließlich auch mal zu Deutschland gehört. Mit Polen hatte Gustav nicht so richtig recht behalten, ich mit Belgien aber auch nicht. Unser Führer hatte eigene Vorstellungen, was uns gehörte! Die Slowakei durfte ein selbstständiges Land bleiben, wenn auch unter deutschem Schutz.

Am 15. Mai kam Herr Goebbels zu uns nach Köln in die Messe. Er war ein kleiner, zarter Mann, wie man auf den Fotos sehen konnte, alles andere als ein germanischer Recke. Er wirkte eher wie ein Gnom, wurde schon seit Jahren als Schrumpfgermane verspottet und hatte einen Klumpfuß. Wie war denn der eigentlich in Sachen Rassenreinheit durch die Endkontrolle gekommen?

Er wirkte auf mich so vertraut, weil er den rheinischen Tonfall mitbrachte. Wie Siegfried einst war er am Niederrhein zu Hause, und ich fragte mich unwillkürlich, wo wohl sein Lindenblatt saß. Ob er einen entsprechend großen Obolus unter der Zunge gehabt hatte, damit ihn Herr Charon brav ins Reich der gerade- und hochgewachsenen Totenkopf-Uniformen übersetzte?

Tausende waren in die große Messehalle gekommen, um Goebbels' Worten zu lauschen. Er entschuldigte sich bei seinen begeisterten Zuhörern, dass es im Nationalsozialismus nicht jeden Tag Kalbfleisch zu essen gebe und dass wir die Butter an manchen Tagen ein wenig dünner streichen müssten. Aber dieser Verzicht sei notwendig, und er sei stolz, dass die Deutschen dies opferbereit auf sich genommen hätten. Denn der Führer habe alle Kräfte bündeln müssen, um das wehrlose Vaterland, das umzingelt sei von Raubtieren und bösen Mächten, zu befestigen und zu schützen.

Und genau das habe er getan. Er habe nicht auf der faulen Bärenhaut gelegen, sondern nach Westen einen sicheren Wall bauen lassen, den so schnell kein Bösewicht überwinden könne. Er habe Waffen, Panzer und Ausrüstung bauen lassen, damit wir nicht länger wehrlos seien. Als Nächstes müsse man allerdings überlegen, wo denn dieses arme deutsche Volk, dieses Volk ohne Raum, das noch nicht einmal genug Boden besäße, um sich in aller Bescheidenheit zu ernähren, wo dieses Volk denn ein Mindestmaß an Lebensraum hernehmen könne. Und dass auch der Friedliebendste, wenn ideelle Argumentation nicht mehr helfe, in der Not zum Bajonett greifen müsse.

Gustav und ich hörten leise die Übertragung. Er war auf einen Sprung hereingekommen, nachdem er uns einen kleinen Sack mit Saatkartoffeln gebracht hatte, als die Übertragung im Rundfunk begann. Mama Else war zu Dr. Feldheim unterwegs, denn sie fühlte sich nicht wohl. Sie machte sich so schreckliche Sorgen um Gerd, dem ein Umzug von Düsseldorf nach Köln nicht gestattet wurde. Er war in einer Turnhalle untergebracht, und Else schlief keine Nacht, wir hörten sie oft umherwandern. Sicher musste sie bei Dr. Feldheim lange warten, denn er hatte meist unendlich viele Patienten. Am fehlenden Kalbfleisch lag das vermutlich nicht.

Bei »Bajonett« stand Gustav auf und schaltete ab.

»›Es wird ein Stück aufgeführt werden in Deutschland, wogegen die Französische Revolution nur wie eine harmlose Idylle erscheinen möchte …‹«, sagte er leise, und dann sagte er nichts mehr.

Wir sahen uns lange an. Wie lange war das her? Als wir Heine zitierend auf dem Lumpenball tanzten. War das überhaupt in diesem Leben gewesen? Wir waren andere Menschen, damals, und doch wieder nicht. Ich hätte mich so gern von ihm in den Arm nehmen lassen, aber wir blieben unschlüssig voreinander stehen. Gustav sah weg.

Wir würden unser altes Leben nicht wiederbekommen. Wir sollten uns mit dem neuen anfreunden, denn es dauerte länger, als wir gedacht hatten. Sechs Jahre schon! Immerhin hatte für die Nationalsozialisten das verflixte siebte Jahr begonnen, vielleicht brachte es die entscheidende Wende.

Wir gingen hinunter in unseren kleinen Hinterhof und gruben zusammen ein Stück Erde um. Er half mir. Wir redeten nicht, sondern zogen Furchen und steckten Kartoffeln. Dann zeigte ich ihm, dass ich auch schon Kürbisse und Gurken gepflanzt hatte und dicke Bohnen und dass uns die Vögel ein paar wilde Erdbeerpflanzen beschert hatten, die Lothar sorgsam im ganzen Hinterhof eingesammelt und an eine sonnige Stelle gepflanzt hatte, wo ein richtiges Erdbeerbeet mit wilden Früchten entstand. Der Mohn blühte, und ich war gespannt, ob wir Körner ernten könnten im Herbst.

Lothar war so überaus praktisch veranlagt! Es war sein Vorschlag gewesen, das kleine Fleckchen Erde in unserem Innenhof sinnvoll zu nutzen. Ich war sehr glücklich, wenigstens auf diese Weise zu unserem Lebensunterhalt beizutragen und zuzusehen, wie unter meiner Hände Arbeit etwas wuchs. Außerdem hatte ich so eine Beschäftigung, die Langeweile fraß einen auf, und das Gefühl der Nutzlosigkeit nagte schwer am Selbstbewusstsein.

Es war Gold wert, dass von keinem anderen Haus Wohnungen auf diesen Hinterhof hinausgingen. Die Laschkis waren die einzigen direkten Nachbarn gewesen, aber die waren nicht mehr da. Und auch wenn einige der evakuierten Polen zurückgekommen sein sollten, die Laschkis hatten wir nicht mehr gesehen. So konnten wir in unserem Stadtgärtchen schalten und walten, wie wir wollten.

»Und jetzt lass mich deinen sagenumwobenen Gerstenkaffee kosten, Fanny! Lothar hört ja gar nicht mehr auf, davon zu schwärmen. Das sei kein Muckefuck, das sei eine Delikatesse.«

Mit meinen inzwischen angeschlagenen Lieblingstassen aus Bunzlauer Keramik setzten wir uns in den Schatten und blickten zufrieden Kaffee trinkend auf unser Werk. Das gute Sonntagsporzellan war nicht mehr da, es war letzten Herbst der Garant dafür gewesen, dass uns der Kohlenhändler belieferte. Bezahlen ließ er sich natürlich trotzdem.

Mama setzte sich mit einem Korb löchriger Strümpfe zu uns und stopfte. Tante Margarethe und Tante Franziska hatten Hausputz angekündigt und wienerten drinnen alles, was nicht vor ihren Schrubbern fliehen konnte. Ich hörte sie singen: »Eine Frau wird erst schön durch die Liebe ...« Gustav grinste. Ich konnte mir vorstellen, wie Onkel Sally drinnen brummte, jedes Mal wenn er seine Füße heben sollte. Oder wie die beiden Frauen ihn ständig von seinem Platz vertrieben, weil gerade dort gereinigt werden musste.

Ich saß gern hier draußen. Onkel Rudolph hatte uns zwei schöne Bänke aus Treibholz gezimmert, und die Amsel oben auf dem Dachfirst sang sich wie jeden Abend die Seele aus dem Leib. Bald würden unsere Männer heimkommen, es gab Kartoffeln zur Feier des Tages, die letzten, und für jeden ein halbes Ei.

Es blieb den ganzen Sommer so schön. Überall saßen die Menschen in Cafés und Biergärten. Alle genossen die Ferienzeit, die Ruhe und die Sonne oder gingen schwimmen. Ich bedauerte ein wenig, dass wir nicht ins Schwimmbad durften. Das hätte ich wirklich sehr gern getan.

Das große Kaufhaus Bing am Neumarkt hatte geschlossen. All die schönen Seiden- und Samtbänder, die sie in allen Farben verkauft hatten! Zackenlitze, Schräg- und Stoßband – ich hatte dieses Geschäft so sehr gemocht. Es hieß, es gehöre jetzt der Stadt und dort komme das Gesundheitsamt hinein. Das Amt für Rasseneinheit und Volksgesundheit. Vorbei mit der Farbenvielfalt. Von jetzt an auch hier nur noch blond und blauäugig.

Nicht ganz so versöhnt mit der Welt, sonnendurchflutet und licht wie die Sommertage lasen sich die Schlagzeilen in den Zeitungen. Seit Wochen war dort die Rede von den zahllosen Verbrechen der Polen an der deutschen Minderheit in ihrem Land. Von ihren Aggressionen und dass ein polnischer Angriff auf Deutschland unmittelbar bevorstünde. Diese »Polacken« – seit jeher hätten sie uns Übles gewollt! Das Geschrei passte aber nicht recht zur Stimmung in diesem Sommer. Ich hatte den Eindruck, als nähme niemand so recht Notiz davon. Alle hatten offenbar Wichtigeres zu tun, und das Gezeter rauschte vorbei.

Ich interessierte mich für die Kunst des Gurkeneinlegens, für die richtige Menge Dill, Senfkörner und Meerrettichscheiben und wo ich das alles herbekäme. Außerdem hatte ich zwei Köpfchen Weißkohl erstanden und war wild entschlossen, mit

Mama Else Sauerkraut zu machen. Die wusste nämlich, wie das ging und dass Sauerkraut im Winter ein wichtiger Vitamin-C-Lieferant sei. Meine Mama sah staunend zu, wie wir mit roten Händen Salz ins gehobelte Kraut stampften. So geschickt sie mit Cellobogen und Nähnadel war, in Garten und Küche besaß sie nicht ganz so viele Talente.

Mama Else hatte eine stattliche Kiste mit Einmachgläsern in allen Größen bei ihrem Einzug mitgebracht. Sie wusste genau, wie man mit Klammern und Gummiringen hantieren musste, und weihte mich in ihre Geheimnisse ein. Henny und ich mahlten abends fleißig Gerstenkaffee fürs Frühstück, und Lothar schrieb erneut nach Düsseldorf, um vielleicht doch noch einen Umzug seines kleinen Bruders zu erreichen.

Inzwischen wusste ich, wie man Bohnen trocknete und Kartoffeln lagerte, damit sie nicht keimten. Ein Apfelbaum in unserem Gärtchen wäre das Paradies gewesen! Aber woher nehmen? Die Apfelkerne, die ich im Frühjahr von meinem letzten Apfel in die Erde gelegt hatte, würden eine Ewigkeit brauchen, ehe stattliche Bäume aus ihnen gewachsen waren.

Am 23. August 1939 schlossen wir mit den Russen einen »Nichtangriffspakt«. Das war großartig, aber hatten die uns denn überhaupt angreifen wollen? Davon hatte ich noch gar nichts gehört.

Am 28. August wurden Lebensmittel und andere Dinge wie Strümpfe oder Kleider rationiert. Man brauchte jetzt nicht nur Geld und ein Geschäft, das einen bediente, sondern auch noch die entsprechende Nutzungskarte. Das roch doch schwer danach, dass dem Volk nicht nur Kalbfleisch fehlte. Wo war das Problem? Warum wurde die Versorgung wieder knapp? Es war doch aufwärtsgegangen mit Deutschland! Hatten wir wirklich zu wenig Lebensraum?

Manche Dinge waren für Juden praktisch nicht mehr zu bekommen. Hin und wieder konnte uns Gustav aushelfen. Wir versuchten, uns wenigstens in Naturalien erkenntlich zu zeigen. Bohnensuppe gegen Rauchwerk. Kartoffelpuffer gegen Saatkartoffeln. Eine reparierte Jacke gegen eine neue Saite für Mamas Bogen.

Fleisch, Fett, Zucker und Mehl waren auf unseren Lebensmittelkarten nur sehr spärlich vertreten.

Ich überlegte, ob ich Lothar bitten sollte, mir einen kleinen Feldbackofen in den Hof zu mauern. Ich hatte bei Frieda gesehen, wie prächtig man mit einem solchen Öfchen Unmengen von Brot backen konnte. Noch gab es Brot, aber wie lange noch? Ich musste mich mal umsehen, ob nicht irgendwo auf einem verlassenen Grundstück ein paar Ziegelsteine herumlagen, die man verwenden konnte.

Ich war so glücklich, dass sich Lothar und Gustav mochten, denn er hätte mir sehr gefehlt, der Kommunistenbruder mit dem Heine-Gen. Lothar lauschte stets lächelnd unseren Debatten und flickte dabei Fahrradreifen oder baute einen kleinen Krauthobel. Es war wohltuend, wie er sich für die handfesten Dinge des Lebens verantwortlich fühlte.

Gustav hatte mir eine Briefmarke mitgebracht, sodass ich endlich wieder an Frieda schreiben konnte. Lothar zeichnete mir für sie ein wunderschönes Bild von unserem Garten, und ich bat sie, mir doch die wichtigsten Grundlagen für den Bau eines Feldbackofens zu schreiben. Ich berichtete ihr, wie tüchtig ich inzwischen in Sachen Garten geworden war, doch ich erhielt keine Antwort.

★★★

Am 1. September in den frühen Morgenstunden, als wir alle noch schliefen, überfielen uns die Polen tatsächlich, sagten sie. Zum Glück hatte unser Führer seine Wehrmacht nagelneu ausgerüstet und zufälligerweise auch direkt in Grenznähe postiert. Seit Wochen waren von Köln aus Lkws mit einberufenen Soldaten nach Polen abgefahren, sodass sie nach einer Schrecksekunde direkt zurückschießen konnten. Die Lkws wurden bei Ford in Köln gebaut, täglich sah man sie durch die Stadt fahren. Gustav hatte die Soldaten gefragt, wo es denn hingehe, als er ihnen Zigaretten schenkte, und einer hatte gesagt: »Osten!«

»Jetzt also doch Polen«, sagte ich zu Lothar. »Gustavs Prognose war gar nicht so schlecht. Nur dass nicht wir sie besetzen, sondern die greifen uns an! Wie praktisch! Der Teufel ist ein Eichhörnchen. Oder ein Polack!«

Ob das die von mir so sehnlich erwartete Wende war? Über den Reichssender Köln konnten wir die Ansprache unseres Führers hören: »… seit fünf Uhr fünfundvierzig wird jetzt zurückgeschossen. Und von jetzt ab wird Bombe mit Bombe vergolten!«

Krieg also. Kein Trommelwirbel. Es fing banal an.

Ob uns die Polen wirklich angegriffen hatten? Es roch ein ganz kleines bisschen nach Schiebung.

Dennoch: nirgends Verzweiflungsschreie. Krieg. Ach so. Gestern war noch Friede, und heute ist Krieg. Man sah der Welt keinen Unterschied an.

Für die Kölner Bevölkerung wurde ab sofort Verdunkelung angeordnet. Wir Juden durften ohnehin abends nicht raus. Im Sommer war für uns um einundzwanzig Uhr und im Winter um zwanzig Uhr Zapfenstreich. Frankreich und Großbritannien, die Alliierten Polens, schlugen sich auf die Seite unseres Feindes, und so lag Deutschland mit ihnen auch im Krieg. Schon ein paar Tage später kreisten britische Flugzeuge über der Stadt. Rückte das Ende näher? Aber sie warfen nur Flugblätter ab mit einer Warnung an das deutsche Volk:

Deutsche, mit kühl erwogenem Vorsatz hat die Reichsregierung Großbritannien Krieg aufgezwungen. (…) Im April gab der Reichskanzler euch und der Welt die Versicherung seiner friedlichen Absichten. (…) Dieser Krieg ist gänzlich unnötig. Von keiner Seite waren deutsches Land und deutsches Recht bedroht. Niemand verhinderte die Wiederbesetzung des Rheinlandes, den Vollzug des Anschlusses und die unblutig durchgeführte Einkörperung der Sudeten in das Reich. (…) Allen Bestrebungen Deutschlands – solange sie Andern gerecht blieben – hätte man in friedlicher Beratung Rechnung getragen. (…) Ihr, das deutsche Volk, habt das Recht, auf Frieden zu bestehen jetzt und zu jeder Zeit. Auch wir wünschen Frieden und sind bereit, ihn mit jeder aufrichtig friedlich gesinnten deutschen Regierung abzuschließen.

»Das ist genau das Problem«, sagte Papa erschöpft, »dass man alles hinnimmt im Ausland. Hitler muss ja glauben, dass er tun kann, was er will.« Er hatte oft Rückenschmerzen von der ungewohnten Arbeit, und Mama rieb ihn mit Franzbranntwein ein. Seit er zum Arbeitsdienst ging, waren seine Haare schneeweiß geworden.

Nur eine Woche nach Kriegsbeginn gehörte Polen uns. Eine ganze Woche lang läuteten jeden Mittag um zwölf Uhr für eine ganze Stunde alle Kirchenglocken zum Dank für den glücklichen Ausgang, doch Brot und Butter blieben knapp, für uns jedenfalls. Gustav war in die »Wochenschau« gegangen und hatte sich die Bilder vom Polenfeldzug angesehen. Von Wende keine Spur.

Leider mussten wir Ende September unsere Rundfunkgeräte abgeben. Das schmerzte tatsächlich. Von den schönen Reden, die mir nun entgingen, mal ganz zu schweigen.

Papa bot Mama ganz sachlich an, sich von ihm scheiden zu lassen. Er sei einverstanden. Sie habe die Chance, ein ganz normales Leben zu führen, wenn sie einwillige, und sie beide wüssten doch, dass es sich lediglich um eine Formalie handele, bis der Spuk vorbei sei.

Sie überlegte keine Sekunde und lehnte das Angebot genauso sachlich ab. »In guten und in schlechten Tagen«, sagte sie fast ein wenig ruppig, »und jetzt will ich von solchen Verrücktheiten nichts mehr hören. Wir haben Krieg.«

Im Gemeindezentrum hing eine Mitteilung, dass die Sühneleistung für die Juden auf eins Komma fünfundzwanzig Millionen Reichsmark erhöht werde, letzter Zahlungstermin 15. November 1939.

»So ein Krieg kostet halt viel Geld«, sagte Gustav trocken bei einem seiner selten gewordenen Besuche. Er musste sich immer mehr vorsehen. Judenfreunde waren gar nicht gut gelitten. »Und dieses Geld muss irgendwo herkommen ...«

»Es ist verrückt«, antwortete ich. »Aus der Ferne betrachtet, sieht manches furchterregend aus und macht einem Angst. Krieg ist so etwas. Krieg war für mich weit weg. Ich fand es immer unvorstellbar, dass wieder Krieg sein könnte. Was für ein monströses Wort!«

Krieg. Das klang wie ein menschenfressendes Ungeheuer. Wie ein Unwetter, das alles hinwegfegte. Ein Kettenfahrzeug wie das bei uns in Köln gebaute »Maultier«, das lärmend und rasselnd unerbittlich jedes Hindernis überrollte. Jetzt war Krieg, und er ging einem ganz selbstverständlich über die Lippen. »So ein Krieg kostet viel Geld!« Du nickst und gehst zum nächsten Thema. Wie ruhig alle blieben, fast gleichgültig! Ich auch.

»›Schlage die Trommel und fürchte dich nicht! Und küsse die Marketenderin!‹ So einfach ist das. Man muss nur bei den großen Dichtern nachschlagen und kann feststellen, dass alles immer wieder von vorn anfängt. Wir werden niemals klüger!«

»Ist das wirklich unser Schicksal, Gustav? Gewöhnt sich der Mensch so leicht an die ungeheuerlichsten Dinge, sobald sie sich ereignen? Wollen wir unsere Lieben beruhigen, statt sie aufzuschrecken, indem wir uns ganz normal verhalten? Ruhe bewahren, Normalität verströmen, uns mit Alltag beschäftigen. Es ist doch Krieg!«

Innerlich zuckten wir mit den Achseln. Jaja. Unsere Männer sind noch da, und sie werden keinen Gestellungsbefehl erhalten. Irgendwo war immer Krieg, und wir saßen daheim und aßen Kartoffelsuppe. Auch die Frauen in der Stadt, deren Männer und Brüder sehr wohl einberufen wurden, blieben ruhig und gefasst. Keine Gegenwehr. Auch kein Hurrageschrei außer im Radioapparat, aber das hörten wir ja nun nicht mehr.

»Morgen ist auch noch ein Tag.« Seltsam.

Auf der anderen Seite: Was sollten wir tun? Konnte man etwas ändern?

»Es ist nicht unser Krieg«, sagte Lothar sanft. »Er geht vorbei. Und nach einem Krieg werden die Machtverhältnisse neu zusammengesetzt. Das ist immer so.«

So dachte tatsächlich auch ich und wunderte mich nur wenig, dass ich es tat.

»Wenn das stimmt, dass das nicht euer Krieg ist, dann hat der Führer recht, und ihr seid gar keine Deutschen! Es stimmt also: Nur weil einer in Deutschland geboren ist und Deutsch spricht, ist er noch lange kein Deutscher.« Gustav wollte mich foppen, aber ich hatte keine Lust, darauf einzusteigen.

Er hatte die ersten Zwangsarbeiter aus Polen gesehen. Kriegsgefangene, aber auch Zivilisten, sogar Frauen, die in Deutz in der Messe eingepfercht waren und auf die Fabriken verteilt werden sollten. Nahmen wir uns einfach die Menschen in den besetzten Ländern? Gehörten sie jetzt uns wie ehedem die Sklaven? Stürzten wir so tief zurück in die Barbarei? Waren wir Zeitzeugen, die erlebten, wie erneut eine ganze Zivilisation zusammenstürzte? Die Ägypter. Die Römer. Das Heilige Römische Reich Deutscher Nation. Der Feudalismus. War der Demokratie nur ein so kurzes Gastspiel vergönnt? Dass wir mit einem »Tausendjährigen Reich« wieder ganz unten anfangen mussten?

★★★

Das erste Kriegsweihnachten kam näher, und die Stadt schmückte sich wie immer. Auch wenn abends alles abgeschaltet wurde und die Vorhänge zugezogen werden mussten – falls man kein Volksschädling sein wollte –, am Tag glitzerten die Schaufenster wie eh und je, und man konnte alles kaufen. Wenn man kein Jude war.

Spazierte man durch die Einkaufsstraßen, sah alles so aus, wie es eben aussah vor Weihnachten. Die Frauen gingen todschick mit großen Einkaufstaschen und Kartons durch die Stadt, die Vorfreude im Gesicht. Alle Geschäfte waren brechend voll. Es roch nach Maronen, nach Apfelsinen und Nelken. Manche Läden sollten leer gekauft worden sein, hatten Gustavs Kunden ihm berichtet. Das war das Einzige, was möglicherweise darauf hinwies, dass die Menschen sich sorgten.

Meine Kleider begannen zu schlackern, ich musste einen Gürtel umbinden. Mein Gesicht hatte endlich seinen Babyspeck verloren und wirkte nicht mehr so kindlich. Ich fand, dass es mir gut stand, wenn ich in den Spiegel guckte.

Wir hätten gern zusammen mit Gustav Weihnachten gefeiert, aber es war zu gefährlich. Er musste inzwischen sehr aufpassen, dass ihn niemand sah, wenn er zu uns kam. Dieses Jahr war der 24. Dezember ein Sonntag, da war die Chance zu groß, gesehen zu werden. Es half auch nicht, das Fest wie letztes Jahr auf den 23. Dezember vorzuverlegen, denn auch am Sonnabend hatten viele nachmittags schon frei.

Ich war traurig, und Lothar tröstete mich. Er zeigte mir eine Reihe Skizzen und Zeichnungen, die er von Gustav gemacht hatte, und es war verblüffend, wie genau er seine Gesichtsausdrücke getroffen hatte. Die kleine steile Falte vor der linken Augenbraue! So war dank ihm Gustav doch irgendwie bei uns, und ich liebte Lothar dafür umso mehr.

Wir hatten für Gerd ein Päckchen gepackt, mit einem Stück Mohnkuchen, einem Päckchen Tabak, einem kleinen Glas Marmelade und einem Paar selbst gestrickter Socken, und es nach Düsseldorf geschickt. Frieda schrieb ich eine Weihnachtskarte, doch von ihr kam keine. Ich glaube, das ganze Jahr hatte ich von ihr noch keine Post erhalten. Wahrscheinlich hatte sie viel zu tun. Und wahrscheinlich musste Helmut ja an die Front.

Wir hatten eine Weile überlegt, was wir Papa zu seinem sechzigsten Geburtstag schenken könnten, da kamen uns die Nazis zuvor. Im Februar wurden die Kleiderkarten für Juden abgeschafft – wenn das kein Geschenk war! Der Jude ging so sorgsam mit seiner Kleidung um, der brauchte keine neue. Er konnte sie eh nicht abnutzen, denn er durfte ja nirgends mehr hin, da erschien dies Vorgehen logisch. Außerdem konnte ich mir sowieso bald aus einem Kleid zwei nähen, wenn das so weiterging. Zu dumm, dass Papas einzige Strickjacke immer fadenscheiniger wurde.

Glücklicherweise war Mama sehr geschickt mit Reparaturarbeiten und machte das Unmögliche wieder einmal möglich. Sie reparierte sogar für einige andere Familien in der Nachbarschaft Kleidung und verdiente dadurch etwas dazu. Manchmal Eier oder etwas Zucker, Dinge, die nach Paradies klangen und die uns in die Lage versetzten, Papa eine richtige Geburtstagstorte zu backen.

Es gab drei Geschäfte, in denen Juden für eine Stunde pro Tag einkaufen durften. Entsprechend voll war es dort immer. Oft hatten sie nicht, was wir benötigten und laut unserer Karte auch hätten kaufen dürfen. Deshalb waren wir glücklich, von der Ernte aus unserem Hinterhofgarten einige klitzekleine Vorräte eingekocht zu haben.

Mama Else hatte aus Steckrüben Marmelade gekocht. Sie war wirklich ein Tausendsassa – hatte Frieda das nicht auch über Lothar gesagt? Ich hatte meine Mohnernte in unserer Kaffeemühle gemahlen, und so konnten wir aus Mohrrüben und Kartoffeln auch noch eine Art Mohnkuchen backen. Mehl war für uns gerade mal wieder nicht zu bekommen, warum auch immer. Es gab eine richtige Kaffeetafel zu Papas Geburtstag, und er war sehr gerührt. Zwei sorgfältig verpackte Stücke Kuchen machten sich auf den Postweg zu Gerd. Wir versuchten sowieso, den Männern immer etwas mehr Essen zukommen zu lassen, denn sie schufteten ja den ganzen Tag mit Hacke und Schaufel.

»Die Juden essen uns das ganze Essen weg«, hatte Gauleiter Grohé in der Zeitung geschimpft, »sie sind die geborenen Verbrecher!«

Einer dieser Verbrecher saß mir gerade gegenüber und lächelte mich versonnen an. Lothar strich mir liebevoll eine Haarsträhne aus dem Gesicht und sagte: »Haben wir beide ein Glück!«, bevor er zur Arbeit ging.

Unsere Soldaten besetzten am 9. April 1940 Dänemark, am 10. April Norwegen. Am 10. Mai marschierten sie in die Niederlande ein, und am 12. Mai gab es Fliegeralarm über Köln. Tatsächlich wurden einige Häuser zerstört. Zwei Tage später besetzten wir die Niederlande. Noch acht Tage später gehörte uns Belgien bis zum Ärmelkanal – also doch! –, und am 14. Juni nahmen wir kampflos Paris ein. Die Generäle beschwerten sich, dass sie überall auf so schlappe Gegner trafen, stand in der Zeitung. Elsass und Lothringen wurden »nach Hause geholt«.

»Es sieht schlecht aus mit einer aufrichtig friedlich gestimmten Reichsregierung, liebes Großbritannien! Wenn man unfriedlich so viel mehr Erfolg hat«, bemerkte ich mit Blick auf das Flugblatt, das immer noch an unserem Küchenschrank hing.

Moment mal, Paris? Was wurde dann wohl aus Lou? Was wurde überhaupt aus denen, die nach Holland oder Dänemark geflohen waren? Richard lebte zum Glück in Schweden. Schweden hatten wir nicht besetzt, oder? Warum eigentlich nicht? Es gab keine Nachrichten darüber, wie man in den besetzten Gebieten mit ehemaligen Flüchtlingen aus Deutschland umging.

Dann gab es wieder einen runden Geburtstag in der Familie, Mama wurde sechzig. Wir machten ihr das schönste Geschenk, das für sie möglich war: Wir hatten Leo geschrieben und mit ihm verabredet, dass er am frühen Abend anrufen sollte. Wir waren gespannt wie die Flitzebogen, ob das klappen würde! Ständig erfanden wir neue Vorwände, warum wir an diesem herrlichen Juniabend nicht mit Mama draußen sitzen wollten.

Die ganze Familie hatte sich in der Küche bei den Eltern um den großen Tisch versammelt. Und dann klingelte tatsächlich der Fernsprechapparat – ich dachte, ich bekäme einen Herzschlag. Mama heulte, lachte und schrie, als sie realisierte, wer da anrief, und wir alle mit. Ich hätte tanzen mögen, als ich Leos Stimme hörte, und war so überaus dankbar, dass der Vorbesitzer des Hauses im Weichserhof einen kleinen Buchhaltungsdienst betrieben hatte und deshalb ein Telefon hatte verlegen lassen.

Jetzt wurde auch ich zum Arbeitsdienst gerufen: ins Wellpappenwerk Ehrenfeld. Es war ein weiter Weg dorthin, und ich musste mich ganz schön plagen, so allein jeden Tag bis Ehrenfeld und zurück zu laufen. Ich wagte aber nicht, mit dem Rad zu fahren, wie es Lothar vorschlug, aus Angst, man würde es mir wegnehmen. Mitten durch die Stadt zu fahren traute ich mich tatsächlich nicht mehr. Ich hätte das Rad nicht verteidigen können, das war mir klar, und die Straßenbahn war viel zu teuer für uns.

In diesen Tagen holten sie in der ganzen Stadt die Zigeuner ab. Mit kleinen Bündeln standen sie am Straßenrand, ganze Familien, und wurden unsanft auf Lkws getrieben. Ich sah sie in der Thieboldsgasse stehen. Es hieß, sie seien asozial, Diebe und Verbrecher und würden umgesiedelt. Weg aus der Hansestadt Köln, irgendwo in ein Lager, wo sie keinen Schaden anrichteten.

»Lustig ist das Zigeunerleben, faria faria ho ...«, ging mir durch den Kopf, und ich schämte mich. Wo war eigentlich deren Heimat? Die ursprüngliche Heimat? Ich wusste es nicht.

Wir bombardierten England. Immer wieder. London. Coventry. London. »Bomben auf Engeland«, sangen durch die Stadt marschierende Soldaten. Einmal hatten wir die in Ostheim aufsteigenden Stukas gesehen, wie sie brummend Richtung Westen erst über den Fluss und dann über unser Haus flogen.

Wir halfen unserem Waffenbruder Mussolini und rückten auf den Balkan vor, dann nach Griechenland, wo die deutsche Fahne inzwischen auf dem Olymp wehte, und schließlich Afrika. Hoffentlich war Leo in Südafrika sicher! Den Deutschen gehörte fast die ganze Welt. Damit hatte sich auch das Thema Auswandern endgültig erledigt. Wo sollten wir denn hin, auf den Mond?

Wie würden Geschichtsschreiber dieses neue Zeitalter nennen, in dem Deutschland nach dem kurzen Zwischenspiel der Demokratie die Welt beherrschte? Germanismus? Worte mit

»-ismus« erschienen mir potenziell unsympathisch. Sie klangen ähnlich attraktiv wie Rheumatismus. Pessimismus. Kannibalismus.

Dieses Jahr kam kein Weihnachtsgefühl auf. In sämtlichen Zeitungen wurde ständig an die Kriegsweihnachten vom letzten Krieg erinnert, und es wurden Texte aus dieser Zeit vorgetragen. Wir sollten Feldpostsäckchen für die Soldaten packen, da musste ich mich wirklich nicht angesprochen fühlen. Und die Wehrmacht bombardierte mit Begeisterung London. Auch bei uns wurde der Fliegeralarm alltäglich. Man gewöhnte sich daran.

Ich schrieb Gustav eine Weihnachtskarte und bat ihn, mir eine von den Weltkarten mit Fähnchen zu besorgen, auf denen man den Frontverlauf eintragen konnte. Man musste ja den Überblick behalten! Ich hatte keine Vorstellung, wie groß Afrika eigentlich genau war und wie nah die Front an Südafrika.

Eines Morgens lag die Rolle im Hof hinter dem Holzstapel. Ich versteckte die Karte unter dem Bett, denn ich wollte nicht dabei erwischt werden, wie ich die Fähnchen verrückte. Vater hätte das vermutlich nicht verstanden. Lothar ließ mich gewähren und verriet mich nicht.

»Des Menschen Wille ist sein Himmelreich'«, sagte er grinsend und zeichnete mir mit flotten Strichen einen wunderschönen Blumenstrauß. Auch er war so schmal geworden, dass ihm seine Brille nicht mehr richtig passte. Sie rutschte ihm ständig auf die Nasenspitze, weshalb ich ihn »Lehrer Lämpel« nannte.

Auf die Severinstraße waren Bomben gefallen, meldete der Westdeutsche Beobachter, aber jede Bombe mache uns nur noch härter.

★★★

Im März 1941 schlossen wir einen Nichtangriffspakt mit der Türkei. Also wollten wir doch nicht bis Konstantinopel. Vorerst. Dennoch blieb auch in diesem zweiten Sommer der Krieg unwirklich in Köln, wenn man davon absah, dass es in der Stadt wirklich viele Soldaten gab, die sich hier sammelten und teilweise sogar privat untergebracht werden mussten. Und noch etwas war anders: Man sah mehr arbeitende Frauen als vorher. In praktisch allen Bereichen waren auch Frauen eingesetzt. Sie fuhren Straßenbahnen, trugen Zeitungen aus und kutschierten Bierfässer.

In der Zeitung gab es sehr viele Anzeigen zum Thema Feuerschutz. Da musste etwas Brandgefährliches in der Luft liegen, wenn sich der Leser so intensiv mit Feuerschutz befassen sollte! Ich hatte schon gehört, dass es auf andere Städte vereinzelt richtige Luftangriffe gegeben hätte, ob es stimmte, war schwer zu beurteilen. Rechtsrheinisch wären schon ganze Straßenzüge durch Bomber in Schutt und Asche gelegt, hatten manche Zwangsarbeiter Onkel Rudolph auf der Baustelle berichtet.

Mit nur einem Tag Verspätung offerierte der Führer Mama kurz darauf sein Geburtstagsgeschenk: Am 22. Juni 1941 rückten unsere Soldaten in die Sowjetunion vor, Friedenspakt hin oder her. Unser Führer erklärte am nächsten Tag in der Zeitung, dass sich Stalin, der Verräter, mit England zusammengetan habe, und deren gemeinsamer Angriff auf Deutschland habe unmittelbar bevorgestanden: »Meine Ehre heißt Treue!«

Innerhalb von drei Wochen besetzten wir die Ukraine. Hm, das sollte den Türken zu denken geben. Mit Polen und Russland hatten wir auch Nichtangriffspakte geschlossen, bevor wir vorrückten. Wobei, wir hatten uns ja immer nur gegen die Aggressionen anderer zur Wehr gesetzt. Hatte ich beinahe vergessen.

Am 29. Juli wurde unser Fernsprechapparat abgeholt. Juden benötigten keinen. Was für ein Segen, dass wir zuvor noch einmal mit Leo gesprochen hatten!

Ich fand heraus, dass man, wenn man zwei Gläser Wasser vor dem Essen trank, nach dem Essen tatsächlich das Gefühl hatte, satt zu sein. Es hielt allerdings nicht sehr lange an. Leider. Mein Apfelsamen war gekeimt, und ein kleines Apfelbäumchen reckte inzwischen sieben Blättchen in die Sonne. Wie viele Jahre dauerte es, bis aus ihm ein Bäumchen wurde und wir wieder Äpfel essen konnten, so viel wir mochten? Oder Apfelkuchen backen. Apfelkraut. Apfelpfannkuchen …

Ich hatte noch nie in meinem Leben so viel an Essen und

Kochen gedacht. Obwohl es nach dem ersten Krieg ja auch schlimm gewesen war mit dem Hunger, aber da waren wir noch Kinder. Da war einem vieles nicht so schlimm vorgekommen. Jedenfalls erinnerte ich mich an vieles nicht mehr. Andere Kindheitserinnerungen waren wichtiger geworden.

An die Suppenküchen erinnerte ich mich schon, vor denen damals elende Gestalten standen, aber die hatte es ja auch noch viele Jahre nach dem Krieg gegeben, wegen der Wirtschaftskrise. Papa hatte aufgrund seiner Verwundung eine Entschädigung bekommen und das Haus in der Luxemburger Straße kaufen können. Außerdem hatte er Arbeit gehabt, und wir mussten nicht hungern, wir Kinder jedenfalls nicht.

Na ja, die Nichtjuden hungerten jetzt auch nicht, aber die hatten andere Probleme. In der Tageszeitung las man neben den Eroberungsmeldungen fast nur noch Todesanzeigen: »Fürs Vaterland gefallen«.

Als Lothar mit seiner Mutter wieder zu Dr. Feldheim ging, war dessen Praxis geschlossen. Sie fragten in der Cäcilienstraße nach, wo der Doktor denn geblieben sei, und erfuhren, dass er sich, zusammen mit seiner ältesten Tochter, vergiftet hatte. Veronal hätten sie genommen, als man sie aus ihrem Haus ausquartierte, man habe sie im Park gefunden. Er war mir immer etwas schwermütig vorgekommen, der arme Dr. Feldheim.

Dass man Juden die Wohnungen kündigte, auch wenn sie die Miete pünktlich zahlten, passierte jetzt öfter. Sie bekamen nur noch Unterkunft in Häusern, die Juden oder jüdischen Wohlfahrtsorganisationen gehörten.

Ab September mussten wir alle einen gelben Stern sichtbar an unserer Kleidung befestigen, damit man uns von Weitem als Volksfeinde erkennen konnte. »Seht nur – der Stern!« Da war der Stern, dem die Weisen aus dem Morgenland folgen würden! Wartet's ab, den tragen wir mit Fassung! Er kostete zehn Pfennige, und jeder bekam vorerst nur einen. Selbst machen durfte man sie nicht. Solange sie uns nicht unsere Kennzeichnung ins Fleisch tätowierten wie beim Schlachtvieh … Aber jetzt mussten wir die Hoffnung begraben, dass es Gerd vielleicht doch noch gelingen könnte, sich zu uns durchzuschlagen. Mit dem Stern durfte er nicht Reichsbahn fahren, und ohne Stern herumlaufen und dabei erwischt werden hätte Zuchthaus bedeutet oder arbeiten im Konzentrationslager.

Auf allen Parkbänken stand: »Nicht für Juden!« Wer noch in einer normalen Wohnung wohnte, einer sogenannten »Großwohnung«, musste allerspätestens jetzt in ein Judenhaus umziehen. Zum Glück gehörte Papa unser Haus. Uns konnte man weder kündigen noch uns von Amts wegen ausquartieren. Es war ein großes Glück, ein Haus sein Eigen zu nennen und ein Stückchen Erde zu haben, das man beackern konnte.

Papa musste allerdings bei der Gemeinde angeben, dass er ein Haus besaß. Aber in unserem Haus wohnten ja nur Juden – da würden sie uns sicher in Ruhe lassen.

Eines Morgens waren Onkel Hermann und Tante Margarethe verschwunden. Sie hatten nur ein paar Sachen mitgenommen und sich davongemacht. In einem Abschiedsbriefchen schrieben sie, wir sollten uns keine Sorgen machen. Sie würden versuchen, sich durchzuschlagen, und hätten auch eine Idee. Je weniger wir wüssten, desto besser.

Seltsamerweise fragte keiner nach ihnen. Papa und Onkel Rudolph machten sich große Sorgen und erwarteten täglich die SS oder die Gestapo, aber niemand kam. Den Brief hatten wir feierlich in trauter Familienrunde verbrannt. Die kleine Enttäuschung stellte sich im Laufe der nächsten Wochen ein: Wenn sie einen Weg hinaus wussten, warum hatten sie ihn nicht mit uns geteilt? Oder war ihr Weg der gleiche wie der von Dr. Feldheim?

Wir wurden zum Strümpfestricken für unsere Soldaten aufgerufen, und die Adolf-Hitler-Brücke wurde eingeweiht. Sie hatten sie grün angestrichen wie die anderen Kölner Brücken, die Nazis wussten anscheinend nicht, dass das Adenauer-Grün war.

Der gute alte Adenauer, so hatte es mir Lou noch erzählt, ließ die Kölner Brücken in einem besonderen Grün streichen, weil er keine rot gestrichenen »Kommunistenbrücken« haben wollte.

Grün fand er neutraler, unverfänglicher. Und weil er immer etwas Besonderes verlangte, hatte es ein besonderes Grün sein müssen, eines, das außer Köln keiner hatte. Die Volksdeutschen hatten arglos das Adenauer-Grün genommen, und ich war mir sicher, dass der »Alte«, wie wir Kölner ihn immer noch nannten, sich irgendwo im Exil ins Fäustchen lachte.

Von der Einweihung der Brücke war weder im Radio noch in der Zeitung oder gar in der »Wochenschau« ein Sterbenswörtchen zu hören gewesen. Das war ungewöhnlich. Sie war die südlichste der Kölner Brücken und eine breite Autobahnbrücke, aber es gab überhaupt noch keine Straßen, die zu ihr hinauf- oder wieder hinunterführten. Gustav hatte es bestätigt. Er kannte einen der Kameramänner, die den Werbefilm für die »Wochenschau« gedreht hatten. Sie hatten die Automobile mit einem Kran auf die Brücke gehoben, denn hochfahren konnte man noch gar nicht. Das war ja verrückt! Und der große Gedenkstein, auf dem »Adolf-Hitler-Brücke« stand, sei gar nicht aus Stein, sondern aus Pappmaché gewesen.

Alle Werbefilme und Fotos waren umgehend nach ihrer Fertigstellung beschlagnahmt worden. Hatte er sich am Ende geschämt, unser Führer, die Arbeiten nicht rechtzeitig abschließen zu können? Er war halt mehr für die großen Dinge. Mit Details gab der sich nicht ab. Wer eine solche Riesenbrücke bauen wollte, konnte sich nicht mit Nebensachen wie Zufahrtsstraßen oder Gedenksteinen befassen!

Wo sollten überhaupt die ganzen Fahrzeuge für diese riesige Brücke herkommen? Da, sagte Gustav, liege der wahrscheinlichere Grund für das Schweigen im Walde. Vermutlich habe der Führer eine militärische Trasse gebaut, damit die Soldaten aus den Ostkasernen schneller den Fluss passieren konnten. Und er könne ja kein Interesse daran haben, dass der Feind von der Existenz dieser Brücke wisse.

Tante Franziska und Mama Else wurden am 22. Oktober 1941 evakuiert. Onkel Rudolphs Zug sollte eine Woche später gehen. Er war außer sich, dass er seine Frau allein lassen sollte. Nach Litzmannstadt ging die Fahrt.

Wir hatten im jüdischen Gemeindezentrum schon davon gehört, dass die Juden umgesiedelt würden, in Arbeitslager, aber es kam dann doch etwas plötzlich, als die Listen für den ersten Transportzug bekannt gegeben wurden. Onkel Rudolph versuchte, seine Reise umzubuchen. Er wollte in denselben Zug wie seine Frau, aber es klappte nicht.

Sie mussten ihre Zugfahrt selbst bezahlen, vierundachtzig Reichsmark pro Person, für fünf Tage Essen dabeihaben sowie ein Essgeschirr – »Napf«, stand auf der Liste der mitzubringenden Gegenstände –, feste Kleidung und eine Bettdecke. Außerdem fünfzig Reichsmark. Schmuck, Sparbücher, Bargeld oder Wertpapiere hatte man vorher abzugeben, wenn man das nicht schon längst getan hatte, nur die Eheringe durften sie behalten. Mehr als zwei Koffer konnten sie nicht mitnehmen, und mehr als fünfzig Kilo sollten sie zusammen nicht wiegen.

Wir durften sie nicht zum Bahnhof nach Deutz begleiten. Ihre anderen Sachen wurden abgeholt und auf einen Lkw geladen. Es war nicht herauszubekommen, ob sie ihnen gebracht werden würden oder nicht, die SS-Leute waren grob und unverschämt. Es nützte gar nichts, dass das Klavier in Papas und Mamas Wohnung stand. Tante Franziska und Onkel Rudolph hatten angegeben, dass sie eines besaßen, weil sie ihren Anspruch darauf geltend machen wollten, und die SS-Leute zogen ohne Klavier nicht ab. Ich sah hilflos ihrem Treiben zu und dachte: Am Ende »stecken wir doch alle nackt in unseren Kleidern«. Die auch! Was wäre die Welt ohne Heinrich Heine.

Trotzdem war ich eigentlich froh, dass endlich Bewegung in die verfahrene Situation kam. Nach und nach sollten alle Juden im Osten angesiedelt werden, in den neu eroberten Ländern, hörten wir. Dann arbeiteten wir halt! Das klang in meinen Ohren endlich nach Zukunft. Es konnte doch nicht so weitergehen, dass wir immer weniger durften.

Ich kam mir manchmal vor wie eine Ente im Gartenteich oder wie ein Goldfisch, wenn der Teich langsam, aber sicher zufror. Die Kreise, die du noch schwimmen kannst, werden immer kleiner, deine Schwimmversuche immer heftiger und kurzatmiger, aber es ist vergeblich. Schließlich ist nichts mehr übrig. Du wirst zuerst bewegungslos, und dann steckst du fest. Wirst immer kälter und schließlich zu Eis. Es sei denn, dir gelänge es, rechtzeitig wegzukommen.

Wir würden uns dort im Osten etwas Neues aufbauen, und irgendwann wäre der Krieg vorbei und die Nazis besiegt. Außerdem war Litzmannstadt weit weg von Berlin, da waren die Freiheiten doch vielleicht größer! So machte ich allen dreien und mir selbst Mut, und wir hofften, dass wir uns bald wiedersehen würden.

Am 10. November wurde Gerd von Düsseldorf nach Minsk umgesiedelt. Er durfte seiner Mutter eine kurze Mitteilung dazu schreiben, die sie aber nicht mehr erreichte, sondern nur noch uns, da sie selbst schon unterwegs war. Es war für ihr Seelenheil besser so. Gerd würde schon durchkommen, so ein junger Kerl! Aber Minsk und Litzmannstadt, das lag weit voneinander entfernt.

»Vielleicht kommen die jungen Leute alle nach Minsk«, überlegte Lothar. »Dann sehen wir ihn wenigstens bald wieder, und wenn der Krieg vorbei ist, kann man sicher auch nach Litzmannstadt reisen.«

Wenn der Krieg vorbei ist. Er dauerte nun schon mehr als zwei Jahre. Friedas Kinder mussten denken, dass immer Krieg war. Sie konnten nicht wissen, dass es auch Frieden gab, sie waren zu klein, um sich zu erinnern. Von Frieda kam kein Lebenszeichen mehr. Hoffentlich ging es ihnen allen gut. Lothar hatte über einen Bekannten in Heppenheim gehört, dass Helmut an der Front war.

Im Dezember traten die Vereinigten Staaten von Amerika in einen Waffengang gegen Japan ein. Die Japaner waren unsere Verbündeten, und sie hatten die Amerikaner angegriffen, irgendwo weit weg in der Karibik. Unseren Führer veranlasste der amerikanische Kriegseintritt gegen Japan, Amerika zwei Wochen vor Weihnachten auch noch den Krieg zu erklären. Herr Goebbels versprach uns eine stählerne Weihnacht. Wie sollte die wohl aussehen? Mit Kanonenkugeln am Weihnachtsbaum?

Henny reiste am 7. Dezember nach Riga, ganz allein. Sie war traurig darüber und hatte Angst vor dem Unbekannten, aber wir durften auch sie weder zum Bahnhof bringen, noch ihr beim Tragen helfen. Sie war so blass, als ihre Gestalt um die Ecke bog, so leichenblass! Es war nicht sicher, wo wir hinkämen, wir würden abwarten müssen.

Immer mehr Ostarbeiter wurden zu uns in die Stadt gebracht. Sie wohnten in Lagern, verlassenen Hallen und sahen elend aus, wenn man sie auf dem Weg zu ihrer Arbeitsstätte sah. Sie hatten nur ganz dünne Sachen an und die meisten keine Handschuhe. Sie rochen schrecklich. Durfte man Menschen so behandeln, selbst wenn Krieg war und sie unsere Feinde?

Viele wohnten wohl gleich auf dem Werksgelände, bei Ford, Klöckner oder sonst wo. Auch auf dem Hof meiner Wellpappenfabrik wohnten welche. Wir würden vermutlich dorthin umgesiedelt werden, wo diese Zwangsarbeiter herkamen, denn deren Häuser standen ja jetzt leer. Dann ging es mir bald wie Frieda, ich wohnte in einem Haus, das zuvor jemand anderem gehörte, der es nicht freiwillig verlassen hatte. Führte kein Weg am Unrecht vorbei? Oder wurde wieder Recht daraus, wenn einfach alle Unrecht taten, weil sich am Ende Unrecht gegen Unrecht aufhob? »Wenn Unrecht zu Recht wird, wird Widerstand zur Pflicht.« Von wem war das noch mal und in welchem Zusammenhang? Es klang nach Revolution. Heine?

Nein, Brecht. Ach, Brecht – ich hatte solche Sehnsucht nach dem Theater!

Ob es in Minsk eigentlich einen großen Fluss gab? Nach einem Blick auf die Karte musste ich feststellen, dass es eher ein kleines Bächlein war. Aber eine große Stadt war Minsk, größer als Köln. Warum nicht! In so einer großen Stadt würde es sicher ein Theater geben. Und Geschäfte, wo Lothar arbeiten konnte, auch wenn ich Köln sicher vermissen würde.

Das Verrückte war, dass durch diesen Krieg, den unser volksdeutscher Führer führte, ein großdeutsches Reich entstand, wo sich am Ende die Völker doch wieder mischten, und zwar mehr als je zuvor. Die Russen kamen zu uns, und wir gingen nach Minsk. Hatte der Führer darüber mal nachgedacht, als er seine Umsiedlungsaktionen begann? Dass sich seine Absichten umkehrten wie bei einer paradoxen Intervention?

Papa sprach so gut wie gar nicht mehr. Er ging zum Arbeitsdienst, und wenn er daheim war, schlief er. Mama hatte zu Weihnachten gebacken. Richtige Weihnachtsplätzchen. Ich hätte nie geglaubt, dass es so was auf der Welt noch gab! Na ja, das stimmte nicht, ich wusste, dass es sie in der Welt und in allen normalen Geschäften noch gab. Aber dass es so was noch für uns gab – es war ein Wunder! Wo hatte sie bloß Butter und Zucker herbekommen?

Richtige Plätzchen, das Grinsen verschwand für Tage nicht mehr aus meinem Gesicht. Das ganze Haus roch nach Plätzchen. Nachts schrak ich hoch und fürchtete, es sei nur ein Traum gewesen. Dann schlich ich in Mamas Küche, um mich zu vergewissern, dass sie wirklich da waren. Und es waren viele, nicht nur eins für jeden. Was für ein Fest! Ich hatte Alpträume, dass die Gestapo unsere Plätzchen draußen riechen könnte und sie uns wegnähme.

Wir schickten Gustav ein Päckchen Weihnachtsplätzchen mit falschem Absender. Er hatte Mama beim Verkauf ihres Cellos geholfen. »Ein Cello kann man nicht essen«, sagte sie lächelnd. »Wir kaufen wieder eins, wenn andere Zeiten da sind.«

Auch öffentliche Fernsprecher waren jetzt für Juden tabu. Nur drei Wochen später, mitten im frostklirrenden Winter, wurden wir nun aufgefordert, alle Wollsachen, warmen Mäntel und Pelze abzugeben. Ich wickelte sorgsam Seidenpapier um die schönen Schildpattknöpfe meines Wintermantels, damit sie nicht verkratzten. Das gute Stück war schließlich teuer gewesen. Möge meine Nachfolgerin Freude an ihm haben, dachte ich, und außerdem will ich ihn unversehrt wiederhaben! Andererseits: Wenn wir sowieso nicht viel mitnehmen durften, dann war es auch egal, wann ich mich von meinen Sachen trennte.

Von jetzt an dachte ich, wann immer ich durch die Stadt ging, angesichts eines jeden Wintermantels, der mir entgegenkam, wem er wohl einst gehört hatte. Ich hielt die Augen auf nach meinem eigenen, aber er begegnete mir nie. Und ich achtete darauf, ob die Mäntel und Jacken der Passanten auch richtig saßen. Oder ob man schon an der mangelhaften Passform erkennen konnte, dass dies nicht das rechtmäßige Aschenbrödel war.

Dass Blut in den Schuh quoll … Wie fühlte es sich wohl an, den Wintermantel von jemandem zu tragen, der jetzt fror? Warm vermutlich.

Überall gab es Versteigerungen von Kriegsbeute, wo man für ganz wenig Geld die Habseligkeiten der Besiegten ergattern konnte. Das Hab und Gut der umgesiedelten Juden, Güter aus nichtarischem Besitz, wurde zum Teil direkt unter den arischen Nachbarn aufgeteilt. Es wurden inzwischen so viele Menschen umgesiedelt, dass es gar nicht mehr möglich war, immer einen Lastwagen für ihr ganzes Zeug zu schicken. Das, was abgeholt wurde, kam offenbar unter den Hammer – so oder so.

Jeder nahm sich, was er brauchen konnte. So musste das Paradies aussehen. Die Schnäppchenjäger hatten Hochkonjunktur. Man kam preiswert an Möbel, Teppiche, Kleidung, Hausrat und Schmuck. Wahrscheinlich hatte seit den Römern der einfache Bürger nicht mehr so direkt von Kriegshandwerk und Eroberungen profitiert.

Eines Tages durften wir keine Zeitungen und Zeitschriften mehr bestellen und nicht mehr mit der Straßenbahn fahren. Das Trommelfeuer der Verbote hörte vermutlich niemals auf. Ich stellte mir vor, dass es eine ganze Abteilung bei der Behörde gab, deren einzige Aufgabe darin bestand, sich neue Verbote für Juden auszudenken. Irgendwann würden wir kein A mehr sprechen dürfen und nicht mehr aufs Klo gehen, und man nähme uns Messer und Gabel ab.

Das Problem an der jüngsten Anordnung war, dass wir nun praktisch keine Informationen mehr bekamen, was draußen in der Welt vorging. Unsere einzige Nabelschnur nach außen war die jüdische Gemeinde. Und ganz selten Gustav.

Es wurde zunehmend schwierig, sich zu unterhalten. Worüber denn? Auch Lothar und ich hatten uns irgendwann alle Geschichten erzählt. Wir fingen deshalb an, unser neues Haus und den Garten im Osten zu planen. Was würden wir wohin pflanzen? Wie würden wir die Möbel stellen, und welche Möbel wollten wir überhaupt haben?

Lothar hatte viele Blätter Papier zu einem großen zusammengeklebt und eine detaillierte Zeichnung unseres Wunschhauses gemacht. Immer wenn wir uns einig wurden, zeichnete er den Gegenstand in unser neues Zuhause ein. Ein rotes Sofa. Das war eine lange Diskussion, denn Lothar wollte ein dunkelblaues, und für zwei Sofas würde unser Geld vermutlich lange nicht reichen. Als ich ihm versprach, von meiner ersten Gage als Schauspielerin am Minsker Theater ein zweites, dunkelblaues Sofa zu kaufen, willigte er lächelnd in das rote Sofa ein. Einen großen Küchentisch mit mindestens zwölf Stühlen für Gäste brauchten wir. Einen Apfelbaum. Eine Familienecke mit Fotos von allen Familienmitgliedern. Eine Bierkiste im Keller! Ich liebte es, abends ein kühles Bier zu trinken, und konnte mich gar nicht mehr erinnern, wie es schmeckte.

Die ausbleibenden Informationen hatten leider noch einen zweiten Nachteil. Sie öffneten der Spekulation Tür und Tor. Auch wenn wir nie darüber sprachen, ich wusste, dass es allen so ging wie mir. Man malte sich ständig neue Bedrohungen aus, weil man so abgeschnitten war von den tatsächlichen Vorgängen. Die Phantasie galoppierte einem ständig davon, und es wurde zunehmend schwierig, sie im Zaum zu halten. Ich war mir sicher, dass genau das beabsichtigt war.

Ich träumte von Drachen, die niemand besiegen konnte. Feuerspeiend fraßen sie einen nach dem anderen, und wir konnten nicht weglaufen. Dicke Eisenkugeln waren an unseren Füßen befestigt wie im Zuchthaus, und die gepanzerten Ungeheuer kamen immer näher. Immer wenn ein Drache sein Maul aufriss, um Lothar, Mama oder Leo zu fressen, sah ich für einen winzigen Augenblick sein Gesicht. Ich schrie, bis ich keine Luft mehr bekam. Denn es war mal das Gesicht von einer der Weber-Schwestern, mal Friedas, schließlich sogar Gustavs Gesicht und ganz zum Schluss Papas. Sie hatten riesige, bluttriefende Zähne.

Mein Herz schlug bis zum Hals, und ich konnte mich gar nicht mehr beruhigen. Ich hatte ihren Atem gerochen, ihr Brüllen gehört.

Am nächsten Abend musste Lothar mir bis tief in die Nacht Drachen zeichnen, mit ganz normalen Drachengesichtern, denen die dümmsten Missgeschicke passierten. Sie fielen die Treppe hinunter, gossen sich Farbeimer über den Kopf, blieben in Spinnennetzen hängen und schlugen der Länge nach hin, weil ich ihnen ein Beinchen stellte. Manche waren durch Zauber winzig klein geworden und steckten in einer Kaffeetasse fest. Lothar und ich kicherten den ganzen Abend, wenn uns wieder ein neues Malheur einfiel und er es mit ein paar Strichen zu Papier brachte. Gegen Morgen wagte ich, mich hinzulegen, das Licht zu löschen und die Augen zu schließen.

★★★

Im Frühjahr kam der gelbe Stern auch an unser Klingelschild. Gauleiter Grohé vermeldete danach mit Entsetzen, dass man ja jetzt erst genau sehen könne, wie viele Juden immer noch in der Stadt lebten! Und dass müsse sich ändern. Umgehend.

Ich hatte die Schlagzeile auf der Zeitung gesehen. Vermutlich deshalb mussten unser über achtzig Jahre alter Onkel Salomon und Tante Sofie sofort ins Sammellager Müngersdorf, sie wurden interniert. Von dort sollte es für sie bald weitergehen nach Theresienstadt. Dabei hatten wir doch gehört, dass die alten Juden nicht umgesiedelt würden! Sie kämen ins Altersgetto, hieß es jetzt in der Synagogengemeinde. Tante Sofie hatte Angst, aber sie hoffte natürlich auch, etwas über Henny zu erfahren – ein Stückchen näher wäre sie ihr ja dann.

Wir durften keine Haustiere mehr halten, auf dass der Deutsche Schäferhund nicht etwa durch jüdisches Gedankengut verseucht würde. Nicht mehr zum Friseur gehen – da war bei Judenhaar eh nichts zu retten – und mussten schließlich nahezu alle Kleider abgeben. Juden erhielten keine Raucherkarten mehr. Was für ein Glück, dass ich Gustav hatte, der mir ab und zu ein paar Eckstein unter den Blumentopf auf der Fensterbank legte. Außerdem mussten wir alle elektrischen und optischen Geräte abgeben sowie Schreibmaschinen und – Fahrräder. Mist, jetzt war es auch mit dem Radfahren vorbei!

Gustav hatte eine Schachtel neuer Buntstifte zu den letzten Eckstein gelegt. Er bekam dafür ein Gästezimmer in unseren Plan eingezeichnet. Mit Bücherregal und Heine-Bänden.

In der Nacht zum 31. Mai 1942 wurden wir kurz nach Mitternacht vom Fliegeralarm geweckt. Zum wievielten Male? Fliegeralarm gehörte inzwischen zu unserem Alltag. Genauer gesagt zur Allnacht. Hier und da wurde etwas zerstört, und es gab auch ein paar Tote, hatten wir gehört, aber praktisch nie hier im Zentrum. Kasernen in Ossendorf, in Kalk sollte es eine Kapelle getroffen haben und den Gereonsbahnhof im Westen. Da Juden nicht in die Luftschutzkeller durften, tapsten wir barfuß mit etwas weichen Knien wie immer schlaftrunken in unseren eigenen Keller, in den wir Bänke, Kerzen und etwas zu trinken gestellt hatten. Wie lange würde es diesmal bis zur Entwarnung dauern?

Auf dem Weg nach unten sahen wir die vielen »Christbäume« am Himmel, die die Stadt illuminierten. Ich hatte davon gehört, dass zu bombardierende Städte von vorausfliegenden »Pfadfinder-Flugzeugen« zunächst markiert wurden. Wir waren kaum unten angekommen, da ging es auch schon los. Diesmal also wirklich Flieger über der Stadt, und die machten Ernst! Es mussten Hunderte sein, jedenfalls hörte es sich so an. Das Getöse war beängstigend und hörte für Stunden nicht mehr auf. Flak, ununterbrochen das grelle Pfeifen der Bomben, Explosionen, so konnte man sich die Hölle vorstellen. Es war nicht festzustellen, ob es das Haus war, das zitterte, oder wir selbst. Würde es überhaupt noch einmal aufhören? Wurde Deutschland in dieser Nacht besiegt? Da oben konnte doch unmöglich noch irgendwas stehen geblieben sein!

Von draußen drang leuchtend roter Lichtschein zu uns herunter, so als ginge die Sonne auf. Ich verlor das Gefühl für Zeit. Tag? Oder noch Nacht? Wie dachten an Onkel Salomon und Tante Sofie. Ob es in Müngersdorf einen Keller gab, in den sie flüchten konnten? Papa meinte, die alten Preußenforts würden sicher Schutz bieten, aber ich war nicht sicher, ob er uns nur beruhigen wollte. Onkel Salomon konnte ja auch nicht mehr so schnell laufen. Ich dachte außerdem an Gustav. Ob er in Sicherheit war? Ob er auch an mich dachte? An uns?

Irgendwann hörten die Einschläge auf, Sirenen heulten, und draußen schien immer noch Chaos zu herrschen. Es war schon hell, ehe wir uns langsam wieder nach oben trauten. Unsere

Ohren waren ganz taub, und unsere Hände und Knie zitterten noch immer. Ganz vorsichtig lugten wir nach draußen und klopften uns den Staub aus den Haaren. Unser Haus stand fast unversehrt. Ein paar Dachziegel waren wegflogen und ein Fenster zerbrochen. Vermutlich die Druckwellen. Doch über der ganzen Stadt lag glutroter Feuerschein. Es roch nach Steinstaub und Rauch. Im Norden, das Flussufer hinauf, aber auch im Westen, Richtung Zentrum, sogar auf der gegenüberliegenden Rheinseite, vermutlich am Fliegerhorst in Ostheim, überall brannte es.

Als Lothar und ich am späten Nachmittag – es war ein Sonntag – neugierig durch die Straßen gingen, um uns ein wenig umzusehen, trauten wir unseren Augen nicht. Das Ausmaß der Zerstörung war nicht zu beschreiben! So viele Leichen, manche nicht mal zugedeckt. Hunderte! Jedenfalls kam es mir so vor. In der Breite Straße stand fast kein Haus mehr, auch Papas Geschäft war völlig zerstört.

Es wirkte alles überhaupt nicht real. Wir gingen über Trümmerhaufen, an rauchenden Ruinen vorbei, mit leicht und wie zufällig verdecktem Judenstern, denn wir hatten Sorge, dass man uns für die Zerstörung verantwortlich machen würde. Gauleiter Grohé hatte es bei seiner letzten Ansprache gesagt, dass die Juden schuld an diesem Krieg seien.

Manchmal konnte man den Straßenverlauf kaum noch erkennen, und es war schwer, sich zu orientieren. Ich konnte einfach gar nicht glauben, was ich sah, und Lothar ging es ähnlich.

Wir riskierten einen Blick in die Gertrudenstraße, zum Glück sah Gustavs Laden aus wie immer. Hinein wagten wir uns nicht. Auf der gegenüberliegenden Seite, hinter dem HJ-Hauptquartier, stieg Rauch auf. Später hörten wir aus einer Unterhaltung, dass es auch Klettenberg ganz stark getroffen habe und unser altes Haus in der Luxemburger Straße vermutlich nicht mehr stand. Wir hatten ein solches Glück gehabt! Im Weichserhof war nicht allzu viel passiert. Da musste es doch ein Schutzengelchen gegeben haben, das uns rechtzeitig aus der Schusslinie genommen hatte.

Allerdings war der Strom weg, und das blieb einige Tage so. Jetzt war der Krieg bei uns in Köln angekommen. In der Stadt war man nicht mehr sicher. Gut, dass viele unserer Verwandten schon fort waren, hoffentlich mussten auch wir nicht mehr allzu lange hierbleiben. Ich wollte weg. Im Osten war der Krieg doch schon vorbei, da war man in jedem Fall besser dran.

Alle jüdischen Schulen wurden geschlossen. Jetzt durften unsere Kinder nichts mehr lernen, vermutlich waren sie sowieso klug genug! Wobei sie sicher von ihren »arischen« Nachbarskindern um diese Anordnung beneidet wurden. Keine Schulaufgaben mehr. Keine Noten. Und morgens ausschlafen! Ganze Züge nur mit Kindern wurden evakuiert. Wie sollte das gehen, da im Osten? Ganze Züge voller Kinder! Wer würde sich um sie kümmern, bis ihre Eltern da waren?

»Sie wollen Schrecken verbreiten und Macht demonstrieren«, sagte Lothar leise. »Sie denken, dass sie uns die Hoffnung auf die Zukunft nehmen können, wenn sie uns die Kinder wegnehmen. Wir dürfen uns nicht einschüchtern lassen. Unsere Kinder sind stark. Sie schaffen es eine Weile auch allein! Wollen wir in unserem Haus im Osten ein Kinderzimmer einrichten?«

Als ich nickte, zeichnete er eine wunderschöne Wiege in das Zimmer neben dem Elternschlafzimmer. Es war das einzige Zimmer gewesen, über das wir noch nie gesprochen hatten.

Blinde oder taube Juden benötigten im Straßenverkehr keine Armbinde mehr, die sie kennzeichnete und die anderen Verkehrsteilnehmer zur Rücksicht ermahnte. Man konnte es auch so sagen: Sie durften keine mehr tragen. Das war eine kindische Anordnung. Was sollte denn das? Kamen sie sich nicht langsam albern vor, solche Anordnungen zu veröffentlichen? Was dachte ein Mensch, der eine solche Anordnung aufschrieb und überall in der Stadt anschlagen ließ? War der noch bei Trost?

Ständig gingen große Transporte weg. Tausende von Kölnern wurden umgesiedelt. Man sah sie schwer beladen durch die Straßen laufen, rüber auf die andere Rheinseite. Mir kam es so vor, als wäre bald niemand mehr da. Denn auch nichtjüdische Familien verließen die Stadt. Wer konnte, zog offenbar zu Verwandten aufs Land. Wir warteten auf unseren Evakuierungsbefehl. Wir wollten auch endlich irgendwo neu anfangen, und wir hatten Angst vor dem nächsten Luftangriff. Das Arbeitslager konnte uns da wahrhaftig nicht schrecken.

Köln würde wieder Angriffsziel werden. Bei unseren Ford-werken wurden schließlich die vielen Militär-Lkws gebaut, ganz zu schweigen von Klöckner. Das mussten Ziele sein für unsere Gegner, wobei man den Eindruck hatte, als hätten sie vor allem ganz normale Wohnhäuser treffen wollen, aber wieso?

Gustav erzählte bei einem spätabendlichen Besuch, dass in der Zeitung von einem wahnwitzigen Angriff der Engländer auf Köln die Rede sei, aber dass unsere Flugabwehr vierund-vierzig feindliche Bomber abgeschossen hätte. Von den riesigen Zerstörungen wurde nirgends berichtet. Er hatte eine Postkarte gesehen, die jemand aus der Stadt schmuggeln und außerhalb in den Briefkasten werfen wollte. »Der Dom steht noch«, stand darauf, »trotz der Tommis.« Es war gefährlich, so was zu verschi-cken, in Köln würde sie aus der Post aussortiert werden und der Adressat sicher zum Verhör abgeholt.

Am 6. Juli starb Onkel Salomon. Er wachte einfach morgens nicht mehr auf, schrieb Tante Sofie, und dass sie nicht wisse, woran. Vielleicht das Herz. Wir durften ihn begraben, aber ohne Tante Sofie. Sie musste im Lager in Müngersdorf bleiben. Geld für einen Grabstein hatten wir nicht. Drei Wochen später siedelte die Tante nach Theresienstadt um und schrieb uns einen letzten Gruß.

★★★

Mein Apfelbäumchen hat nun drei Ästchen und fast dreißig Blätter. Es geht mir beinahe bis zum Knie.

Jetzt sind wir vier wieder allein. Papa, Mama, Lothar und ich. Unsere Familie ist in alle Winde verstreut, und solange Krieg ist, wird es mit der Post schwierig werden. Riga, Litzmannstadt, Theresienstadt, Kapstadt, Minsk. Ich stecke auf meiner Karte kleine Fähnchen an diese Orte und eines nach Köln.

Lothar und ich haben unseren Abreisebefehl bekommen. Wir sollen uns im Sammellager Müngersdorf einfinden. Als ich den Brief geöffnet habe, ist Papa zusammengeklappt. Er wird immer empfindlicher und kränklicher und bekommt nur noch schlecht Luft.

Lothar und ich dürfen je einen Stuhl mitnehmen, damit man sich auch mal setzen kann. Das ist etwas Neues. Es hängt vermutlich damit zusammen, dass auch wir nicht gleich zum Bahnhof Deutz-Tief bestellt worden sind, sondern zunächst ins Sammellager nach Müngersdorf kommen sollen. Die Vorstellung, dass bei unserer Abreise am Bahnhof Hunderte einzelner Stühle auf den Bahnsteigen zurückbleiben würden, ließ mich schmunzeln. Es sähe aus wie nach einem Freiluftkonzert. Ein Bahnsteigkonzert.

Am 3. Oktober soll es also auch für uns nach Theresienstadt gehen. Ich dachte, da wäre das Altersgetto? Aber vielleicht gibt es auch noch eine normale Siedlung. Irgendwer muss sich schließlich um die Alten kümmern und das Leben aufrechterhalten. Wir werden also Tante Sofie treffen, das ist eine schöne Aussicht, mit ihr Weihnachten zu feiern. Wir haben leider noch keine Post bekommen, weder von ihr noch von den anderen.

Mama packt uns jede Menge getrocknete Bohnen ein, die sind nicht so schwer und werden vielleicht nützlich sein, je nachdem, wie die Versorgung wird. Dummerweise muss man sein Zeug ja tragen können. Ach, was soll's, was wir nicht mitnehmen können, brauchen wir nicht! Ich habe zusammen mit Mama noch ein paar zusätzliche Geldscheine in unsere Kissen und die Bettdecken eingenäht. Eine Art eiserne Reserve. Ich denke, vor allem Mama geht es damit ein wenig besser.

Leider haben wir Gustav vor der Abreise nicht mehr gesprochen. Er war bei seinem letzten Besuch sehr besorgt, dass er es vielleicht nicht mehr schaffen könnte, ungesehen zu uns zu kommen. Man muss inzwischen in jedem Kind einen Denunzianten vermuten! Wenn ich ihn nicht gekannt hätte, hätte ich geglaubt, dass er jeden Augenblick in Tränen ausbrechen würde. Er war ernst und fürsorglich, der Schalk war völlig aus seinem Gesicht verschwunden. Er hat immer wieder Lothar und auch mich in den Arm genommen, am Ende auch die Eltern, und er hat keinen einzigen Witz gemacht. Sogar Heine schien verstummt zu sein.

Er höre manchmal Beunruhigendes, hat er gesagt. Von Leuten, die an der Front im Osten waren. Aber vermutlich sei vieles übertrieben. Sie berichteten jedenfalls, dass der deutsche

Angriff ins Stocken geraten sei – das klinge ja eher erfreulich. Aber die Rückzugsgefechte seien mit unvorstellbaren Dingen verbunden. Wer weiß, was da dran ist? Krieg ist halt ein grausiges Geschäft.

Als wir an diesem regnerischen Septembermorgen von zu Hause losgehen, Lothar und ich, schwer bepackt, fühle ich in meiner Jackentasche die Spitzen eines kleinen metallenen Doms. Er wird mitfahren.

Ich werfe noch einen letzten Blick auf unsere Wohnung. Ein paar Möbel, die einem doch ans Herz gewachsen sind. Der Vitrinenschrank, den mir Oma gekauft hat. Die angeschlagenen dunkelblauen Keramiktassen im Regal. Ich habe meine Schmuckstücke dagelassen aus Sorge, dass sie verloren gehen oder mir bei Kontrollen abgenommen werden, denn es ist natürlich verboten, welche zu besitzen. Mama soll auf sie achtgeben, und wenn sie auch fahren, dann will sie ein paar Dinge zu Gustav bringen. Dort sind sie sicher. Sie trägt ja keinen Judenstern und kann sich etwas freier bewegen. Zumindest da, wo man sie nicht kennt.

Ein Blick noch aus dem Fenster auf meinen winzigen Apfelbaum. Vielleicht wird er Äpfel tragen, wenn ich ihn wiedersehe. Papa verabschiedet sich knapp, ihm liegen große Abschiedsszenen nicht.

»Auf bald«, sagen wir und: »Hoffentlich müsst auch ihr nicht mehr lange hierbleiben und wir sind bald wieder zusammen!«

Mama weint. Meine Knie schlagen so hart gegeneinander, dass ich Mühe habe zu gehen, und schwarze Übelkeit lässt mich nach Luft ringen. Lothar sieht mich besorgt an, aber er sagt nichts. Als wir um ein paar Ecken gegangen sind, zieht er einen kleinen Flachmann aus der Tasche, *seine* eiserne Reserve.

»Hier. Nich lang schnacken, Kopp in' Nacken.«

Wir müssen beide lachen, setzen uns mitten auf dem Bürgersteig auf unsere Stühle und trinken einen kräftigen Schluck von Gustavs Bärenfang. Tatsächlich hört das Knieschlottern ein paar Straßen weiter fast auf.

Köln, 11. September 1942
Liebe Frieda,
ich schreibe Dir kurz vor unserer großen Reise, denn ich weiß nicht, wie bald ich wieder an Papier und Briefmarken komme. Lothar und ich werden umgesiedelt, zunächst nach Theresienstadt, dort lebt auch Tante Sofie, sodass wir uns auf ein gemeinsames Weihnachtsfest freuen. Wir werden sehen, ob wir dortbleiben oder ob es von da noch einmal weitergeht, wie uns auch manche erzählt haben. Für Papa und Mama ist es schwer, weil sie jetzt so allein zurückbleiben, besonders weil wir nicht wissen, wo Onkel Hermann und Tante Margarethe geblieben sind, aber ich hoffe, dass auch die Eltern bald reisen können.
Jetzt wandern wir also doch aus, wenn auch nicht an den Ort unserer Wahl. Papa hat sich kaum von mir verabschiedet. Ich weiß nicht, was mit ihm los ist. Das »Auf Wiedersehen« kam ihm kaum über die Lippen. Er wird kauzig. Vielleicht wollte er auch nur seine Gefühle verbergen. Den älteren Herrschaften fällt dieser große Umbruch doch sehr viel schwerer als uns. Sobald es möglich ist, melde ich mich wieder, liebe Frieda. Hoffentlich geht es Euch dreien gut, ist der Krieg bald aus und kehrt Dein Helmut wohlbehalten zu Euch zurück.
Herzlich
Deine Fanny

Am 27. September 1942 bekam Gustav Schubert ein kleines Päckchen mit der Post. Darin war ein ledergebundenes Buch mit einem kleinen Schloss. Verschlossen.

Im beiliegenden Brief lag ein kleiner Schlüssel.

Lieber Gustav,
wir sind inzwischen von zu Hause fort. Theresienstadt sei unser Ziel, heißt es. Ich schreibe Dir, sobald das möglich ist, und schicke Dir auch die Adresse. Da man auf so langen Reisen nicht weiß, wie es gehen wird, und wir nur das Notwendigste mitnehmen dürfen, möchte ich Dir dies Büchlein anvertrauen. Ich habe darin festgehalten, wie alles ging mit uns in diesen Jahren. Wem sonst könnte ich meine Gedanken anvertrauen!

Eine andere Zeit hätte vielleicht andere Wege ermöglicht, doch es ist gut so, wie es ist. Lothar ist ein Geschenk für mich, seine unerschütterliche Zuversicht beschirmt uns beide. Du wirst das Büchlein hüten, das weiß ich, und mir zurückgeben an dem Tag, wo wir uns wiedersehen. Ich fürchte, für ein Theaterstück ist meine Geschichte zu lang geworden …

Im Augenblick sind wir noch im Sammellager Müngersdorf, und ich bin heilfroh, dass wir nicht in die dunklen, feuchten Kasematten einziehen mussten wie so viele, sondern einen Platz in einer Baracke mit Licht und Luft bekommen haben. Auch die ist bescheiden, zugig und kalt, aber wenigstens nicht feucht. Und nicht so dunkel. Und es riecht auch besser!

Alles Liebe für Dich, pass bloß auf Dich auf, und natürlich alles Gute für – Du weißt schon, für wen.

Auf bald

Deine Fanny

Am 3. April 1943 erreichte folgende Postkarte von Fanny aus Auschwitz ihre Eltern:

Liebe Eltern,

herzliche Grüße von Eurer Fanny. Ich bin inzwischen in Auschwitz-Birkenau und hoffe, Lothar bald wiederzutreffen. Mir geht es gut – ich hoffe, Euch auch.

Auf bald! Alles Liebe!

Nachwort

Fanny Heineberg, geborene Meyer, ist eine historische Person (zweite von links unten).

Der letzte in Köln gemeldete Aufenthaltsort des Ehepaars Fanny und Lothar Heineberg ist das Sammellager Köln-Müngersdorf, Fort V. Von dort wurden sie im Sommer 1942 (das Jahr und das Ziel wird für Lothar Heineberg im Gedenkbuch für die Opfer des Nationalsozialismus angegeben, für Fanny gibt die Synagogengemeinde Köln im Entschädigungsverfahren den Sommer 1942 an) zunächst nach Theresienstadt und wahrscheinlich am 1. April 1943 nach Auschwitz deportiert und ermordet (es soll aus dem Jahr 1943 eine Postkarte von Fanny aus Auschwitz geben, die ich aber leider nicht persönlich gesehen habe, sie ist in einem Buch des NS-DOK über jüdische Friedhöfe in Köln erwähnt).

Etwa elfeinhalbtausend Menschen wurden aus Köln verschleppt und ermordet, mehr als viereinhalbtausend Menschen allein 1942. Sie alle gingen am helllichten Tag zu Fuß mit ihrem Gepäck durch die Stadt bis nach Deutz oder nach Müngersdorf. Wenn sie sich weigerten, wurden sie gewaltsam abgeholt. Ihre Nachbarn, Kunden, Kollegen und Freunde sahen dabei mindestens tatenlos zu.

Vielleicht sind die Heinebergs nicht mit einem der sechs großen Transporte von jeweils um die tausend Menschen deportiert worden, sondern mit einem der kleineren von bis zu fünfzig Personen (die entsprechenden Waggons wurden einfach an »normale« Züge angehängt), denn sie stehen nicht auf den großen Listen. Da sie auch auf den kleinen Listen nicht verzeichnet sind, bleibt dies unbekannt wie bei weiteren circa zweihundert Kölnern. Ein Todesdatum des Ehepaars Heineberg ist auch nicht bekannt, der Todesort von Fanny ist ebenfalls nicht gesichert. Für ihren Mann Lothar wird im Gedenkbuch als Todesort Auschwitz angegeben. Sie wurden beide vom Amtsgericht Köln am 14. April 1955 auf Antrag zum 31. Dezember 1945 für tot erklärt.

Die kleine Fanny kam am 7. Juni 1905 um Viertel vor zwölf in Köln in der Peterstraße 45d zur Welt, wo auch die Großeltern Leon und Josefine Meyer, geborene Kehr, wohnten. Ursprünglich kamen diese aus Bonn, genauer Meckenheim, der Großvater war von Beruf Agent (vermutlich ist eine kaufmännische Tätigkeit gemeint) und starb schon zwei Jahre später. Die Großmutter Josefine lebte noch bis 1930.

Fannys damals fünfundzwanzig Jahre alter Vater Ludwig war in Greven's Adressbuch ohne Beruf gemeldet; offenbar war die junge Familie deshalb bei den Eltern untergeschlüpft. Auf ihrer Geburtsurkunde gibt er dann Handlungsgehilfe an.

Fannys Bruder Leo wurde am 13. Februar 1910 geboren, die Familie wohnte inzwischen in der Loreleystraße in einer eigenen Wohnung. Bis 1936 wohnte Fanny in der Luxemburger Straße 285b im zweiten Stock in der Wohnung ihrer Eltern. Das Haus steht heute nicht mehr, es gehörte ihrem Vater Ludwig, der inzwischen Kaufmann war und es zu etwas gebracht hatte. Heute steht dort ein Nachkriegsbau. Ob Ludwig Meyer ein eigenes Geschäft besaß, ist nicht zu ermitteln. Ich habe ihm eines gegeben, um die Lage der kleinen jüdischen Geschäftsleute und die Haltung der IHK Köln in den frühen dreißiger Jahren besser schildern zu können.

Ab 1928 hatte Fanny eine eigene Meldung in Greven's Adressbuch, was für Ehefrauen und Kinder (auch erwachsene Kinder) unüblich war und vermutlich zum einen ihrem Beruf geschuldet war. Normalerweise war nur der Haushaltsvorstand gemeldet, also in der Regel der Mann, in Fannys Fall der Vater. Zum anderen zeigt es aber auch, wie viele andere verifizierbare Details aus ihrem Leben, was für eine selbstbewusste Frau sie gewesen sein muss. Nicht nur, dass sie das Abitur gemacht hatte, studierte, einen künstlerischen Beruf ergriff und als Schauspielerin tätig war, sie bestand auch auf einer eigenen Meldung im Adressbuch, sie behielt nach ihrer Heirat ihren Mädchennamen als Künstlernamen, sie organisierte sich nach der demütigenden Entlassung aus dem Puppentheater in der Jüdischen Kunstgemeinschaft, die die Nachfolgerin der GEDOK war, der Gemeinschaft der Künstlerinnen. All dies spricht für eine große Selbstbestimmtheit. Mit Schwung unterzeichnete sie − als Einzige frech über zwei Zeilen − ihre Heiratsurkunde.

Ludwig Meyer, ihr Vater, geboren am 21. Februar 1880 in Ehrenfeld, war jüdischer Religionszugehörigkeit und Cäcilie Meyer, geborene Schiffer, seine Frau, geboren am 21. Juni 1880, katholisch. Geheiratet haben sie am 1. Februar 1905 in Köln-Lindenthal, da war Fanny bereits unterwegs. Trauzeugen waren Ludwig Meyers Vater Leon und sein Bruder Rudolph, zu diesem Zeitpunkt von Beruf Geschäftsreisender und Inhaber eines Militärpasses, also war er auch Soldat, was dafür spricht, dass alle drei Brüder im Ersten Weltkrieg für Deutschland gekämpft hatten. Da beide Trauzeugen aus der Familie Ludwig Meyers stammten, könnte man vermuten, dass die katholischen Eltern Cäcilies, der Gärtner Peter Mathias Schiffer und seine Frau Elisabeth, nicht besonders begeistert waren vom jüdischen Schwiegersohn ohne Beruf − aber das ist Spekulation.

Fanny war also in dritter Generation ein »echtes« kölsches Mädchen, ihr Abitur machte sie am Apostelngymnasium, Schauspiel studierte sie an der Schule der Vereinigten Stadttheater Köln.

Von 1936 bis 1941 war sie mit ihren Eltern – und ab 1938 mit ihrem Mann – Im Weichserhof 34 gemeldet. Das Haus gehörte wieder dem Vater, das Haus in der Luxemburger Straße hatte er offenbar verkauft. 1941/42 erschien das letzte Adressbuch von Greven vor Kriegsende. Die Adresse Im Weichserhof 34 existiert heute nicht mehr, bei Hausnummer 11 endet die Straße. Das Haus wurde im Krieg zerstört wie seine Nachbarhäuser, und heute beansprucht das linksrheinische Fundament der Severinsbrücke den Platz, beziehungsweise die Brücke überspannt den Ort, wo das Haus stand. Es ist nirgends als Judenhaus oder Gettohaus dokumentiert. Wir wissen auch nicht sicher, ob es vielleicht schon 1942 in der Nacht der tausend Bomber zerstört wurde und die Meyers bis zur Deportation doch in einem Gettohaus wohnten. Wahrscheinlich ist es nicht, denn es gibt die Aussage von Margarethe Meyer im Entschädigungsverfahren, dass Fanny ihre Wohnung samt Inventar bei der Deportation zurücklassen musste.

Fanny Meyer heiratete am 30. Mai 1938 in Köln Lothar Heineberg, geboren am 18. August 1908 in Hagen (wie übrigens auch Großcousine Henny, vielleicht kannten sich Salomon Meyers Familie und die Heinebergs aus Hagen, denn nicht nur Henny wurde dort geboren, Großonkel Salomon und Sofie haben dort auch geheiratet; vielleicht ist es aber auch nur Zufall).

Von Beruf war ihr Mann Lothar Dekorateur. Wie sie ihn kennenlernte, obwohl er bis zur Hochzeit wie seine Eltern und sein Bruder in Düsseldorf wohnhaft war, ist unbekannt.

(Tante) Franziska »Fanny« Meyer (vielleicht Fannys Patentante, denn den Namen hatte sie offenbar von ihr) wurde am 22. Oktober 1941 nach Litzmannstadt deportiert, wo sie am 2. Mai 1942 starb. Ihr Mann Rudolph Meyer, Ludwigs Bruder, wurde eine Woche später ebenfalls nach Litzmannstadt gebracht und von dort ins Vernichtungslager Kulmhof, wo er ermordet wurde. Den Transport nach Litzmannstadt haben nur fünfundzwanzig Kölner überlebt, nämlich die, die von dort weitertransportiert wurden. Ganz sicher ist es nicht, ob Franziska Meyer, geborene

Blumenthal, wirklich Rudolph Meyers Ehefrau war – aber es gibt Hinweise darauf.

Hermann Meyer, der zweite Bruder von Ludwig, war vielleicht der Ehemann von Margarethe Meyer, geborene Hirsch. Sie überlebte den Krieg und unterstützte Cäcilie Meyer 1956 beim Wiedergutmachungsantrag. Auch Hermann wurde verschleppt und ermordet, wann und wohin ist völlig ungeklärt. Es gibt im Gedenkbuch noch einen weiteren Hermann Meyer in Fannys Alter, der der Sohn der beiden gewesen sein könnte und von Köln aus deportiert und ebenfalls ermordet wurde, aber das ist nicht verifizierbar. Vom Bruder Hermann wissen wir nur, weil er 1930 die Sterbeurkunde von Ludwig Meyers Mutter Josefine beantragte und unterschrieb. Er wohnte in der gleichen Straße wie Josefine Meyer, er gibt nur eine andere Hausnummer an, aber das kann auch ein Versehen des Standesbeamten sein, der aus der 21 eine 12 machte. Beide angegebenen Hausnummern weist Greven's Adressbuch in den Jahren 1930 und 31 sowieso als unbebaut aus, was vielleicht auf eine Art Notunterkunft schließen lässt – dies ließ sich nicht mehr genauer herausfinden.

Lothar Heinebergs Mutter Else, geborene Manes, am 28. September 1881 in Lemgo geboren, war offenbar von Düsseldorf nach Köln gezogen, denn sie steht auf der Kölner Deportationsliste vom 22. Oktober 1941 nach Lodz (Litzmannstadt) und starb dort. Es ist der gleiche Zug, mit dem (Tante) Franziska Meyer verschleppt wurde. Elses Mann Karl war Kaufmann wie Ludwig Meyer. Er war vielleicht zu diesem Zeitpunkt bereits verstorben oder hatte sich scheiden lassen, was auch nicht selten vorkam. Er ist auf keiner Deportationsliste und in keinem Gedenkbuch zu finden.

Lothar hatte einen Bruder: Gerd, geboren am 29. September 1913, ebenfalls in Hagen. Fannys Schwager Gerd wurde Anfang November 1941 von Düsseldorf nach Minsk deportiert und kam dort um.

Das Bundesgedenkbuch nennt noch sechs weitere Opfer namens Heineberg, die an diesem Tag von Düsseldorf aus deportiert wurden (alle nach Minsk); inwieweit sie mit Lothar verwandt waren, ist unbekannt.

Fannys Großonkel, Salomon oder Sally, starb vor seiner Deportation am 6. Juli 1942 in Köln im Sammellager Müngersdorf, Umstände ungeklärt; er war einundachtzig Jahre alt. Seine Frau Sofie wurde drei Wochen später, am 27. Juli 1942, nach Theresienstadt deportiert, wo sie am 16. Oktober 1942 starb. Ihre gemeinsame Tochter Henny (Henriette) war schon ein Jahr zuvor nach Riga deportiert worden, sie starb dort im Juli 1944. Riga, Minsk, Kulmhof und Auschwitz-Birkenau waren sogenannte Tötungslager, aus denen kaum jemand entkam.

Ob »Onkel« Salomon wirklich ein Onkel oder ein anderer naher Verwandter war, habe ich nicht verifizieren können. Er liegt mit Ludwig Meyer in einem Grab. Er war wie Ludwig Meyers Vater Leon in Bonn geboren, könnte also gut dessen Bruder gewesen sein. Aus der Gedenktafel für seine Frau Sofie und die Tochter Henny geht hervor, dass es noch überlebende Geschwister von Henny gegeben haben muss.

Vater Ludwig wurde am 12. September 1944 wegen des Privilegs seiner »Mischehe« als Letzter der Familie zunächst ins Sammellager Müngersdorf überstellt und dann, sehr wahrscheinlich am 14. März 1945 noch (!), zunächst nach Theresienstadt und weiter nach Auschwitz deportiert. Er überlebte, kehrte als einer der ganz wenigen Juden nach Köln zurück, wo er in der Heinsbergstraße 36 am 12. Mai 1946 vermutlich an den Folgen der Lagerhaft an Herzmuskelschwäche und Arteriosklerose starb.

Von den ganz zum Schluss aus Köln deportierten Menschen überlebten zunächst fast alle, weil die Tötungsmaschinerie inzwischen zusammengebrochen war. Leider, wie in Ludwig Meyers Fall, starben viele von ihnen kurz nach der Befreiung. Entbehrungen und Misshandlungen wirkten nach, als die Nazis schon besiegt waren.

Ob es noch mehr Familienmitglieder gab, ließ sich nicht recherchieren, der Name Meyer ist nicht selten. Ganz abgesehen davon, dass eventuelle Schwestern Ludwig Meyers nach einer Namensänderung durch Heirat für Nachforschungen unsichtbar wurden.

So erschreckend genau die dicken Bände der deutschen Gedenkbücher sind, so ungenau können sie im Einzelfall sein.

Ich habe in unterschiedlichen Gedenkbüchern (lokale, Bundesgedenkbücher, Yad Vashem, online oder Druckversionen) Widersprüchliches gefunden und manches gar nicht. Man muss sich vorstellen, dass wir beim Holocaust von mehr als zweihunderttausend ermordeten Menschen sprechen – nur die deutschen Opfer gezählt – und von sechs Millionen europaweit.

Die Brüder Ludwig Meyers und der Onkel nebst Familien wohnten nicht mit der übrigen Familie zusammen im Weichserhof, das ist Fiktion. In meiner Geschichte entwickelte sich diese Phantasie von selbst, vielleicht aus einem Grund: Ich denke, dass es für mich etwas Tröstliches hatte, dass wenigstens die Familie zusammenrücken konnte. Ich glaube, jeder würde unter Bedrohung versuchen, seine Familie um sich zu scharen und zu beschützen. Da ich aus der Ich-Perspektive erzähle, brauchte ich offenbar diesen Trost, den die Opfer in der Realität allerdings nicht hatten.

Viele Zeitzeugen berichten genau das: dass man versuchte, als Familie zusammenzubleiben, um einander zu helfen.

Die realen Mitbewohner der Familie Meyer im Haus Im Weichserhof 34 sind namentlich bekannt, sie waren alle sechs alleinstehend, mit größter Wahrscheinlichkeit jüdisch und einfache Leute: Bauarbeiter, Köchin, Möbelpacker, Fahrstuhlführer und zwei ohne Beruf. Vielleicht handelte es sich um Einquartierungen. All dies spricht dafür, dass es ein bescheidenes und nicht sehr großes Haus war.

Die Charaktere aller Familienmitglieder sind frei erfunden, auch was Fanny, die Hauptprotagonistin, betrifft, denn davon ist nichts überliefert.

Die einzigen nachweislich Überlebenden der Familie sind Leo Meyer, der in Südafrika promovierte, sowie Margarethe und Cäcilie Meyer, vermutlich beide nicht jüdischen Glaubens. Bei Cäcilie ist beurkundet, dass sie katholisch war, bei Margarethe können wir es vermuten, wie hätte sie sonst überleben sollen? Da nach dem Krieg (je nach Jahr) sieben bis zehn Margarethe Meyers als Witwen in Köln gemeldet waren, lässt sich nicht mehr herausfinden, welche von ihnen »unsere« ist.

Eine Akte des Bundesamts für zentrale Dienste und offene

Vermögensfragen von 1954 bis 1966 förderte im Frühjahr 2015 entscheidende Informationen zutage. Zum Beispiel, dass Fanny Meyer geheiratet hatte und nur wegen der Namensänderung aus den Unterlagen verschwunden war. Dazu kam, dass einhundertzehn Jahre nach der Geburt eines Menschen die Personenstandsurkunden öffentlich werden, und das war für Fanny erst im Jahr 2015 der Fall. Die Akte umfasst unter anderem die Aussage ihrer Mutter Cäcilie, die ins Kölner Umland floh, statt dem Deportationsbefehl von 1944 Folge zu leisten. Denn nicht nur Ludwig Meyer, sondern auch seine katholische Ehefrau wurde noch kurz vor Kriegsende erfasst und sollte deportiert werden. Er drängte sie, die Flucht wenigstens zu versuchen, was die Vermutung nahelegt, dass sie zu diesem Zeitpunkt wussten, was sie im Osten erwartete.

1941 und 1942 wussten sie das mit größter Wahrscheinlichkeit nicht. Außer einer Handvoll Soldaten, die als Heimaturlauber dunkle Andeutungen machten, die kaum jemand glaubte, war im westlichen Teil des Reiches noch nichts von der Menschenvernichtung bekannt geworden, und zu Soldaten hatte eine jüdische Familie keinen Kontakt. Im Osten des Reiches und ganz stark in Polen war den Opfern teilweise schon viel früher klar, was mit ihnen geschehen sollte. Eine Vernichtung diesen Ausmaßes ließ sich vor Ort nicht geheim halten. Allerdings muss man hier unterscheiden: Neu ankommende Opfer waren auch später teilweise ahnungslos oder konnten einfach nicht glauben, was man sich erzählte. Es war zu ungeheuerlich. Sie schrieben noch aus den Umkleideräumen der Tötungsanlagen, teilweise zwar gezwungenermaßen, Postkarten nach Hause – so vielleicht auch Fanny.

1954 meldete Cäcilie Meyer Schadensersatzansprüche an. Wie sie sich in den zwischenzeitlich neun Jahren nach der Verschleppung ihres Mannes durchgeschlagen hatte, ist unbekannt. Bis dahin wurden keinerlei Entschädigungen oder gar Renten für die Verfolgten des Nationalsozialismus gezahlt. Sie erhielten nicht einmal ihr Eigentum zurück, auch nicht bei erzwungenen Geschäftsaufgaben oder beschlagnahmten Häusern, Wertsachen und

Konten. Die langen und sorgfältigen Listen ihrer Besitztümer, die Anwesenheit von Finanzbeamten und Gerichtsvollziehern bei der Enteignung der abtransportierten Juden nützte gar nichts.

So wurde Cäcilie Meyers Antrag auf Entschädigung vom 4. Oktober 1954 am 29. Juni 1956 abgelehnt, weil dieser Antrag nicht unter das Entschädigungsgesetz falle, sondern es sich hier um eine Rückerstattung handele. Schon am 29. September 1948 hatte man im Fall der etwaigen Vermögensentziehung Fanny Heinebergs festgestellt, »dass die entsprechenden Vermögensakten und Kassenbelege durch Kriegseinwirkung vernichtet wurden. Daher kann nicht mehr festgestellt werden, ob und welche Vermögenswerte vorhanden waren oder eingezogen worden sind«.

Die Bemühungen, eine gesetzliche Regelung zur »Wiedergutmachung« umzusetzen, mündeten erst am 23. Juli 1957 in ein Gesetz, wonach die Opfer des Nationalsozialismus Rückerstattung beantragen konnten wegen des Schadens an Freiheit, Eigentum oder Beruf. Der Schaden am Leben wird ausdrücklich ausgeklammert. Sie mussten allerdings in Deutschland wohnhaft oder bis zu ihrer Deportation wohnhaft gewesen sein. Das hieß für Fannys Bruder Leo zum Beispiel, dass er keine Möglichkeiten hatte. Außerdem hatte man zur Einreichung des Erstantrags insgesamt nur bis 1959 Zeit. Da die Familien oft auf dem ganzen Erdball verstreut waren, viele sich schämten oder die Schäden durch Lagerhaft noch nicht in vollem Ausmaß sichtbar waren, gingen die meisten wohl leer aus.

Besonders gern gesehen waren die Entschädigungen beim Volk der Täter ohnehin nicht. Der Wohlstand vieler Deutscher basierte auf dem Unrecht von damals. Man unterschied zwischen (Teil-)Rückgabe eventuell enteigneten Besitzes und einer Art monatlicher Rente, die nur bekam, wer nachweisen konnte, dass er mittellos war. Cäcilie Meyer hatte es vielleicht besonders schwer, weil sie selbst gar nicht verschleppt worden war und ihr Mann nicht von den Nazis ermordet wurde, sondern eines »natürlichen« Todes starb. An ihr hatte folglich niemand etwas wiedergutzumachen …

1956 jedenfalls schlug sie sich mit deutlich über sechsundsiebzig Jahren als Büglerin durch und wohnte in der Kurfürstenstraße 24. Es ist beschämend, wenn man nachliest, dass die Mutter unter anderem auflisten musste, welche Besitztümer ihr ermordetes Kind sein Eigen genannt hatte – dass es gute Kleidung und Schuhe besaß, manches Schmuckstück sowie gediegene Möbel, eine solide Ausbildung hatte, die eine städtische Anstellung mit zweihundertsiebzig Reichsmark einbrachte –, um den materiellen Wert des entgangenen Erbes taxieren zu können. Dennoch wurden ihre eigentlich bereits festgestellten Ansprüche immer wieder abgelehnt.

Am 6. Januar 1966 schließlich wird ihr doch ein grundsätzlicher Anspruch bekannt gegeben und zur Stellung eines erneuten Antrags ein Zeitfenster von acht Wochen eingeräumt. Im inzwischen zwölf Jahre währenden Gerichtsverfahren wird letztlich festgestellt, »dass zum einen der letzte Wohnsitz ihrer Tochter Fanny Fort V in Müngersdorf gewesen sei, eine Sammelunterkunft also, so dass man in Sachen Eigentum also höchstens von einer ›Resthabe‹« ausgehen könne. Außerdem sei nach den Ermittlungen nicht unzweifelhaft, ob das Deutsche Reich in den Besitz des Hausrates der Erblasserin gekommen sei oder die entsprechende Verfügungsgewalt erhalten habe. Unklar sei auch, inwieweit die Möglichkeit eines Verlusts durch Kriegszerstörung besteht. Angesichts des hohen Alters der Antragstellerin (sechsundachtzig Jahre) seien »weitere Ermittlungen zwecklos«, und man einigte sich auf einen Vergleich von 2000 DM.

Cäcilie Meyer wohnte inzwischen wieder in der Heinsbergstraße. Margarethe Meyer, geborene Hirsch, vielleicht Hermann Meyers Frau, trat hier als Zeugin auf. Es ist anzunehmen, dass bei diesen grausam demütigenden Verfahren dieselben Menschen am Werk waren wie zur Nazizeit.

Warum Familie Meyer in Köln blieb und nur Leo auswanderte, ist Spekulation. Ob sie nicht genügend Geld hatten, um alle zu flüchten, ob sie nicht für alle ein Visum bekamen, ob sich der Rest der Familie zu spät entschloss, weil sie, wie so viele, sich einfach der Heimat verbunden und sicher fühlten, alles das wissen wir nicht. Da so gut wie nie die ganze Familie auswandern konnte, hätte man Familienmitglieder zurücklassen müssen, vielleicht hat das abgeschreckt.

Fanny Meyer begegnete mir 2013, als ich ein Stück für Kölns Puppentheater schrieb, das sich mit dem umstrittenen Bau des Museums für jüdische Kultur in Köln befasste und ein bescheidenes Plädoyer für ein solches Museum beinhaltete. Im Buch über die Geschichte des Hänneschen-Theaters sah ich ihr Foto. Inmitten ihrer Kollegen saß sie da, lächelte schelmisch in die Kamera und blieb seitdem einfach in meinem Kopf. Dass auf den ersten Blick nichts über ihren Verbleib herauszufinden war, weckte meine Neugier.

Als Jüdin gemeldet, musste sie 1935 das Puppentheater verlassen, aber ob ihr die Flucht aus Nazideutschland gelang oder ob sie verschleppt und ermordet wurde, war nirgends dokumentiert. 1937 verlor sich ihre Spur. Sie galt als verschollen.

2014 fasste ich den Entschluss, ihr eine fiktive Geschichte zu geben, da wo man ihre eigene nicht mehr ermitteln konnte. Möglicherweise spielte dabei eine Rolle, dass erst vor wenigen Jahren vor unserem Haus auf Initiative des Merheimer Geschichtsvereins ein Stolperstein für Karl Steinberg verlegt worden war, der nur rund neun Jahre älter war als Fanny und ebenfalls 1942 erst nach Theresienstadt, dann nach Auschwitz verschleppt und ermordet wurde. Seine (katholische) Frau und die zwei Kinder trennten sich von ihm und konnten so nach Amerika auswandern. Das Haus kam in den Besitz der Stadt Köln, Entschädigung wurde nach unserem Wissen nicht gezahlt.

Möglicherweise spielt auch eine Rolle, dass ich im Jahr 2012 Georg Kreislers »Lola Blau« gespielt habe, die Geschichte einer jüdischen Schauspielerin, die nur mit viel Glück noch aus Wien herauskam und fliehen konnte. Möglicherweise wirkt auch, dass unser Theater im Keller eines denkmalgeschützten Gebäudes zu Hause ist, das die Hitlerjugend Köln zu ihrem Hauptquartier erklärt hatte.

Der Firnis unserer Demokratie ist dünn. Egal, wo man kratzt, der tödliche Schrecken sitzt dicht unter der Oberfläche der Normalität. Und gerade jetzt, wo die letzten Zeitzeugen verschwinden, geschichtslose Gesellen auf die politische Bühne drängen und globale Verwerfungen uns herausfordern und nach einem Sündenbock suchen, gilt es, die Erinnerung wachzuhalten. Erinnerung daran, wie schnell wir in die Finsternis zurückfallen, gerade weil wir nur Menschen sind. Erinnerung an diejenigen von uns, von denen es nur noch Umrisse gibt, wie atomare Schatten nach einer Kernexplosion.

Ich begann zu recherchieren. Der Einsturz des Kölner Stadtarchivs 2009 machte die Sache nicht einfacher und erschien mir wieder einmal symptomatisch.

Auf dem Foto des Hänneschen-Ensembles von 1930 war Fanny Meyer fünfundzwanzig Jahre alt. Von März 1929 bis zum 31. Mai 1935 war sie Mitglied des Ensembles im gerade städtisch gewordenen Puppentheater. Aus ihrer Zeit dort habe ich drei Zeitungsartikel finden können, in denen sie Erwähnung findet, und drei Fotos. Davor hatte sie ihr erstes Engagement im Millowitsch-Theater auf der Ehrenstraße, also auch Mundart-Boulevardtheater, sie konnte gut Kölsch sprechen. Willi Millowitsch muss sie definitiv gekannt haben, denn er stieg bereits 1922 ins elterliche Theater ein.

Am 29. März 1933 wurde Fanny Meyer seitens der Puppenspiele in vorauseilendem Gehorsam bei der Stadt Köln offiziell als Jüdin gemeldet, obwohl nur ihr Vater Jude war, ihre Mutter katholisch. Vorauseilend war der Gehorsam deshalb, weil das entsprechende Gesetz erst am 8. April 1933 erlassen wurde und die diesbezügliche Weisung des Personaldezernenten Herrn Ludwig dem Gesetz zwar auch um eine ganze Woche vorgriff (!), aber dennoch erst am 1. April 1933 herausgegeben wurde, am Tag des Boykotts jüdischer Geschäfte. Da waren die Puppenspiele also noch mal vier Tage schneller gewesen …

Übrigens wird im gleichen Schreiben, zweieinhalb Jahre vor (!) den »Nürnberger Gesetzen«, mitgeteilt, dass niemand im Ensemble mit einem Juden verheiratet sei. In Köln war man, was die Verfolgung der Juden anging, sehr eifrig. Gerade den künstlerischen Berufen wurde große öffentliche Wirkung zugesprochen.

Der jüdische Kölner Opernsänger Schmidt-Scherff wurde

bereits am 8. März 1933, einen Monat *vor* dem erlassenen »Gesetz zur Wiederherstellung des Berufsbeamtentums«, das jüdische Bürger von städtischer Anstellung ausschloss, öffentlich von der Bühne gezerrt und die Vorstellung des »Fidelio« abgebrochen. Erst vier Tage *später* waren Kommunalwahlen in Köln, bei denen die Nazis das Ruder übernahmen.

Was aus dem Opernsänger wurde, ist unbekannt. Er steht in keinem Gedenkbuch. Das kann bedeuten, dass ihm die Flucht gelang. Es kann aber auch bedeuten, dass er bereits in Köln verstarb wie Salomon Meyer, der auch in keinem Gedenkbuch steht. Es gibt den Augenzeugenbericht eines Pastors aus dem Sammellager Müngersdorf, der von einem berühmten Kölner Opernsänger in grauenhaftem Gesundheitszustand berichtet. Ein Name wird nicht genannt. Andererseits gibt es einen Opernsänger und Musikdirektor namens Dr. Wilhelm Schmidt-Scherf, geboren 1905 (was etwa passen würde), der lange nach dem Krieg Anneliese Rothenberger entdeckte und gleichzeitig Psychologe war, aber ich habe dieses Rätsel leider nicht lösen können.

Jüdische Künstler wurden reichsweit unmittelbar nach der Machtübernahme aus öffentlichen Diensten entlassen. Aufgrund der Tatsache, dass jeder bedienstete Künstler Mitglied in der Reichskulturkammer sein musste und Juden dort nicht Mitglied werden konnten, war die rasche Umsetzung der Entlassungen garantiert. Sogar freie Künstler waren bald von einem Auftrittsverbot ergriffen und dem Jüdischen Kulturbund schon ab 1934 beispielsweise die Aufführung des deutschen Dichters Schiller verboten.

Die Verfolgung in Köln war radikal, früh und offen, das Denunziantentum weit verbreitet – es wurde gar der Reichsleitung zu viel, das ist belegt. Deshalb halte ich es für unwahrscheinlich, dass Fanny Meyer selbst jüdischen Glaubens war, sie wäre mit größter Wahrscheinlichkeit nicht bis 1935 von der Stadt weiterbeschäftigt worden. Sie war nach meiner Einschätzung im zynischen Nazisprech »nur« Halbjüdin, vielleicht sogar christlich getauft, und deshalb war ihre Weiterbeschäftigung zunächst möglich.

Das Hänneschen-Theater war kein Widerstandsnest. Den

Umzug der Puppenspiele 1938 aus der Sternengasse an den Eisenmarkt haben die Nazis als Volksfest organisiert. Man setzte auf »die erzieherische Wirkung« des Puppenspiels, und dies fiel auf bereits fruchtbaren Boden. Sehr früh (1929) lässt sich der deutlich antisemitische Inhalt von Theaterstücken im Hänneschen-Theater belegen. Auch das Millowitsch-Theater, das 1936 an seinen heutigen Standort in der Aachener Straße zog, wurde von den Nazis dort angesiedelt, in den ehemaligen Colonia-Sälen, die Familie Millowitsch schaffte es aber offenbar, in Sachen Inhalte etwas mehr Zurückhaltung zu üben. Jedenfalls ist kein antisemitischer Inhalt bekannt.

Der Jüdische Kulturbund Rhein-Ruhr, der sich der vielen plötzlich arbeitslosen jüdischen Künstler in Köln annahm, und die Jüdische Kunstgemeinschaft, bei der Fanny Meyer später mit der Kollegin Flora Jöhlinger ein Marionettenspiel gründete, nahmen ihre Tätigkeit im Sommer 1933 auf. Das bedeutet, dass jüdische Künstler zu diesem Zeitpunkt bereits ein Problem hatten. Dieser Kulturbund, wie auch die Synagogengemeinden, waren die einzige Möglichkeit für Juden, Hilfe zu bekommen und sich zu organisieren. Diese Vereinigungen übernahmen Übermittlungs-, Wohlfahrts- und Verwaltungsaufgaben, und das war von den Nazis grundsätzlich erwünscht. Erhielten sie doch durch diesen perfiden Hakentrick die Möglichkeit, auf ein nahezu lückenloses Judenregister zuzugreifen.

Es existiert ein Schreiben von Willy Waltzer, demzufolge ein Fräulein Meyer noch 1935 zum Krankenbesuch eines Hänneschen-Spielers geschickt worden sei, vermutlich ist Fanny hier gemeint. Ein Interview mit dem einstigen Intendanten Karl Funck vom November 1991 für das theatereigene Magazin »Hinger d'r Britz« beschreibt, wie man mit Fanny Meyer 1935 das letzte Mal zur Bahn gegangen sei. Karl Funck war vor 1935 Kollege von Fanny Meyer. Er sagte, niemand habe damals kapiert, dass sie ja unfreiwillig ausscheide. Sie sei in Ordnung gewesen, eine gute »Mariezebell« und besessen von ihrer Arbeit. Ob er sich im Nachhinein die eigene Haltung ein bisschen schöner redete, als sie tatsächlich war, bleibt dahingestellt.

Solches Verhalten war nach 1945 im Zuge der Entnazifizierung und des Strebens nach Beweismaterial für den heiß begehrten »Persilschein« weniger die Ausnahme als die Regel. Karl Funck wollte neuer Spielleiter beim Kölner Nachkriegs-Puppentheater werden, das übrigens heute noch am gleichen Ort steht, wo es die Nazis angesiedelt haben, genau wie das Millowitsch-Theater. In Sachen Oper und städtisches Schauspiel ist man in Köln nach dem Krieg bewusst einen anderen Weg gegangen und hat einen Neubau an anderer Stelle errichtet, die »Volksbühnen« blieben, wo sie waren.

Im Puppenspiel nahmen insgesamt sechs Ensemblemitglieder 1947 ihre Arbeit einfach wieder auf, als hätten sie den hinterhältigen Juden Chaim nie gespielt – obwohl Georg Mack ab April 1933 Mitglied der NSDAP war und als Einziger durchgehend bis 1945 Angestellter des Hänneschen-Theaters blieb, obwohl der Theaterbetrieb 1941 nach einem Bombentreffer eingestellt werden musste. Georg Mack spielte den Mählwurms Pitter und ist auf einem Foto vom Umzug an den Eisenmarkt hoch oben auf einem Wagen voller Bierfässer zu sehen, das im Foyer des heutigen Hänneschen-Theaters hängt, und man kann sich vorstellen, wer da so schützend seine Hand über Herrn Mack gehalten hatte.

Wilhelm Seuser war schon ab März 1933 Mitglied der NSDAP. Eine Petitesse der Geschichte ist, dass Pro Köln, die rechtspopulistische Partei der Stadt *unserer* Tage, seit vielen Jahren ihr Büro in genau diesem Gebäudekomplex am Eisenmarkt, Tür an Tür mit »unserem« heutigen Hänneschen-Theater, einrichten konnte, als wolle sie frech dokumentieren, dass dieses Theater nicht dem deutschnationalen Zugriff entkomme, und die Kölner Stadtverwaltung sieht offenbar keine Notwendigkeit, dem etwas entgegenzusetzen.

Es ist nichts über die kollegialen Verhältnisse der damaligen Puppenspieler zu Fanny Meyer verifizierbar. Es ist auch nur ein Marionettenstück der Jüdischen Kunstgemeinschaft mit Fanny Meyer nachweisbar. Ob es noch mehr gab, ist unbekannt. Ebenso, ob es mit dem Jüdischen Kulturbund Rhein-Ruhr Probleme gab, weil sie keine Jüdin war – das ist Spekulation, würde aber erklären, warum sie dort nicht als Schauspielerin engagiert wurde.

Alle historischen Begebenheiten und Bekanntmachungen sind wahr und haben sich genau so ereignet wie beschrieben. Alle Zitate sind authentisch, alle Maßnahmen der Nazis sind dokumentiert, alle Theaterstücke sind korrekt zitiert, außer dass bei meiner »Kölschen Carmen« der Escamillo aussieht wie Konrad Adenauer – das habe ich erfunden. Die echten Frechheiten, die das Stück sicher enthielt, sind leider nicht überliefert.

Alle Orte und Lokale hat es genau so gegeben, auch wenn ein Teil heute verschwunden und vergessen ist. Was den historischen Hintergrund und das historische Köln angeht, habe ich bis ins Detail größten Wert auf Authentizität gelegt.

Historische oder prominente Figuren wie zum Beispiel Luise Straus-Ernst sind, was ihr Schicksal angeht, ebenfalls wahrheitsgetreu dargestellt, man findet sie mit Kurzbiografie im Personenverzeichnis. Für ihre persönlichen Bezüge zu, Gespräche und Handlungen mit Fanny Meyer gilt dichterische Freiheit. Niemand weiß, ob oder wie sie ihnen begegnet ist; es ist nicht unwahrscheinlich.

Alle – rund fünfzig – jüdischen Kölner in diesem Roman sind inklusive ihrer unveränderten Namen real, und was wir über sie wissen, ist großenteils der detaillierten Recherche von Barbara Becker-Jákli zu verdanken, die ein wunderbares Buch über das jüdische Köln geschrieben hat und eines über die Menschen, die auf dem jüdischen Friedhof in Bocklemünd liegen, so wie Ludwig und Salomon Meyer. Ich habe über Fannys Familie hinaus reale Personen und authentische Geschichten gewählt, um auch ihnen den Platz in der Kölner Geschichte einzuräumen, der ihnen gehört, sie stehen ebenfalls im Personenverzeichnis.

Ich weiß von den meisten natürlich nicht, ob sie Fanny Meyer kannten. Aber sie waren Bürger dieser Stadt im geschilderten Zeitraum. Bei denen, wo Bekanntschaft nachgewiesen ist, wie Hans Tobar oder Julius Rutkowski, steht es in den Angaben zur Person. Ihre Charaktere, soweit sie in Erscheinung treten, sind frei erfunden.

Frieda, Helmut, Richard, Gustav, Martha und Leonore sind genau wie alle anderen Namen ohne Sternchen rein fiktive Figuren. Meine Großeltern und ihre Geschwister haben hier und da ein kleines bisschen Pate gestanden, denn sie waren Zeitgenossen Fannys, wenn auch weit weg von Köln.

Die Ähnlichkeiten der historischen Schauspielerin Leonore Fein mit meiner Leonore Feynsinn sind rein äußerlicher Natur. Die Fotos von ihr als rachsüchtige Krimhild in den dreißiger Jahren im dünnen weißen Seidenkleidchen mit zarten Trägern waren einfach zu verführerisch, und so fand ihr Erscheinungsbild Eingang in den Roman. Ich weiß nichts über sie persönlich, ihr Verhältnis zu jüdischen Kollegen oder ob sie Fanny Meyer kannte.

Alle erwähnten Nazigrößen, bei Gauleiter Grohé angefangen, sind echt und ihre Worte überliefert, ich will ihnen im Personenverzeichnis keinen Platz geben.

Über die in diesem Nachwort geschilderten Fakten hinaus ist nichts über Fanny Meyer bekannt. Leider ließen sich eventuelle Nachkommen ihres Bruders Leo nicht auffinden.

Ich habe mir die Geschichte, Gedanken und Gespräche unter der Prämisse der Plausibilität ausgedacht. Jetzt habe ich das Gefühl, sie gekannt zu haben, was natürlich nicht stimmt. Ein freches, bodenständiges Mundwerk und eine unerschütterliche Portion Humor muss sie gehabt haben, sonst wäre aus ihr keine kölsche Puppenspielerin geworden. Dass sie eine moderne, gebildete und freiheitsliebende Frau gewesen sein muss, habe ich weiter oben schon dokumentiert.

Dank der heutigen Intendantin des Hänneschen-Theaters darf sie 2017 als Puppe Fanny in ihr Ensemble zurückkehren. Ich bin froh, dass Frauke Kemmerling sich für meine Idee erwärmen konnte.

Köln hat sich von Anfang an schwergetan mit dem Erinnern. Vieles Notwendige ist erst sehr spät geschehen, Jahrzehnte nach dem Krieg, häufig gegen den Widerstand der Stadtverwaltung, der Politik und der Bürger – auf Initiative Einzelner. Das NS-Dokumentationszentrum der Stadt Köln (NS-DOK) ist so ein Beispiel, des Weiteren der Erich-Klibansky-Platz und die Jawne. Die Archäologische Zone Köln/Museum für jüdische Kultur (MiQua) hat es aus unterschiedlichen Gründen in unseren Tagen ebenfalls nicht leicht. So manches wartet bis heute auf Erinnerung und Würdigung und das Eingeständnis von Schuld. Es gibt Hauseigentümer in der Stadt, die bis heute die Verlegung von Stolpersteinen verweigern. Auch der Antisemitismus ist leider nicht Vergangenheit.

Genauso wahr ist aber auch, dass es Menschen gibt, die sich dafür einsetzen, dass sich das ändert.

Ausgewählte Kurzbiografien
(in der Reihenfolge ihres Auftretens)

Friedrich Hollaender (1896–1976), Komponist, Kabarettist, Auftrittsverbot ab 1933, ausgewandert zunächst nach Paris, 1934 in die USA.

Grete Roese (1906–1982), Schauspielerin und Kabarettistin, Gründungsmitglied des »Kabaretts Kolibri« (1930–32 mit Otto Sander), Schauspielerin am Schauspielhaus, Mitglied des Unterausschusses der Musikhochschule Köln ab 1946 als Vertreterin der KPD, Mitgründerin des neuen »Kolibris« nach dem Krieg und des »Schmuckkästchens« am Stadtgarten.

Grete Fluss (1892–1964), Sängerin, Humoristin, Komödiantin, Krätzchensängerin und Schauspielerin in kölscher Mundart im Revuetheater »Groß-Köln«, ab 1946 im Revuetheater Tazzelwurm in Köln.

Willi Ostermann (1876–1936), Komponist und Texter kölnischer Heimatlieder.

Joachim Ringelnatz (1883–1934), Schriftsteller, Kabarettist, Maler, Auftrittsverbot ab 1933, starb völlig verarmt an Tuberkulose.

Blaue Blusen, Kölner Arbeiterkabarett aus den 1920er und 30er Jahren.

Luise Straus-Ernst (1893–1944), Kunsthistorikerin, Journalistin, erste Frau des Malers Max Ernst, ausgewandert nach Paris im Mai 1933, in der Résistance aktiv, interniert, dann wieder freigelassen ins »freie« Südfrankreich des Vichy-Regimes; dort wartete sie jahrelang in Marseille auf das ihr versprochene Ausreisevisum für die USA. 1944, kurz vor Ankunft der Amerikaner in Frankreich, wurde sie mit dem vorletzten Zug nach Auschwitz verschleppt und ermordet.

Schuhhaus Fischel, **Kaufhaus Landauer** und das Woll- und Weißwarengeschäft von Fanny Meyers Vater, das der Kurz-, Weiß- und Wollwarenhandlung Karfiol nachempfunden ist, waren kleine Einzelhandelsgeschäfte, die sich in der Breite

Straße neben vielen anderen Geschäften aneinanderreihten. Was aus ihren Besitzern wurde, ist ungeklärt.

Ludwika Baum; es ist nichts bekannt, außer dass sie die Sterbeurkunde von Ludwig Meyer 1946 unterschrieb und seinen Tod meldete.

Dr. Salli Moses, HNO-Arzt ab circa 1898, Elisenstraße 3, emigrierte mit seiner Familie 1936 in die USA.

Dr. Simon Apfel, seit 1895 Facharzt für Geburtshilfe in der Elisenstraße 15. Seine Frau Rachel war weitläufig mit Heinrich Heine verwandt und führte einen »Salon«, in dem über Kunst, Philosophie, Wissenschaft und Literatur diskutiert wurde. Sie war eng befreundet mit Max Bodenheimer. Anders als im Roman starb Dr. Apfel bereits 1932, seine Familie wanderte bald nach 1933 nach Südamerika aus.

Max Bodenheimer (1865–1940), Jurist mit eigener Kanzlei in Köln, Vorreiter der zionistischen Bewegung, wanderte 1933 aus in die Niederlande, zog sich 1934 aus der Politik zurück und wanderte dann nach Jerusalem aus. Am Kölner Rathausturm ist zu seinem Gedenken eine Figur angebracht, die ihn darstellt.

Hans Schmitt-Rost (1901–1978), Journalist, Autor, verheiratet mit der Mundartdichterin Lis Böhle. Er bekam wegen seiner kritischen Haltung 1933 zunächst Schreibverbot, durfte dann aber wieder kleinere Geschichten für verschiedene Zeitungen schreiben. Nach dem Krieg war er Leiter des Nachrichtenamtes Köln. Er war befreundet mit August Sander, dem Fotografen Chargesheimer und vielen sogenannten »progressiven« Künstlern. Er war beim letzten Lumpenball als Nonne verkleidet dabei. Nach dem Krieg verfasste er viele Publikationen über Köln und setzte sich sehr für die bildende Kunst ein.

August Sander (1876–1964), Fotograf, hatte viele Kontakte zu den »Kölner Progressiven«, es gibt zahlreiche Bildbände über die Stadt mit seinen Fotos. Er fotografierte auch die Lumpenbälle. Sein Sohn wurde während der Nazizeit verhaftet und starb in der Haft.

»Tietze Leienard« (1849–1914) ist der Firmengründer des großen Kölner Warenhauses Leonhard Tietz, das 1894 eröffnet wurde. Alfred Leonhard und Gerhard Tietz, seine Söhne, wurden mit Hilfe der Banken gezwungen, aus dem Vorstand ihres Warenhauses auszutreten, und emigrierten 1933 zunächst nach Amsterdam und im Jahr 1940 nach Palästina. Das Warenhaus wurde in Kaufhof AG umbenannt. Der Mitinhaber Julius Schloss schaffte es nicht, nach der deutschen Besetzung von Amsterdam aus weiterzufliehen, versteckte sich zweieinhalb Jahre auf einem Dachboden und konnte so sein Leben retten.

Thomas Köcher, Wirt des »Decke Tommes«. Das Lokal existiert heute nicht mehr, es ist nicht bekannt, was nach der Schließung 1933 aus Köcher wurde.

Dr. Wilhelm Schmidt-Scherf(f), Kölner Opernsänger, ist in Radiosendungen dokumentiert und in der Meldung darüber, dass er im März 1933 von der Bühne gezerrt wurde. Im Band »Die Stadt und ihr Theater« ist er leider nicht dokumentiert, obwohl er mindestens vier, wahrscheinlich sogar neun Jahre an der Kölner Oper die ersten Partien gesungen hat. Was aus ihm wurde, ist unklar. Es gibt einen Dr. Wilhelm Schmidt-Scherf, Musikdirektor, der Anneliese Rothenberger entdeckte, aber trotz der fast unglaublichen Namensgleichheit scheint es sich nicht um denselben Menschen zu handeln, obwohl auch das Geburtsdatum 1904 beinahe passen würde. Lumpenbälle hat er vermutlich eher nicht besucht.

Spitzley; über den Kapellmeister des letzten Lumpenballs ist nichts bekannt außer dem geschilderten Verlauf, der von Augenzeugen in einem Zeitungsartikel berichtet wurde und in dem er als »alter Anarchist« bezeichnet wird.

Max Hofmüller (1881–1981), Intendant der Kölner Oper bis 1933 und Sänger. Er war kein Jude und wurde nicht verfolgt, wie Gustav im Roman vermutet.

Fritz Holl (1883–1942), Intendant des Kölner Schauspiels bis 1933. Auch er war kein Jude und wurde nicht verfolgt. Wie Hofmüller setzte auch er in der Nazizeit seine künstlerische

Arbeit anderswo fort. Beide waren aber zugunsten von Parteimitglied Alexander Spring in Köln entlassen worden.

Alphons Silbermann, geboren 1909 in Köln, Musikwissenschaftler, Jurist und Soziologe, erlebte als Justizreferendar den Überfall der SA auf das Gerichtsgebäude am Appellhofplatz am Vorabend der Judenboykotte und die öffentlichen Demütigungen, bei denen Richter und Anwälte in Mülltonnen gesteckt und durch die Stadt gekarrt wurden. Emigrierte direkt im Anschluss in die Niederlande, dann weiter nach Paris und schließlich Sydney. Nach dem Krieg kehrte er an die Pariser Sorbonne zurück und schließlich als Professor an die Kölner Universität, verstarb 2002 und liegt in Bocklemünd begraben. Die Liste seiner Veröffentlichungen und Bücher ist lang, sie reicht von soziologischer Fachliteratur über Fachliteratur über Antisemitismus und Beschäftigung mit Massenmedien bis hin zu einem imaginären Tagebuch von Jacques Offenbach. Träger des Bundesverdienstkreuzes.

Richard Stern, geboren 1899, Kaufmann, Soldat im Ersten Weltkrieg, Träger des Eisernen Kreuzes, verfasste anlässlich des Judenboykotts am 1. April 1933 ein Flugblatt, in dem er an Anstand und Zivilcourage seiner Kölner Mitbürger appellierte, und stellte sich mit seinen Orden aus dem Krieg vor seinen Bettenwarenladen im Marsilstein 20 direkt neben die SA-Leute. Er wurde verhaftet, einige Stunden später wieder entlassen. Während des Pogroms 1938 wurden sein Geschäft und seine Wohnung verwüstet, er selbst konnte untertauchen und im Mai 1939 in die USA auswandern. Drei Jahre später kehrte er als amerikanischer Soldat zurück nach Europa und musste erkennen, dass über fünfzig Mitglieder seiner Familie ermordet worden waren.

Arnold Katz; der Metzgermeister Arnold Katz und sein Sohn Benno (Benjamin) sind auf einem Foto abgebildet, auf dem sie von SA-Leuten umringt Transparente tragen müssen mit der Aufschrift »Als Antwort auf die Greuelpropaganda kauft kein Deutscher mehr beim Juden« und dabei von Kölner Bürger/-innen angespuckt, geschlagen und diffamiert werden. Die Familie Katz-Rosenthal wohnte in drei Generationen mit Metzgerei auf der Ehrenstraße 86, Arnolds Vater Abraham Katz, geboren am 11. März 1874, tötete sich am 19. Oktober 1933. Ein Cousin Arnolds, Helmut Arnold, konnte sich offenbar nach London retten und stellte dem NS DOK vor fast dreißig Jahren Fotos der Familie und ein Interview zur Verfügung.

Max Moses, Viehhändler. Während der Boykotttage, um den 1. April 1933 herum, drangen ständig Gruppen von SS und SA in den Schlachthof in der Liebigstraße ein. Max Moses wurde dabei brutal misshandelt und starb ein Jahr später an den Folgen der schweren Verletzungen.

Frau Abraham, die Gattin eines Kölner Kaufmanns, brach sich beide Beine, als sie aus dem Fenster sprang. Die SA hatte am Tag des Judenboykotts geklingelt, um ihren Mann zu finden, vor Panik stürzte sie sich aus dem Fenster.

Gebrüder Brenner, Raphael und Leo, seit circa 1900 von Polen nach Köln eingewandert, beide Soldaten im Ersten Weltkrieg, Inhaber eines Fotoladens mit Labor und Werkstatt in der Hohe Straße 88 mit circa fünfzig Beschäftigten. Sie gerieten schon Anfang 1933 in eine Hetzkampagne, vermutlich weil ein Parteimitglied der NSDAP diesen Laden haben wollte. Sie wurden so aggressiv unter Druck gesetzt, dass sie schon im Juni 1933 zum Verkauf gezwungen wurden und emigrierten – Leo mit seiner Familie nach Palästina und Raphael erst nach Rom, wegen des italienischen Faschismus dann weiter in die USA.

Hans Jacobi; der Syndikus des »Central-Vereins der deutschen Staatsbürger jüdischen Glaubens« konstatiert am Abend des 1. April 1933: »Die Bevölkerung Kölns hat sich die Maßnahmen angesehen wie in einem Schauspiel, das sie nicht berührte.« (http://www.ksta.de/13769030 ©2016)

Paul Silverberg, Mitglied der rechtsliberalen Deutschen Volkspartei und für diese im Stadtrat, aus dem er wie alle jüdischen Stadtverordneten am 13. März 1933 entlassen wurde; seit Oktober 1932 Präsident der IHK Köln. Er näherte sich der politischen Rechten an und ließ der NSDAP über Gregor Strasser (1892–1934) Geld zukommen, von dem er hoffte, er könne die Parteilinie zugunsten einer wirtschaftsfreundlichen Politik beeinflussen. Silverberg gehörte zu den politisch indifferenten Industriellen in der Endphase der Weimarer Zeit, keineswegs aber zu den entschlossenen Befürwortern einer Regierungsbeteiligung der NSDAP. Wegen seiner jüdischen Abstammung musste der Protestant Silverberg 1934 in die Schweiz emigrieren und kehrte auch nach Bitten Konrad Adenauers nach dem Krieg nicht mehr nach Deutschland zurück.

Marianne Ahlfeld-Heymann, Bildhauerin, Bühnen- und Kostümbildnerin, geboren 1905 in Köln (Jahrgang Fanny Meyers), schuf unter anderem die Kostüme zu »Hoffmanns Erzählungen« im Opernhaus, emigrierte 1933 nach Frankreich und 1949 nach Israel.

Willi Millowitsch (1909–1999), Kölner Schauspieler im elterlichen Mundarttheater, in dem Fanny Meyer ihr erstes Engagement hatte.

Flora Jöhlinger, geboren am 26. Mai 1882 in Köln, Journalistin, Malerin, Restauratorin, Leiterin eines Puppenspiels mit biblisch-jüdischen Handlungsmotiven, zuletzt im Adressbuch von 1932 gemeldet in Ehrenfeld, Terrassenweg 10 – darüber verläuft vermutlich heute ein Gräberfeld des erweiterten Melatenfriedhofs. Flora Jöhlinger war 1929 eine der ersten Mitfrauen der Künstlerinnenvereinigung GEDOK Köln. In der Liste der Reichs-GEDOK von 1932/33 war sie als Schriftstellerin aufgeführt. Es sind allerdings kaum Texte recherchierbar. Sie gilt als eine der Mitgründerinnen der Jüdischen Kunstvereinigung, einer frauenbewegten Künstlerinnenvereinigung in Köln ab 1933. Ende Oktober 1936 gründete die Künstlerin in Köln das erste »jüdische« Marionettentheater in Deutschland, wahrscheinlich sogar in Europa. Hier arbeitete unter anderem die Puppenspielerin Fanny Meyer nach ihrer Entlassung als städtische Bedienstete des Hänneschen-Theaters im Jahr 1935.

»Den vom Marionettentheater aufgeführten Stücken lagen oft jüdisch-biblische Themen zugrunde. … Die Aufführungen wurden in der lokalen und überregionalen jüdischen Presse gelobt, insbesondere stellt man die Originalität der von Flora Jöhlinger entworfenen Puppen heraus.« (http://frauengeschichtsverein.de/frauenwiki//index. php?title=Flora_J%C3%B6hlinger)

Am 15. Juni 1937 berichtete Flora Jöhlinger in der »Kölner Chronik« der Jüdischen Rundschau über die erfolgreiche Verkaufsstelle der Vereinigung jüdischer Künstlerinnen (Am Domhof 2), die überregionale Bedeutung erlangt hatte. Vermutlich hat sie darin mitgearbeitet. Flora Jöhlinger überlebte die Verfolgung, ein Foto zeigt sie 1949 in New York City.

Hans Tobar, geboren am 18. April 1888 in Köln unter dem Namen Hans David Rosenbaum, gestorben am 4. April 1956 in New York, jüdischer Karnevalist und Kabarettist, seit 1919 eine feste Größe im Kölner Karneval, eng befreundet mit dem Kölner Liedermacher Willi Ostermann. Nach 1933 ließen ihn die Kölner Karnevalsgesellschaften kaum mehr auftreten – und das, obwohl Tobar eine kulturkonservative Weltsicht vertrat, die zum Geist der Zeit passte. Tobar konnte schließlich nur noch bei jüdischen Veranstaltungen auftreten, u.a. machte er beim Marionettentheater mit und schrieb das erste Stück »Krach im Morgenland«, bei dem Fanny Meyer nachweislich mitspielte. 1939 emigrierte er in die USA. Seinen Lebensunterhalt in den USA musste sich Hans Tobar nun als Maschinenarbeiter an einer Lederstanzmaschine verdienen. »Vom ›Fasteleer‹ konnte der ›verdöschte Jüdd‹ aber trotzdem nicht lassen. Er gründete in New York eine Karnevalsgesellschaft, die mit Schunkeln und Singen Stimmung unter die Emigranten brachte.« (https://www.jewiki.net/wiki/Hans_Tobar)

Hans Abraham Ochs, wohnhaft in der Trajanstraße 41, geboren 1928, gestorben 30. September 1936, als er mit seiner Mutter in den Hindenburgpark (heute Friedenspark) zum Spielen gehen wollte. Ein paar Hitlerjungen kamen ihnen entgegen, die den kleinen Jungen erst anpöbelten und schließlich schlugen. Bei der Prügelei wurde er so schwer verletzt, dass er starb. Er liegt auf dem jüdischen Friedhof in Bocklemünd unter einem großen Ahornbaum.

Julius Rutkowski, geboren 1891 in Grajewo, ab 1915 bei den Bühnen der Stadt Köln beschäftigt, zunächst als Hilfsinspizient, später auch als Schauspieler bis 1933. Gleichzeitig trat er als Karnevalist und Kleinkünstler auf, zum Beispiel im Kaiserhof-Palast, gern zusammen mit Hans Tobar oder seiner Schwester Rosel Rutkowski. Julius Rutkowski wurde mit Schwester Ida im März 1942 in Müngersdorf interniert, im Juli 1942 wurden beide nach Majdanek verschleppt und ermordet. Rosel Rutkowski konnte emigrieren.

Buchhandlung Paul Wolfsohn, Habsburgerring 24, direkt gegenüber der damaligen Oper am Rudolfplatz; verkaufte die Karten für das Marionettentheater. Über das Schicksal des Inhabers ist nichts bekannt.

Leo Silberbach, Inhaber des Cafés Silberbach. Es wurde um 1936 in der Glockengasse 2 eröffnet und war eines der wenigen für Juden zugänglichen Lokale. Hier konnten nach Berichten von Zeitzeugen Kontakte für die Flucht nach Belgien angebahnt werden. Es wurde in der Pogromnacht völlig zerstört, die Möbel zerhackt, das Schicksal Leo Silberbachs ist unbekannt.

Dr. Hans Salomon Feldheim, praktischer Arzt, geboren 1886, zog 1936 mit seinen Töchtern nach Köln – die Frau war schon verstorben –, weil er in Barmen zunehmend Schikanen ausgesetzt war. Er übernahm am Neumarkt 31 die Praxis eines jüdischen Kollegen, der emigriert war. Ab 1938 einer der wenigen »Krankenbehandler«, zog er um in die Kamekestraße. Die jüngere Tochter floh nach Amsterdam, ihm und seiner älteren Tochter gelang die Flucht nicht. Er war, zeitlich etwas anders als im Roman dargestellt, einer der letzten jüdischen Ärzte der Stadt, hielt Sprechstunden im Gettohaus und im Sammellager Müngersdorf ab. Er bekam 1944 (und nicht schon 1941 wie im Buch) mit seiner Tochter die Zuweisung zu einem Abtransport. Sie versteckten sich bei Bekannten, aber als diese von den Nachbarn mit Denunzierung bedroht wurden, nahmen sich beide mit Veronal das Leben, um ihre Helfer nicht zu gefährden.

Danksagung

Ich möchte mich sehr herzlich für die Unterstützung bedanken bei:

- Frauke Kemmerling, Intendantin des Hänneschen-Theaters
- Barbara Becker-Jákli, NS-Dokumentationszentrum der Stadt Köln
- Bernd Raffelsiefer, Historisches Archiv Köln
- Rudi Strauch, Theaterwissenschaftliche Sammlung der Universität zu Köln
- Jawne – Lern- und Gedenkort Köln
- Germanica Judaica Köln
- Synagogengemeinde Köln
- Frauengeschichtsverein Köln
- Ulrich Bartels, Landesarchiv Duisburg
- Ellen Bach, Bundesamt für zentrale Dienste und offene Vermögensfragen
- Roberto und Eleonore, Mitglieder des Karnevalvereins »Aahl Säu«, der die legendären Lumpenbälle bis heute lebendig hält
- Walter Hanel, politischer Karikaturist, Mitglied der Nachkriegslumpenbälle

Marina Barth, Mai 2017